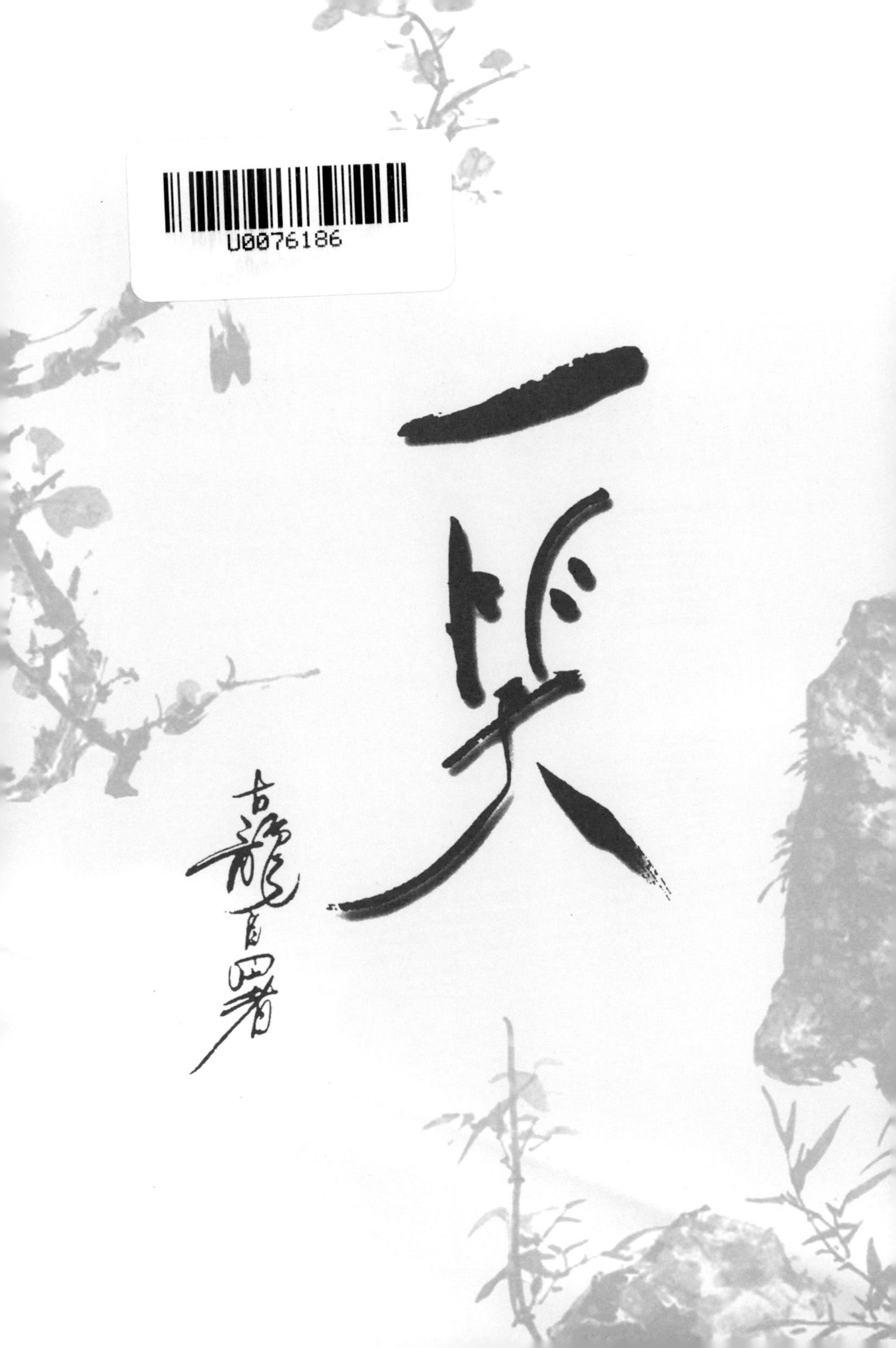
U0076186

盛期之風貌

臥龍生作品 帶動武俠風潮

《飛燕驚龍》開一代武俠新風

《飛燕驚龍》(1958)爲臥龍生成名作，共48回，約120萬言。此書承《風塵俠隱》之餘烈，首倡「武林九大門派」及「江湖大一統」之說，更早於香港武俠巨匠金庸撰《笑傲江湖》(1967)所稱「千秋萬世，一統」達九年以上。流風所及，臺、港武俠作家無不效尤；而所謂「武林盟主」、「江湖霸業」等新提法，竟成爲社會大眾耳熟能詳的流行術語了。

《飛燕》一書可讀性高，格局甚大。主要是寫江湖群雄爲覬覦傳說中的武林奇書《歸元秘笈》而引起一連串的明爭暗鬥；再以一部假秘笈和萬年火龜爲餌，交插敘述武林九大門派（代表正派）彼此之間的爾虞我詐，以及天龍幫（代表反方）網羅天下奇人異士而與九大門派的對立衝突。其中崑崙派弟子楊夢寰偕師妹沈霞琳行道江湖，卻如夢似幻地成爲巾幗奇人朱若蘭、趙小蝶之絕世武功技驚天龍幫，而海天一叟李滄瀾復接連敗於沈霞琳、楊夢寰之手；致令其爭霸江湖之雄心盡泯，始化解了一場武林浩劫云。

在故事佈局上，本書以「懷璧其罪」（與真、假《歸元秘笈》有關）的楊夢寰屢遭險難，卻每獲武林紅妝垂青爲書膽(明)，又以金環二郎陶玉之嫉才害能，專與楊夢寰作對(暗)爲反派人物總代表。由是一明一暗交織成章，一波未平，一波又起，極盡波譎雲詭之能事。最後天龍幫冰消瓦解，陶玉帶著偷搶來的《歸元秘笈》跳下萬丈懸崖，生死不明，卻予人留下無窮想像空間。三年後，作者再續寫《風雨燕歸來》以交代陶玉重出江湖，爲惡世間，則力不從心，當屬狗尾續貂之作。

在人物塑造方面，臥龍生寫男主角楊夢寰中看不中用，固然乏善可陳，徹底失敗；但寫其他三名女主角如「天使的化身」沈霞琳聖潔無瑕，至情至性，處處惹人憐愛；「正義的女神」朱若蘭氣質高華，冷若冰霜，凜然不可犯；「無影女」李瑤紅則刁蠻任性，甘爲情死等等，均各擅勝場。乃至寫次要人物如「賓中之主」海天一叟李滄瀾之雄才大略，豪邁氣派；玉簫仙子之放蕩不羈，爲愛痴狂；以及八臂神翁聞公泰之老奸巨猾，天龍幫軍師王寒湘之冷傲自負等，亦多有可觀。

與

摘自 葉洪生、林保淳著《台灣武俠小說發展史》

台港武俠文學

流行天王

臥龍生

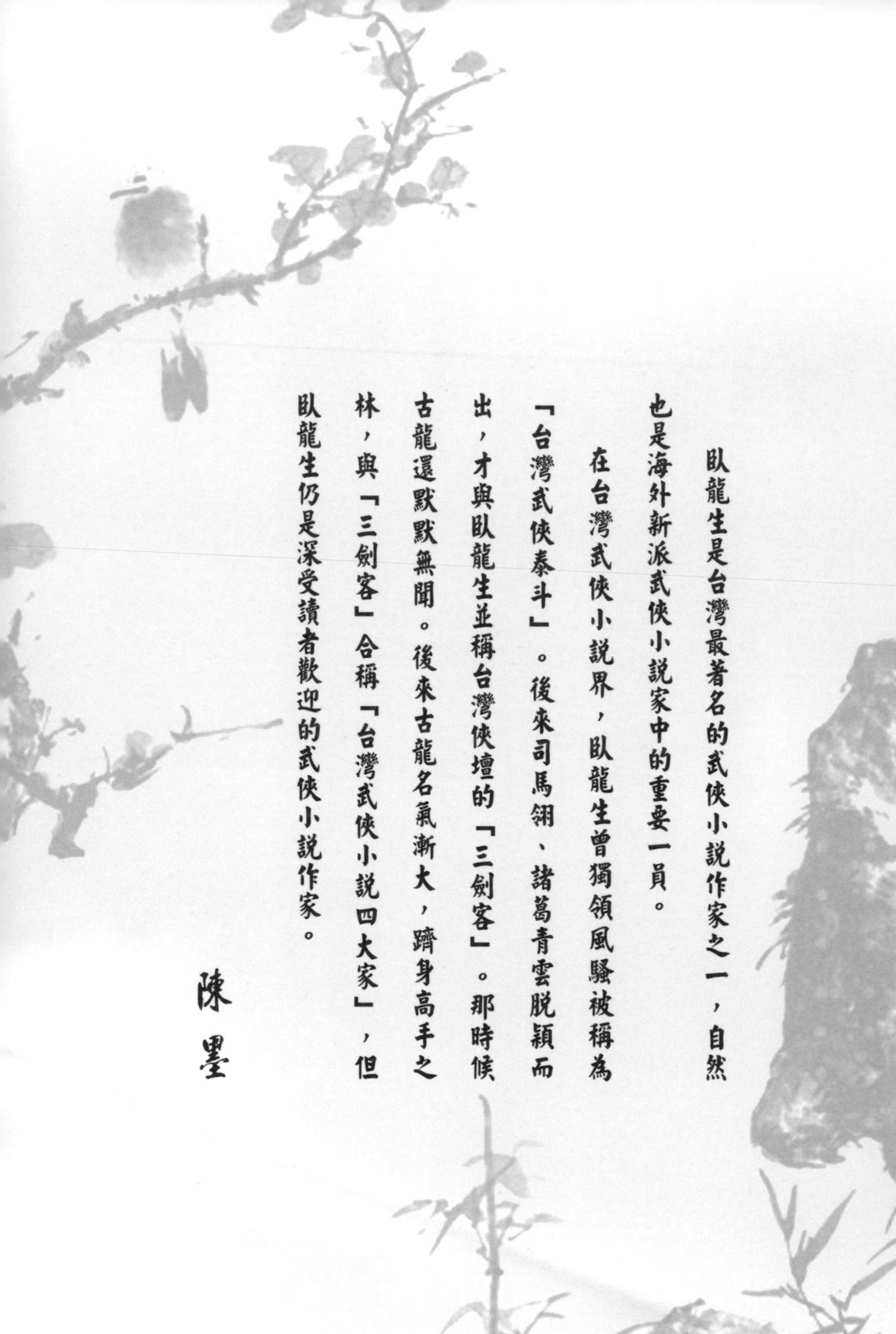

臥龍生是台灣最著名的武俠小說作家之一，自然也是海外新派武俠小說家中的重要一員。

在台灣武俠小說界，臥龍生曾獨領風騷被稱為「台灣武俠泰斗」。後來司馬翎、諸葛青雲脫穎而出，才與臥龍生並稱台灣俠壇的「三劍客」。那時候古龍還默默無聞。後來古龍名氣漸大，躋身高手之林，與「三劍客」合稱「台灣武俠小說四大家」，但臥龍生仍是深受讀者歡迎的武俠小說作家。

陳墨

神州豪俠傳（二）

臥龍生精品集 50

臥龍生精品集 50

神州豪俠傳（二）

目錄

十一　波譎雲詭

趙一絕眨眨眼睛，道：「老前輩說得太文雅了，老趙聽不明白。」

高半仙道：「好吧！老夫說明白，我要你們雪中尋炭。」

趙一絕道：「要我們哪裡去找？」

高半仙微微一笑，道：「現在時間還早，諸位好好地睡一覺，中午起身，飽餐一頓，等候我的消息。」

趙一絕道：「那黃姑娘的性命，現在捏在人家手中，我們難道坐視不管？」

高半仙道：「瞧不出你這個混混兒竟然滿好心的。不過，你們泥菩薩過河，自身難保，用不著替別人擔心，再說那丫頭太過貪心，又動你七星寶劍的腦筋，要她吃點苦頭也好。」

趙一絕道：「還有那位張嵐總捕頭，也是他們追殺的重要人物，明天，我們躲起來時，是否也要找他同去？」

高半仙沉吟了一陣，道：「好，找他一起去，記著，明日午時，你們集中在此，誤了時間，可別怪老夫不管你們了。」說著轉身行出大廳。

趙一絕望著高半仙的背影，搖搖頭，道：「這位老兄，是逢人只講三分話，叫人猜不透他葫蘆裡賣什麼藥。」

李聞天道：「趙兄，我瞧咱們不用想這件事了，因爲咱們想也想不明白，趙兄派個人去找張嵐要緊。」

趙一絕應了一聲，行到大廳門口處，召來一個兄弟，吩咐了幾句，那大漢點點頭，轉身而去。

趙一絕回到大廳，低聲說道：「刁兄、李兄，現在咱們該休息一下了。」

中午時分，三人醒了過來，大廳中早已擺好了一桌酒菜。

三人浴洗之後，入席對飲，片刻之後，張嵐匆匆行了進來。

趙一絕站起身子，道：「張兄。」

張嵐急急接道：「兄弟還有要事，來給三位打個招呼。」

刁佩道：「怎麼，你還要走？」

張嵐道：「提督大人被召入宮，兄弟一定要到提督府等他回來，看看有些什麼吩咐？」

趙一絕道：「這個，當真是一樁爲難的事。」

張嵐愣了一愣，道：「什麼事，你說清楚一些如何？」

趙一絕道：「高半仙要我們雪裡尋梅，我們不能把你一個丟在雪地中。」

張嵐道：「怎麼，高半仙來過了？」

趙一絕道：「不錯，他來過，而且我們還瞧到了一場激烈凶險的高手搏鬥。」

張嵐接道：「那高半仙的武功如何？」

趙一絕道：「動手的不是高半仙。」

張嵐接道：「那又是誰呢？」

趙一絕道：「桐柏黃小鳳。對這一戰，老趙大大地開了眼界，真正見到了江湖高人動手，劍光輪轉，目不暇接，可惜的是那山還比這山高，黃小鳳強過萬花劍，卻無法封擋那見面閻羅的伸手一抓，竟被人活生生地擒了過去。」

張嵐道：「啊！有這等事。」

李聞天輕輕咳了一聲，接口把黃小鳳出手被擒的經過，以及那高半仙現身指點的詳細情形，說了一遍。

張嵐道：「在下不過離開幾個時辰，想不到竟發生這許多事情。」

趙一絕道：「高半仙隨時可能出現，接我們離此，你老兄去不去，悉憑尊便，也許是提督府的總捕頭，自有身價，那位見面閻羅不敢找你算帳。」

刁佩道：「高半仙似是有著一整套的佈局，現在應該是棋局終結、水落石出的時候，張兄不去，實在是可惜得很。」

張嵐沉吟了一陣，道：「高半仙也可能是一個圈套，兄弟如若不去，豈不顯得不夠義氣了麼。再說諸位都是被兄弟拖下水的，無論如何，兄弟也得和諸位生死與共。」

趙一絕道：「喝！瞧不出你這做官的還講義氣，難得啊！難得！」

張嵐討了筆墨，即席寫了一封簡函，道：「趙兄，派個人送到提督府，交給于副總捕頭。」

趙一絕遣人剛走，高半仙已飄然而入，望了張嵐一眼，道：「你也要去嗎？」

張嵐道：「張某雖然在提督府中做事，但我不能不講義氣。」

高半仙啊了一聲，道：「很難得。」語聲微微一頓，接道：「見面閻羅公冶皇，已在關帝廟排下了不少暗樁，看情形，如是今日下午，你不去赴約，他會全力搜尋你們。」

趙一絕道：「那麼你要帶我們到哪裡去？」

高半仙道：「可以保全你們性命的地方。」頓了下，又道：「門口有一輛馬車，馬車四周都用黑布蒙起，諸位登車之後，不准探出頭來瞧看。」說罷轉身向外行去。

趙一絕、張嵐、李聞天、刁佩，魚貫隨行，走出了早秋大院。

高半仙看看天色，伸手打開垂簾，道：「諸位上車吧！」

張嵐等依序登上篷車，果然，這個篷車，四周都用很厚的黑布蒙起，密不透光，無法見

到車外景物。

只聽高半仙道：「記著，不能探頭瞧看，哪個不肯聽話，出了事別怪老夫。」

趙一絕自覺這北京城中，地形很熟，只要走一段，能掀開簾子向外瞧一眼，就可記熟這輛篷車的去向，但高半仙這一嚇唬，趙一絕倒不敢掀簾向外面瞧看了。

但聞輪聲轆轆，篷車以極快的速度，向前行去。

張嵐重重咳了一聲，道：「高老前輩，咱們不能向車外瞧，不知是否可以和您談談？」

高半仙道：「小道崎嶇，老夫要全心全意馳車。」

話落口，奔行中的篷車，似是又加快了速度。同時，幾人亦覺到篷車顛動得十分厲害，似乎是行走在高低不平的道上。

篷車中突然靜了下來。

表面上四個人都在閉目養神，其實，四個人心中都在盤算著行程、方向。

篷車足走了近一個時辰，才突然停了下來。

張嵐道：「到了嗎？」

高半仙道：「還有一段行程，不過，已經無法行車，要勞動諸位兩條腿了。」

張嵐伸手準備掀開車簾，哪知右手剛出車外，似是被火燒了一般，立時又縮了回來。

趙一絕道：「怎麼回事？」

張嵐揚起右手，只見手背上紅了一塊，輕輕咳了一聲，道：「手背上受了一點輕傷。」

只聽高半仙的聲音，傳了進來，道：「還要委曲諸位一下，老夫送入車中四幅蒙臉的黑布，諸位把面包起來，然後，魚貫行出車外。」

車簾微微啓動，高半仙送入四條蒙面黑布，道：「有一件事老夫要先行說明，你們既然接受了這個條件，那就要嚴格的遵守，不可妄存投機僥倖之心。需知老夫要你們蒙上眼睛，自然是有它必需的原因，所以順便提醒一句，不可偷瞧，如是不聽老夫勸告，出了事情，別怪老夫無法相助。」

這時，四個人都已經蒙上眼睛，行了出來。

趙一絕道：「高老前輩，你究竟要把我們帶到什麼地方？在車上不許我們向外面瞧，下了車又蒙著眼睛趕路，是不是過份了一些？」

高半仙道：「如若有人不願去了，現在還來得及改變主意。」

趙一絕、張嵐、李聞天、刁佩等心中雖然不滿，但卻又有著強烈的好奇，四人都默然不語，其實，一件普通的事，只要處理得神秘一些，就會引起人強烈的好奇之心。

高半仙道：「四位既無反對之意，想是同意老夫之見了。」

語聲一頓，接道：「你們互相牽著手，老夫走在最前面，替諸位帶路。」

四人都不再答話，伸出手去，互相牽在一起，高半仙當先帶路，向前行去。

四人雖然都是身懷武功的人，但卻都未有過蒙上眼睛的經驗，只覺行來高一腳低一腳，十分不舒服。直待行了十餘里，四人才慢慢地習慣。

這一段行程足足二十里以上，而且地上遍生野草，感覺中十分荒涼。

突然間，四人都感到眼前忽然一黑，似乎是進入了屋中，果然，耳際間響起了關門的聲音，緊接著，響起了高半仙的聲音，道：「各位可以解下臉上的黑布了。」

四個人依言解下臉上的黑布。

趙一絕笑一笑，道：「這是什麼地方？」

一面轉目四顧，只見停身處，正是一所茅舍，房中放著一張八仙桌，四條長凳子，桌上放著一把茶壺，五個茶碗。

高半仙淡然一笑，道：「諸位平日吃的是山珍海味，穿的是綾羅綢緞，吃膩了換換粗茶淡飯，倒也是別有風味。」

一面說話，一面拿過一個茶碗，倒了一碗茶，當先喝下。接道：「哪位口渴了，請自己用茶，這地方沒有人伺候，諸位，什麼事，都要自己動手了。」

趙一絕倒了一碗茶，一面喝一面說道：「高老前輩，這是什麼地方？老前輩把我們帶到此地做何打算？」

高半仙道：「帶你們到此，用心在救諸位之命，難道諸位心中還在懷疑嗎？」

趙一絕道：「咱們如不相信老前輩，自然是不會到此地來了。」

高半仙道：「諸位既然是相信老夫，那就不用多問了。」

趙一絕輕輕咳了一聲，道：「老前輩，我們要住這裡好久？」

高半仙道：「三、五日而已。」

趙一絕道：「三、五日以後呢？」

高半仙道：「三、五日之後，那見面閻羅已帶譚一沖、萬花劍等離開了北京。」

趙一絕道：「他們會不會再來？」

高半仙道：「那就非老夫所能預知了。看他們對那七星劍的貪欲，大約是不會放棄。」

趙一絕道：「照老前輩這說法，你救我們，只是救我們一時之難了。」

高半仙沉吟了一陣，道：「就目下情勢而論，諸位只怕不易擺脫這場麻煩了。」

張嵐道：「如是後果一樣，老前輩帶我們來此，豈不是白費了一場心機。」

高半仙道：「話雖如此，但老夫總不能見死不救，再說，多活一些時間，也許能找出別的求生機會。」

刁佩道：「我們已經完全進入了老前輩的掌握之中，老前輩如若有什麼吩咐，可以告訴我們了。」

高半仙搖搖頭，接道：「如是老夫的推斷不錯，見面閻羅今夜不來，明日午時之前，他們定會找到此地，如是諸位夠膽氣的話，那就不妨小心一些瞧瞧熱鬧。」

趙一絕道：「瞧一瞧熱鬧還得小心？」

高半仙道：「不錯，得小心，記著，此地的主人，最忌別人瞧到他，所以，你們要特別小心，別讓他發覺你們在偷瞧。」

張嵐道：「北京城郊，有這樣一處不能瞧看的神秘所在，在下怎麼未聽說過？」

高半仙道：「你幹了十幾年總捕頭，不知的事情，還多得很。」

重重咳了一聲，接道：「好啦！咱們談到此處爲止，老夫就此別過。」轉身向外行去。

趙一絕急急說道：「老前輩，咱們不能向外面瞧，自然是不能出去了。」

高半仙道：「這一點似乎是用不著老夫再說一遍吧！」

趙一絕道：「我們四個人吃的、喝的……」

高半仙道：「自會有人按時送上。」

趙一絕道：「要行個方便，難道也在這房裡不成？」

高半仙道：「推開屋角一扇門，有一個小小的茅坑，足夠四位之用了。」

趙一絕道：「老前輩幾時再來？」

高半仙道：「快則明天，遲在三天之後，諸位珍重，老夫去了。」掀簾開門而去。

原來，門外還有一條厚厚的布簾，三面的窗子也是如此，所以，不見天光透射進來。

趙一絕緩步行到窗前，接道：「兄弟想瞧瞧外面的景物，不知道諸位是否同意？」

刁佩道：「小心一些瞧，不要緊。」

李聞天道：「刁兄，高半仙的話，並非全是恫嚇。」

刁佩道：「他說過，我們小心一些，就可以瞧瞧熱鬧，這話有足夠迴旋餘地。」

趙一絕道：「有道理。老趙先試試，如是真有什麼危險，兄弟先掛銳鋒。」

他口中說得很大方，但舉動之間，卻仍是小心翼翼地掀開。

垂簾外面，是一扇緊閉的窗子，趙一絕緩緩推開了一點窗縫，瞇著一隻眼，向外看去。

茅舍外是一片果林，這座茅舍，似是蓋在果林中間。

這時，已是初秋季節，秋風中黃葉飄飄。

突然，人影一閃，一個身穿藍衣，足登草履，捲著兩條褲腿的漢子，由眼前行了過去。

那人的舉動很慢，手中還拿著一條細竹竿兒。

目光到處，趙一絕頓然一呆，敢情那藍衣草履的漢子，雙眼上包著一條黑布，雖然相距在兩丈開外，但趙一絕仍可看出，那人臉上的裹布很厚。

趙一絕想想自己臉上適才包的黑布，心中恍然而悟，暗道：「原來這些蒙眼的黑布，竟是特製之物。」

藍衣人不時借重竹竿探路而行，顯然，對這果林的形勢，並不熟悉。

張嵐、李聞天、刁佩，都端坐未動，都陷入沉思之中，顯然，他們都對此際的形勢，有著極深迷惘，個個在用心苦思，希望能理出一個頭緒來。

趙一絕直待那藍衣人由視線中消失，才長長吁了一口氣，放下垂簾，目光轉動，只見張嵐等三人，個個靜坐不語，竟無一人探問窗外情景。

趙一絕重重咳了一聲，道：「高半仙沒有騙咱們。」

張嵐回頭一笑，道：「趙兄，瞧到了什麼？」

趙一絕道：「瞧到了一個人。」

刁佩、李聞天都已被趙一絕驚醒過來，齊聲問道：「什麼樣的人？」

趙一絕道：「一個身穿藍布衣服，蒙著眼睛，手中拿著一根竹竿兒，以杖做目，看他走路的神態，似乎是頗有武功基礎，但卻不習慣盲目行走，看上去有些彆扭。」

刁佩道：「趙兄的意思，可是說那人和咱們一般，是初次被人蒙上眼睛。」

趙一絕道：「這可證明高半仙沒有騙咱們。不過，老趙想不通的是，此地主人爲什麼不許人睜著眼睛走路，一定蒙住雙目，這茅舍外面，不過是一片果林，爲什麼怕人瞧看？」

談話之間，突聞外面響起了打鬥的聲音。

四個人相互望了一眼，張嵐才低聲說道：「三位，有道是蛇無頭不行，咱們四個人，要推舉個頭兒，一切事情由他出面應付。」

趙一絕道：「這頭兒自然非張嵐兄莫屬了。」

張嵐道：「不成，兄弟的身分不對，我看趙兄最適宜此職。」

李聞天、刁佩齊聲說道：「不錯，因材適任，趙兄不用推辭了。」

趙一絕輕輕咳了一聲，道：「好吧！兄弟是恭敬不如從命了。」

這時，室外的打門之聲，十分緊急，趙一絕咳了兩聲，清清嗓子，道：「什麼人？」

只聽一個銀鈴般的聲音，傳了進來，道：「送飯的。」

趙一絕道：「請進來吧！」

木門呀然而開，但隨即砰的一聲，又關了起來。

軟簾啓動，一個青衣少女，緩步行了進來。燈光下，只見那青衣少女，手中捧著一個木盤，四盤菜兩葷兩素，一把兩斤裝的大酒壺，一大盤饅頭。

青衣少女一手托著木盤，一手取下臉上所蒙的眼罩子，笑道：「高先生交代過，要好好的款待四位，今天太匆忙，四位將就吃兩頓，明天，再大魚大肉的招待四位。」說著話，把手中木盤放在桌面上。

趙一絕一抱拳，道：「兄弟姓趙。」

青衣少女一欠身，道：「原來是趙先生。」

趙一絕笑一笑，道：「兄弟是粗人，姑娘叫我老趙就是。」

青衣少女笑一笑，未再接言。

趙一絕道：「沒酒沒飯，咱們還可以餓它幾天，但悶在心裡的重重疑問，卻是憋的叫人難受，不知姑娘可否替咱們解說一、二？」

青衣少女沉吟了一陣，道：「我在此地，居留不久，知道有限，只怕很難解得你們心中之疑。」

趙一絕道：「這是什麼地方？距離京城多遠？」

青衣少女道：「這是李子林，距京城有多遠，我就不知道了。我到此雖然已經有四年多些，但我沒有離開過這片李子林。」

趙一絕道：「好！咱們談別的，這裡的主人是誰，姓什麼，叫什麼？爲什麼進這李子林的人，都要戴上眼罩？」

青衣少女道：「主人姓白，我們都稱白老爺子，叫什麼，我不知道，至於蒙上眼睛，是這裡的規矩，諸位如果長住這裡，慢慢就會習慣了。」

趙一絕道：「蒙上眼睛，何異瞎子，住上一輩子我也是不會習慣。」

語聲微微一頓，接道：「姑娘在這裡，是何身分？」

青衣少女沉吟了一陣，道：「很難說得清楚。我應該是學徒，或是算客人，但我卻做丫頭事情。不過，丫頭也罷，客人也罷，學徒也罷，三天後我就要離開這裡。」

趙一絕道：「姑娘，這地方充滿著神秘，尤其是要蒙上眼睛，簡直是有些不近情理。」

青衣少女笑一笑，道：「諸位既然覺著這裡的規矩很難忍受，爲什麼要到這裡來呢？」

趙一絕怔了一怔，道：「我們是被那高半仙帶來此地。」

青衣少女道：「高半仙可是強迫諸位到這裡？」

趙一絕道：「那倒不是。」

青衣少女道：「這就對了。就我所知，高半仙是一個很和藹的人，諸位能到此地，只怕還費了他不少心血、口舌，這地方規矩雖怪，但卻十分安全，諸位請放心地住下去吧。」

趙一絕輕咳了一聲，道：「再過三天，姑娘就要離開，不知此後咱們是否能夠再見？」

青衣少女微微一笑，道：「只怕是機會不大，我離開這裡之後，就要回江南去，再到北京來的成份極小，除非諸位有暇到江南走動。」

趙一絕道：「姑娘可否留下地址給我們，也許我們會到江南避難，順便探望姑娘。」

青衣少女沉吟了一陣，爲難地說道：「你們如是真到了江南蘇州府，找一位李鐵成，就可以打聽到我了。」

李聞天接道：「江南小孟嘗李鐵成李大公子，江湖上人人皆知。」

青衣女笑一笑，道：「你認識他？」

急步而行。

李聞天道：「久聞其名，緣慳一面。」

青衣少女點點頭，道：「他很好客，諸位到蘇州時，別忘了到李府走走。」戴上眼罩，急步而行。

趙一絕道：「姑娘，如是我們在室內向外面瞧看，是否干犯禁忌？」

青衣少女道：「小心一些，別讓此地主人知曉。」答完話，人就離開了茅舍。

李聞天道：「咱們此刻是正在雪中，希望能夠早些見梅。」

趙一絕哈哈一笑，道：「坐下喝酒。」

四人圍桌而坐，喝了起來。

酒味醇厚，是很難得喝到的好酒，四個人的酒量都不錯，你一杯，我一杯地不覺間把一壺好酒喝完。但四個人也都喝得有了七成醉意。

趙一絕伸伸懶腰，道：「怎麼，咱們索性睡一覺如何？」

語聲甫落，突聞一聲鷹叫傳入耳際，刁佩道：「這隻鷹鳴聲尖厲，必然是一頭凶禽。」

緊接著幾聲猛獸吼叫，傳入茅舍。

趙一絕道：「這是什麼聲音？有些像狗，又有點像虎吼。」

刁佩道：「藏獒，一種兇惡無比的猛犬，產於西藏，兄弟當年親眼瞧到一頭藏獒和一頭豹子惡鬥，結果豹子不支，死於藏獒的利爪之下。」

趙一絕道：「啊！還有狗兇過豹子的，當真是聞所未聞。」

刁佩道：「趙兄不信，等著瞧瞧，才知兄弟所言非虛。」

趙一絕站起身子，行到一處木窗下面，輕輕啓開垂簾，向外望去。

只見月光滿園，已然是入夜很久。奇怪的是，那鷹鳴、狗叫，都完全靜止下來。茅舍外，園林中，靜得聽不到一點聲息。

幾人停身的茅舍中，本來點有一盞油燈，當趙一絕掀開垂簾之時，卻爲刁佩一掌撲熄了火燭。

趙一絕正待放下垂簾，突聞一聲厲喝，緊接著響起了一陣兵刃相擊的金鐵交鳴之聲。室中的張嵐、刁佩、李聞天，聞聲起立，取出了隨身兵刃。原來，幾人雖然蒙著眼睛行了進來，但卻允許幾人帶著兵刃。

張嵐急步奔了過來，低聲道：「趙兄，瞧到了什麼？」

趙一絕搖搖頭，道：「沒有瞧到什麼，也許這裡的方向不對。」

語聲甫落，但聞一聲悶哼，緊接著砰的一聲，似乎是一個人中了掌力，倒摔在地上。呼的一聲吼叫，遙遙傳來。吼叫聲傳入耳際，一條黃毛巨犬，已飛躍而至。月光下，看得十分清楚，那黃毛巨犬，體如小牛，壯如猛虎，前爪伏地，頸毛倒豎，一副作勢欲撲的樣子，口中不時發出低吼。

趙一絕目光轉動，回轉望去，只見一條人影直挺挺地站在月光之下，身著青袍，面具血紅，正是見面閻羅公冶皇。

張嵐輕輕一扯趙一絕的衣袖，放下垂簾，用極低微的聲音說道：「見面閻羅公冶皇。」

刁佩道：「在哪裡？」

張嵐道：「就在這茅舍外面，雖然是敵明我暗，但以那見面閻羅的武功、目光，只要咱們能夠見他，就不難被他發現。」

李聞天道：「公冶皇能找到這地方來，其耳目的靈敏，實不得不叫人佩服，如若他已經知道了咱們藏在這茅舍中，咱們又該如何？」

張嵐道：「只有合力放手一拚。」

趙一絕點點頭，道：「張兄說得是。」

唰的一聲，抽出了七星寶劍。

就在幾人計議停當之時，突聞一個沙啞的怪嗓門，說道：「什麼人，好大膽子，竟然敢夜闖李子林，全不把老夫放在眼中了。」

這人的聲音沙中帶尖，聽起來，當真是怪異的很，是以，四人心中都知曉那人可能就是這李子林中的主人。

但聞公冶皇接道：「原來是瞎仙穆兄，江湖不見仙蹤久矣，想不到穆兄竟然隱息在京師附近。」

他聲音中，自有一股冷肅的味道，雖然他說得很客氣，但聽起來仍然有著一種森冷的感覺。

只聽那瞎仙冷笑一聲，道：「公冶皇，老夫這李子林的規矩，你知不知道？」

公冶皇道：「規矩，兄弟剛才倒是聽說過。不過，那時候，兄弟還不知道是穆兄的隱居之地。」

瞎仙道：「你闖過兩道埋伏，殺了我兩個園丁。」

公冶皇道：「殺死了一個，一個受了重傷，但不知者不罪，穆兄，不能怪兄弟殺人，只怪那兩個守衛的人，沒有說清楚。」

瞎仙道：「現在你知道了。」

公冶皇道：「見了穆兄，自然是知道了。」

瞎仙道：「好！那你先把眼睛蒙起來！」

公冶皇輕輕咳了一聲，道：「兄弟不比你穆兄，蒙起了眼睛，豈不是真的變成了瞎子一般。」

瞎仙道：「如不肯蒙眼睛，那是誠心要犯李子林的規戒，兄弟只好把你兩隻眼睛挖下來餵鷹了。」

公治皇冷笑一聲，道：「穆兄可是覺著一定能夠把兄弟的兩隻眼睛挖出來嗎？」

瞎仙嗯了一聲，道：「就算真的挖不出你的眼睛，老夫也要試試。」

公治皇道：「穆兄，動手相搏的事，生死一髮，穆兄的武功高強，兄弟早已知曉，區區爲了自保，不得不全力施爲，拳腳無眼，如是傷到了穆兄，那將如何？」

瞎仙冷笑一聲，道：「這李子林中，不只我穆元一人，我也做不了主，也無法對你有什麼承諾，你如殺了老夫，你可以減少一些活著走出這李子林的阻力。」

公治皇心頭震動，但他表面上卻又不能不保持著鎮靜，淡然一笑，道：「聽穆兄的口氣，這座毫不起眼的果林之內，還住有和穆兄身分相似的人物了。」

瞎仙穆元道：「告訴你一點內情也不要緊，因爲你沒有離開這李子林的機會。」

公治皇道：「如是這李子林內，當真還有一位和你穆兄齊名的高手，兄弟確實難以生離此地。不過……」

穆元道：「不過什麼？」

公治皇道：「不過兄弟不大相信，這座李子林中，真的還有一位和穆兄齊名的人物，住在一起。」

穆元冷冷說道：「這李子林中，像老夫這等人物，少說點也有五、六個之多。」

公治皇道：「當真如此，兄弟願意束手就縛，可惜的是兄弟不信。」

瞎仙穆元冷冷說道：「你不信也就罷了，我不願和你抬槓。」聲音突轉冷漠，道：「你可以亮兵刃了。」

公冶皇道：「慢點動手！」

穆元道：「爲什麼？」

公冶皇道：「咱們兩個人，只能打一次，因爲這一戰中，我們兩人總要有一個傷亡。」

穆元點點頭，道：「這話倒是不錯。」

公冶皇道：「所以，在我們動手之前，應該先把心中的話說完。」

穆元道：「好！你說吧。」

公冶皇道：「你雖有瞎仙之名，但人人都知道你並非是真的瞎子，幾時訂下了別人見你時要蒙著眼睛的規矩？」

穆元怒道：「誰說是我立的規矩？」

公冶皇道：「那爲何要人蒙上眼睛？」

穆元道：「這是這李子林的規矩，你要進來，就得蒙上眼睛，但你可以不進來，既來了就要守規矩。」

公冶皇道：「穆兄越說，兄弟是越不明白，什麼人立下這規矩，而且還要逼著人遵守？」

穆元道：「你不用問誰，反正是有人立下這規矩，兄弟得遵守，你大約比我強不到哪裡去吧！」

公冶皇道：「能讓你穆兄遵守立下規矩的人，那人定然是一位非常的人物，不過，兄弟和他素無淵源，用不著遵守他立下的規矩。」

穆元道：「道理是不錯，錯在公冶兄不該到這裡來，兄弟又是負責執行這規矩的人。」語聲一頓，接道：「話已經說得很明白了，閣下亮兵刃吧！這一戰咱們免不了。」

公冶皇道：「穆兄一定要打，兄弟只好奉陪，但兄弟還有三點不解之處，還請穆兄指教，穆兄指教過後，咱們再動手不遲。」

穆元道：「你說吧！不過要說得簡明一些。」

公冶皇道：「兄弟瞧過了你們這李子林的守衛之人，他們都是目能見物，全無毛病的人，李子林立下這麼一個怪規矩，大悖常情，不知原因何在？」

穆元道：「原因很簡單，不准人瞧到這李子林中的景物，也不准瞧到這李子林中的人。」

公冶皇點點頭，道：「所有進入這李子林的人，都要蒙上眼睛麼？」

穆元沉吟了一陣，道：「能夠不蒙眼睛的也有，但兄弟在這李子林中等了十幾年，還沒有見到那人。」

公冶皇道：「兄弟再問一句，這李子林和官府中人有何淵源？」

穆元道：「沒有。」

公冶皇道：「那是和北京地面上土混頭兒一手遮天趙一絕，有往來了？」

穆元道：「兄弟從未聽過這麼一號人物。」

公冶皇道：「那就不對了，京畿總捕頭八臂神猿張嵐，和開賭場的土混頭兒趙一絕，都躲到了穆兄這李子林，難道穆兄一點也不知道嗎？」

穆元道：「就是確有其事，但他們能進得此地，自然是和李子林有點關係，再說他們進入這李子林時，定然遵守了這李子林的規戒。」

公冶皇道：「聽穆兄的口氣，似乎是要替他們撐腰了。」

穆元道：「咱們先談你不守此地規戒的事。」

公冶皇右手一按腰間刀柄機簧，抖出了一把緬鐵軟刀，道：「穆兄，可否賣個交情，放兄弟一馬，我立刻退步。」

穆元道：「我已經給了你全身而退的機會，但卻被你放過。目下，你已經瞧到了這李子林中的景物，念在咱們相識一場的份上，在下指明一條生路。」

公冶皇道：「穆兄請說，兄弟洗耳恭聽。」

穆元道：「挖去雙目懲戒你不守此規，斬去舌頭，使你無法說出此地中情形，斷去雙手，使你無法寫出這林中情形。」

公冶皇仰天打個哈哈，道：「挖目、斷舌、斬去雙手，那是生不如死了。」

穆元道：「一個人如是不想身遭凶禍，最好的辦法，就是不要做冒險的事，目下你已經騎上了虎背，不願受苦，那就只有死路一條。」

公冶皇道：「老實說，如是兄弟和你瞎仙兄一對一的搏鬥，兄弟用不著逃走，也用不著斬手、挖目、斷舌，相信可以和你穆兄打一個秋色平分。」

穆元道：「我說過，這地方我作不了主，很多人比我的武功高明，能不能衝得出去，那要看你的運氣了。」

公冶皇道：「多謝穆兄指教。」

穆元道：「公冶兄可以出手了。」

公冶皇道：「強賓不壓主，這第一招麼，還要穆兄先攻。」

穆元道：「好！那麼閣下小心了。」

右手一抬，手中的青竹杖兒，當胸點去。

公冶皇右手一抬，手中緬刀，陡然間閃起了一片刀花。

他出刀奇快，一刀正削在穆元的青竹杖上。

但聞波的一聲，穆元手中的青竹杖兒，被公冶皇一刀震開。

隱身在茅舍中的趙一絕看得大感奇怪，暗道：「緬鐵軟刀，在武林之中，乃是有名的鋒利兵刃，怎的竟然削不斷穆元手中的青竹杖兒。」

心中有疑，回頭對刁佩說道：「刁兄，那位瞎仙手中的竹杖……」

刁佩接道：「瞎仙穆元手中的青竹杖，是武林中有名的一寶，別說公冶皇手中的緬刀，削它不斷，就是趙兄的七星劍，也未必能一劍把它削斷。」

趙一絕道：「奇怪啊！難道一根竹竿兒，還能強過百練精鋼不成？」

刁佩道：「趙兄，這些事，咱們以後再談，先瞧瞧兩人這番搏鬥。瞎仙穆元和見面閻羅公冶皇，都是武林中頂尖兒的人物，能看他們放手一戰，是一件十分難得的事。」

就在兩人講話的工夫，公冶皇和穆元，已打得難解難分。

青竹杖兒，揮動之間，帶起了陣陣的呼嘯之聲，緬刀閃起了一陣飛旋的刀芒。

張嵐等雖然躲在茅舍之中，但也覺得緬刀和青竹杖上，都帶著強大的內勁。

刀光、杖影，交錯盤旋，月光下，已難見兩條人影。

李聞天看得全神貫注，不住的點頭讚道：「好一場廝殺，在下生平所廝殺，不下百陣，卻是從未見過這等激烈、凶險的陣仗，當真是奪目耀眼，叫人有目不暇接的感受。」

其實，用不著李聞天指出來，張嵐和刁佩都看得瞠目結舌，暗暗驚駭不已。這兩人心中，都有著不同的感概。

張嵐心中暗道：「十餘年來，我辦了不少飛賊案子，甚受提督大人敬重，平日裡亦自覺憑這身功力出任總捕頭，那是順理成章的事。今宵算是大大的開了一次眼界，看了人家這番搏鬥之後，這十幾年的公門生活，當真是僥倖得很，如若過去十餘年辦的案子中，遇上這麼一個人，早已屍骨成灰。」

刁佩卻看得意興勃勃，只覺大半生遊蕩江湖的生涯中，也沒有見過這等精彩的大戰，江湖上的盛名，實非虛得，必得有一點本領才成。

突然間，公冶皇急攻三刀，迫得瞎仙穆元向後退了一步。但公冶皇並未乘勢追襲，卻借勢一躍而起，憑空打了一個轉身，斜斜地向外飛去。

瞎仙穆元怒喝一聲，雙臂一振，直衝而上。

兩人騰飛而起，離開了張嵐等人的視線。

幾人無法瞧到兩人空中交手精彩一搏，卻聽得兩聲嘶喝，先後響起。

忽然間，一個嬌甜柔脆的聲音，傳入耳中，道：「公冶皇，你走不了。」

那柔媚的聲音雖然不大，但聽來卻清晰至極，似乎那說話的人，就在身邊一般。

只聽公冶皇哈哈笑道：「難得啊！想不到千手玉姬莫姑娘也在這裡。」

他笑聲雖然是十分宏亮，但在張嵐這等公門老手耳中聽來，那宏亮的聲音中，卻隱隱間含有畏懼之意。

刁佩突然一閉獨目，不停地搖頭。

借窗外月光，趙一絕很清楚地看到刁佩奇怪的舉動，忍不住問道：「刁兄，怎麼回事？」

刁風道：「厲害啊！厲害。」

趙一絕道：「厲害什麼？」

刁佩道：「千手玉姬莫飛娘。」

趙一絕最喜打破沙鍋問到底，接道：「什麼厲害？」

刁佩獨目光一閃，冷冷地道：「趙兄江湖見聞，當真是少得可憐。」

趙一絕道：「兄弟足未離過京城，還得刁兄指教。」

刁佩道：「趙兄就算沒有吃過豬肉，也該見過豬走路啊！那莫飛娘，號稱千手玉姬，趙兄想想這四個字，就應該明白了。」

趙一絕道：「兄弟還是想不明白，趙兄何不直說呢？」

刁佩道：「一個人只有兩隻手，那莫飛娘卻被人稱作千手玉姬，一個人如是有了一千隻手，難道還不算厲害麼？」

這時，瞎仙穆元和見面閻羅公冶皇，都已經脫離了幾人視線，除非幾人有膽子打開茅舍木門出去瞧看，就難再見到那等江湖上頂尖高手的搏鬥了。

外面搏鬥，已然無法見到，張嵐和李聞天，也在不自覺間留心聽著趙一絕和刁佩的交談。

這四人之間，刁佩大半生在江湖闖蕩，李聞天卻常年走鏢在外，是以，兩人的見識、閱歷最爲豐富。

李聞天道：「兄弟也聽過千手玉姬之名，據說她施用暗器的手法，已到了登峰造極之境。」

刁佩道：「不錯，李兄在江湖上走鏢多年，想必已見過千手玉姬了。」

李聞天道：「兄弟只是聽人說過。」

刁佩道：「二十年前，兄弟倒是見過她一次。親眼看到了她施用暗器的手法，那當真是前無古人、後無來者的絕技。剎那間滿天寒芒，交錯飛旋，大如輪月，小如花針，鄂北十三霸，被她一擊之下，全都絕命當場。想想看，那是什麼樣的手法。」

趙一絕道：「喝！聽聽也過癮得很。一發暗器，能殺死十三個人，當真是聞所未聞的事。」

刁佩道：「所以人稱她千手玉姬，兩隻手用起暗器來，有如千手一般。」

趙一絕道：「刁兄早這麼說，我老趙早就明白了。」

刁佩輕輕咳了一聲，道：「想不到啊！這地方，一個荒涼的李子林中，竟然有這等江湖

高手。」

李聞天道：「看來，那高半仙不是個簡單人物，他把咱們四個送到此地，而且，那些人竟然肯答允讓咱們在此住下，這份面子，應該是夠大了。」

刁佩道：「瞎仙穆元和千手玉姬，都在此地出現，足證高半仙他們早已相識，只不過，無法瞭解他們之間的關係罷了。」

張嵐道：「兄弟覺得，高半仙帶咱們來此，只怕不一定全是爲了保護咱們。」

趙一絕道：「對！他一定別有用心。」

刁佩道：「兄弟再也想不出來，高半仙有什麼地方需要咱們幫助，兄弟說一句老實話，不論是瞎仙穆元或是千手玉姬，只要一出手，咱們四個人合起來頂不過十招。」

趙一絕道：「對付這等江湖高手，用打字，咱們是全然無用，但武功高強，並不一定能夠解決所有的問題，刁兄，這要靠點心眼了，我趙某人，如論武功，決難在京城創一大片基業。」

刁佩道：「聽趙兄的口氣，那高半仙對咱們確有目的了？」

趙一絕道：「不錯，只是高半仙太厲害，他不明說，但卻牽著咱們鼻子，把咱們引上路去，替他辦了事，還得對他感激莫名。」

張嵐輕輕咳了一聲，道：「趙兄，兄弟倒想起了一點路子來。」

趙一絕道：「什麼路子？」

張嵐道：「我想可能仍然和那王夫人母子有關。」

趙一絕一拍大腿，道：「對啊！高半仙認識這麼多武林高手，如是想劫牢救人，實是易如反掌，但他卻不肯如此，叫咱們花金子弄到刑部公文，放那王夫人母子出來，中間自然是大有內情。」

張嵐道：「所以，在下才想到，這件事一定牽涉到王夫人母子。」

李聞天道：「但在下想不明白。王夫人母子是官宦人家，怎麼會和高半仙這等武林高人搭上關係？」

趙一絕道：「如是咱們能想得明白，那高半仙也不會牽著咱們的鼻子走了。」

李聞天道：「這座李子林很奇怪，而且也很隱密，不知道張兄是否知曉此地？」

張嵐道：「近年之中，除了翰林院那位編修失蹤，和這一科狀元失蹤之外，別無大案子，至於這座李子林，兄弟從未聽人說過。」

李聞天道：「張兄在公門之中，沒有聽人說過，也還罷了；兄弟在鏢局子裡，也從未聽人說過，有這麼一座果林。」

刁佩輕輕咳了一聲，打斷了兩人之言，道：「有人來了。」

茅舍中，頓然間靜了下來，靜得落針可聞。

果然，一陣沙沙的腳步聲，傳了進來。四人凝神靜聽，已不聞兵刃交擊的聲音。顯然，那一場高手激烈的惡鬥，已然分出了勝敗、存亡。

步履聲在茅舍外靜止下來，耳際間響起了沙啞怪異嗓音，道：「屋裡有人嗎？」

趙一絕道：「有，木門沒有上栓。」

李聞天急忙燃火摺子，點起燈火。

木門卻呀然而開，瞎仙穆元，緩步行了進來，道：「你們四個人，有一個頭兒沒有？」

趙一絕道：「朋友有什麼見教，和兄弟說話。」一面抬頭看去，只見那瞎仙穆元，兩隻小眼一片白，竟是見不到眼珠兒。

穆元道：「你們剛才都已經瞧到了。」

這句話問得很奇突，四人面面相覷，竟無一人答話。

穆元冷然一笑，接道：「見面閻羅公冶皇，深夜到此，諸位可知曉爲了什麼？」

趙一絕道：「追蹤我等。」

穆元道：「這李子林數年的隱秘，已被你們四人破壞。」

趙一絕道：「閣下說得不錯，不過，這件事不能怪我們，要怪那高半仙。」

瞎仙穆元似是語塞，沉吟了一陣，道：「話雖如此，但那高半仙還不是爲了保護你們四人的性命。」

趙一絕聽他語氣緩和，不禁膽氣一壯，道：「這話雖是實情，但如高半仙不帶我們來此，我們卻不會想到此處避難。」

李聞天、刁佩，都知曉那瞎仙在江湖上的凶名，三句話不對，出手就要殺人，是以，都不敢出言招禍。

但趙一絕卻是迷迷糊糊的，竟然要據理力爭。

穆元沉吟了一陣，道：「那高半仙和你們提過什麼沒有？」

趙一絕道：「提過很多的規矩，不准我們離開茅舍，也不准我們向外瞧看。」

穆元冷冷接道：「至少，諸位犯了李子林中一大規戒，你們瞧看了老夫和公冶皇的搏鬥。」

趙一絕道：「犯了這條規戍，該當何罪？」

穆元道：「挖目之罪！」

趙一絕呆了一呆，道：「很重的刑罰。」

穆元道：「不知四人，有幾個偷瞧了老夫和人動手？」

趙一絕哈哈一笑，道：「只有我老趙一人。」

穆元道：「老夫不信。」

趙一絕道：「不信也得信，他們也知道，是不錯，不過，那不是他們看的，而是在下講

給他們聽的，貴園中有不許人向外偷看的規矩，但卻沒有要人不講話，不聽話的規矩吧？」

穆元道：「老夫在江湖上許多年，敢對老夫如此說話，像你這樣無名小卒的人，你是第一個。」

趙一絕道：「你老兄只要講理，咱們就可以談談，在下覺著，有理者行遍天下，無理者寸步難行。」

穆元道：「在江湖上行走，弱肉強食，哪裡還有講理的人？」

趙一絕道：「你老兄如是不講理，咱們就不用談了。」

穆元冷冷說道：「你要不要命？」

趙一絕道：「如是你一定要挖去我的眼睛，那就不如殺了我。」

穆元呆了一呆，道：「你一點也不怕死？」

趙一絕道：「頭割了碗大一個疤，那也沒有什麼了不得。」

他句句頂撞，頗有豪氣干雲氣概，聽得刁佩、李聞天心頭震駭不已，以瞎仙穆元的武功，只要一出手，一招就可以取趙一絕的性命。

穆元似是極爲氣憤，來回在室中走動，顯然心頭塡滿了怒火。

室中三人，都替趙一絕擔心，但事情卻變化的大出了三人意料之外。

穆元忽然停下腳步，拱拱手，道：「趙兄！」

趙一絕手中執著七星劍，早已暗中戒備，他雖然明知非敵，但也不願束手就戮，準備仗寶刀鋒利，捨命一拚。

穆元突然改顏相向，趙一絕幾乎不敢相信，抱拳一禮，道：「不敢當，你老兄有何指教？」

穆元道：「老夫要和諸位商量一件事情。」

趙一絕道：「咱們是釜底之魚、俎上之肉，任憑你老兄宰割，這商量二字，不是用得太客氣了嗎？」

穆元淡淡一笑，道：「看起來，四位之中，你趙兄是一個頭兒了。」

趙一絕道：「他們三位抬愛，把兄弟我給捧了出來，不過，大事情兄弟也作不了主，還得我們商量一下。」

穆元道：「好！兄弟說出來，你們四位商量之後，再給我一個答覆。」

趙一絕道：「你說說看吧。」

穆元道：「有一王公子，是被諸位救出了天牢？」

趙一絕道：「不錯，他們娘兩個被兄弟等堂堂正正地請出了天牢。」

穆元道：「那位王夫人，是一位知書達理的人，她口中雖然未言謝，但內心之中，對諸位確實有一份很深厚的感激。」

趙一絕道：「這個，在下不清楚，我們是受人之託，忠人之事。」

穆元道：「對那位王夫人，高半仙和老夫，都知道的很清楚。」

趙一絕道：「就算是吧，那又怎樣？」

穆元道：「所以，要麻煩諸位一趟，請那位王公子到此一行。」

趙一絕道：「你老兄名動江湖，武功卓越，他如敢不來，把他擄來，還用得著我們去請嗎？」

穆元道：「事情如是這樣簡單，老實說，他們娘兩個，也用不著在天牢裡關了十幾年，就憑那些牢官獄卒，還能攔得住人不成。」語聲微微一頓，接道：「但那位王夫人很固執，不許我們見她，更不許見王公子。」

趙一絕聽得大感奇怪，道：「她不見你們，也算不得什麼大事啊！」

穆元道：「唉！這中間自有原因，諸位如能把那位王公子請來此地一行，諸位將大開一次眼界。」

趙一絕道：「請來王公子，這大概算不得什麼難事吧！」

穆元道：「對！在諸位也許不算什麼難事，但我們卻是束手無策。」

輕輕咳了一聲，道：「有一件事，老夫想先說明白，我姓穆的已經爲了諸位鬥了見面閻羅公冶皇，諸位幫老夫一個忙，咱們就兩下扯平。」

趙一絕道：「就是這件事？」

穆元道：「說來說去一句話，請諸位幫個忙，想法子，請那位王公子來此一趟。」

趙一絕道：「閣下可是要和他談談？」

穆元道：「不錯，我們想和他談一件事。」

趙一絕道：「這件事，不能讓那位王公子的媽媽知道？」

穆元道：「正是如此。」

趙一絕道：「好吧！在下試試看，不過，在我老趙的感覺中，這不是什麼太難的事。」

穆元道：「諸位答應了。」

趙一絕道：「在下願全力以赴，不過，我們既要蒙著眼睛出去，帶那王公子來，是否也要蒙著眼睛進來。」

穆元道：「自然不用。」

語聲一頓，接道：「可是諸位離開此地之時，還要蒙一下眼睛。」

趙一絕道：「這地方僻靜得很，如是蒙著眼睛，我們來此，又如何能夠找到？」

穆元道：「老夫派人迎接諸位。」

趙一絕道：「這不過是一片果林罷了，爲什麼要掩人之目，立下了這麼苛刻的規矩。老趙想不通，這李子林中，有什麼怕人瞧到的東西？」

穆元道：「這只是一個禁例，有一天，這禁例自會解除。」輕輕咳了一聲，接道：「目

下諸位還未請到王公子來，有很多話，老夫實也不便說出來。」

趙一絕道：「閣下既有很多的苦衷，我們倒也不便多問了，不知我們要幾時動身？」

穆元道：「天色就要大亮，諸位休息片刻，至遲要在午時之前動身。」

趙一絕道：「在下不知那位王公子母子的住處，還要費一番工夫尋找，今天恐怕是來不及了。」

穆元道：「這個不勞諸位費心，我們已知曉他的住處。」

趙一絕道：「這麼看起來，那位王公子對諸位似乎是極爲重要。」

穆元答非所問地道：「諸位坐息一下，老夫要告退了。」

趙一絕道：「在下想問一點題外文章，不知閣下可否見告？」

穆元道：「只要不讓我太爲難，老夫盡量回答。」

趙一絕道：「那位見面閻羅怎麼樣了？」

穆元道：「已身受重傷……」

趙一絕接道：「帶傷而逃？」

穆元道：「進入李子林的人，很難有逃離此地的機會，公冶皇身受重傷後，已被生擒。」

趙一絕道：「他們有很多人。」

穆元道：「但他們今晚上闖入李子林的，只有兩個，都已被生擒囚起。」

趙一絕道：「高半仙現在何處？」

穆元道：「高半仙不在此地。」

趙一絕道：「能不能找找他，在下想和他說幾句話。」

穆元道：「高半仙明日午後，可以回來，他只要一回來，咱們立刻就要他和趙兄會面。」

趙一絕道：「那時間，在下已經帶來了王公子，是麼？」

穆元道：「趙兄能帶來王公子，我們固然十分感激，但如是你帶不來王公子，也得回來。四位之中，只能去兩位，我們相信諸位一諾千金，不會一去不返。今夜裡三更爲限，如是三更過後，還不回來，老夫等只好採取……」他大約不好說得太明白，突然住口不言。

趙一絕接道：「只好採取非常手段？」

穆元道：「不錯，老夫一生不打誑語，如是兩位不回，老夫就先殺了兩個留在這裡的人，然後，再遣人生擒兩位。」

趙一絕笑一笑，道：「這一方面，閣下可以放心。我們答應了，絕對不會變卦，不過閣下在下下手之前，應該先打聽清楚，我們如若是逃掉了，閣下再下手不遲。」

穆元沉吟了一陣，道：「好吧！你們四位商量一下，哪兩位留下，哪兩個出去找人，老夫等一會兒再來。」

趙一絕道：「不用了，我們立刻就可以決定，而且，決定了就要動身。」

回顧張嵐和李聞天一眼，道：「兩位去請王公子，兄弟和刁兄留在這裡。」

張嵐道：「不行，對付王夫人，非得你趙兄出馬不可，你和李兄去，我和刁兄留在這裡。」

李聞天微微一笑，道：「兩位曾進入天牢中面謁王夫人，最好還是兩位同去，兄弟和刁兄留在這裡。」

趙一絕道：「這樣也好。不過，兩位只管放心，兄弟和張兄，不論能否請來王公子，定然會按時轉來，和兩位生死與共。」

李聞天道：「這一點，兄弟深信不疑。」

趙一絕道：「那就這樣決定了，我和張兄早走一刻，多一刻思慮的時間。」

穆元道：「老夫人一生中最爲喜歡乾脆的人，我這就叫人替諸位備馬。」言罷，轉身而去。

片刻之後，穆元去而復返，道：「馬匹已經備好，不過，格於規矩，諸位還要蒙上眼睛才成。」

趙一絕、張嵐伸手取過眼罩子，蒙上雙目。

在穆元引導之下，張嵐和趙一絕順利地離開了李子林。

行約里許左右，穆元突然停了下來，道：「兩位可以取下臉上的面罩了。」

張嵐、趙一絕依言取下臉上面罩，流目四顧，只見四周林木環繞，似是仍在李子林中。

穆元輕輕咳了一聲，道：「兩位往南走，出了果林，就可見到一輛篷車，登上篷車，他們自會送兩位到那王公子住的地方。」

張嵐道：「咱們請到王公子之後，應該如何？」

穆元道：「帶那位王公子原車而返。」

趙一絕道：「如是接不到王公子呢？」

穆元道：「兩位也要乘原車而回。」

張嵐道：「好！就此一言爲定，我們去了。」

趙一絕道：「慢一點，我還有兩句話問問這位穆兄。」

穆元道：「什麼？」

趙一絕道：「咱們請不到王公子，那就罷了，如是請到王公子，如何通知閣下？」

穆元道：「不用勞心，這些事，我們都已有了安排。」

趙一絕道：「這片李子林，似是很大，要蒙眼睛的地方，似乎是只有一片很小的地方。」

穆元道：「趙兄，你問的太多了。」微微一笑，接道：「不過，老夫可以奉告兩位一句話，兩位只要能夠請到那王公子來，對兩位大大的有益，你們不但可以見到很多武林中難得見到的人物……」

趙一絕道：「開開眼界，也許是不錯，但對我們大大有益，老趙就想不通了。」

穆元道：「此刻，不是兩位談條件的時候，兩位請來了王公子之後，再談不遲，因為老夫等已經先替兩位賣了命。」

趙一絕道：「好吧！咱們等會再見。」

出了果林，果然見到了一輛篷車，停在林邊，一個土布衣著的車伕，坐在車前。

趙一絕還未來得及開口，那車伕已搶先說道：「兩位請上車吧！」

張嵐點點頭，啓開車簾，和趙一絕魚貫登車。

車伕放下垂簾，道：「兩位最好不要向車外面瞧看，咱們要闖一道險關。」

趙一絕道：「閣下放心，我們已知曉規矩，不過，我們自己談談話，不礙事吧？」

那車伕道：「兩位儘管談，只要別打開車簾就行了。」長鞭一揚，篷車向前疾奔而去。

趙一絕感覺到那篷車奔行極快，忍不住說道：「這篷車快得很奇怪，似乎不是一般的篷車。」

但聞車外馳車人高聲應道：「不錯，這是一輛特製的馬車，而且，還要有一匹好馬，才

能使篷車跑得這樣快捷。」

趙一絕道：「閣下大概不是專門駕車的？」

馳車人高聲應道：「你老兄看來還有點眼光。」

趙一絕道：「你老兄誇獎了。」輕輕咳了一聲，接道：「這篷車外面，有些什麼東西，不准咱們瞧看，但不知是否可以說給咱們聽聽？」

那馳車人高聲應道：「諸位都是見多識廣的人，只要用心的聽聽，大概就有些明白了。」

趙一絕低聲說道：「張兄，咱們就用心聽聽吧！」

兩人凝神聽去，但聞輪聲轆轆，除此之外，再也聽不到一點聲息。

趙一絕道：「張兄，聽到了什麼聲音沒有？」

張嵐搖搖頭道：「沒有。」

趙一絕道：「兄弟也未聽到。」這句話說得很高，似乎是有意的讓那馳車人聽到。

果然，那駕車人高聲應道：「快要到了，兩位再用心聽聽如何？」

趙一絕、張嵐重又凝神聽去。片刻之後，果然聽得一陣嗡嗡之聲，傳入耳際。聲音愈來愈強，聽得十分震人。

趙一絕低聲說道：「這是什麼聲音？」

張嵐道：「似是黃蜂的叫聲。」

趙一絕道：「不錯，是蜂叫。」

張嵐道：「這地方，哪來的這麼多黃蜂？」

趙一絕道：「而且，這些黃蜂，怎麼會不停地飛動？」

只聽那馳車人應道：「這是黃蜂，此刻，我們這篷車四周，都圍滿黃蜂。不過，這篷車封閉得十分嚴密，只要兩位不打開篷車的封布，那黃蜂就不會飛進來。」

趙一絕輕輕歎息一聲，道：「看來，閣下幫了我們一個大忙。」

馳車人接道：「主要的，還是兩位肯聽從在下之言，如是兩位不聽在下的忠告，只怕兩位都已被黃蜂所傷。」

趙一絕道：「不過，在下有一件想不明白。」

馳車人道：「什麼事？」

趙一絕道：「閣下不怕蜂咬？」

馳車人哈哈一笑，道：「如是在下不能抗拒蜂毒，早已死在群蜂之下，如何還能和諸位說話。」

張嵐道：「把巨蜂養在林中，用以拒擋入林之人，這法子當真是聰明得很。」

馳車人道：「對！不論武功何等高強的人，都無法逃過群蜂的襲擊。」

張嵐道：「看起來，這李子林中的能人不少。」
馳車人道：「兩位的眼力不錯。」
趙一絕道：「咱們不是看，而是想。」
馳車人道：「這麼說來，兩位的頭腦不錯啊！」
張嵐道：「好說，好說，朋友可否把姓名賜告我等？」
馳車人道：「這個恕難從命，不過……」
趙一絕道：「不過什麼？」
馳車人道：「兩位如若能夠請到那位王公子來，兩位在此地必然會受到極大的尊重。」
趙一絕笑道：「在下總覺著這不是一樁太難的事，但聽諸位的口氣，似乎卻是一件極端困難的事。」
馳車人道：「籠統的說，解決一件事，只有兩個辦法，一個是硬幹，一個是軟求；如是一件事不能硬幹，軟求對方又不肯答應，不知還會有別的什麼辦法？」
趙一絕啊了一聲道：「動動腦筋啊！」
馳車人道：「這李子林中，有不少才智卓絕的人士，他們日日夜夜，用心思索，但未想出什麼辦法來。」
趙一絕道：「聽閣下的口氣，似乎是那位王公子，對這片李子林十分重要。」

駝車人道：「這片僻處荒野，山不明、水不秀的李子林內，滙集了這麼多高人，可以說都和王公子有關，經營出這片基業，也全是爲他之故。」他似乎是自知話說得太多，突然住口不言。

張嵐、趙一絕也未再多問，但兩人心中卻都起了強烈的震撼。

一個在天牢中長大的孩子，怎麼會對武林有著這樣的影響。怎麼會有這樣多的武林高手，集中在李子林等他。

王夫人、王公子都出身官宦之家，又怎會和這麼多武林人物，扯上了關係。

這件事，像一個謎，使人思解不透的謎。張嵐、趙一絕都未再多講一句話，兩人都在苦思索這些事。不知道經過了多少時間，耳際間突然響起那駝車人的聲音，道：「到了，兩位請下車吧！」

車簾啓動，日光照人，看街上人來人往，竟然早市已開。

趙一絕、張嵐走出篷車，抬頭瞧了那駝車人一眼，只見那人穿著灰布褲褂，三十四、五的年紀，雙目中神光湛湛，行家眼中，一看即知是內外兼修的人物。

灰衣人淡淡一笑，道：「兩位請轉入左面第一個巷子裡，最後一家，就是王夫人母子的住宅。」

趙一絕點點頭，道：「你老兄不去嗎？」

灰衣人道：「兄弟把車子停在六和樓後面的車場裡，等候兩位。」

趙一絕道：「你要等好久？」

灰衣人道：「兩位需要好長時間，在下就等好久時間。」

趙一絕道：「好吧！成不成，在下想中午之前，就可以決定了，你老兄停好車，在六和樓上等我們。」

灰衣人笑一笑，道：「好！在下一切聽命行事。」

趙一絕回顧了張嵐一眼，道：「張兄，咱們見著王夫人時，該說些什麼？」

張嵐苦笑一下，道：「這種事，兄弟也沒有經驗過，只有見面時隨機應變了。」兩人邊說邊走，向左首巷行去。

只覺兩側的房子愈來愈矮，到了巷子底處，只剩了兩間草棚茅舍，一堵土牆攔住了去路，已到巷子盡處。

趙一絕兩面望了一眼，道：「就這兩間草棚子麼？」仔細瞧去，只見右首竹籬之內，一個中年婦人坐在門前，正低著頭洗衣服。

張嵐低聲說道：「那位洗衣服的，就是王夫人。」

趙一絕點點頭，道：「這位一品夫人，竟然是一位了不起的人物，竟然要自食其力，瞧那大木盆衣服之多，決非他們母子二人所有了。」

張嵐道：「李子林中一班武林高手，似乎是對這位王夫人特別敬重，而且敬重到不敢求見的程度，這中間，定然有著人所不知的重大隱秘，他們雲集於京城附近，暗中保護王夫人母子的安危，扮裝成各種不同身分的人物，一等十幾年，這是何等重大的犧牲，而且，人數眾多，大都是身負絕技、名動江湖的人物。」

趙一絕接道：「不錯，這中間確實有點邪門，但那位王夫人，對武林中，卻有著深惡痛絕的味道，咱們見她時，也得小心一些才成。」

張嵐道：「不論成敗，咱們都得試試，進去吧！」

趙一絕當先而行，到了籬門，整整衣衫，高聲說道：「王夫人嗎？」

王夫人抬頭瞧了一眼，道：「什麼人？」

趙一絕道：「在下姓趙。」

王夫人道：「籬門未拴，自己進來吧！」

趙一絕推開籬門，和張嵐魚貫而入。

王夫人打量了兩人一眼，用圍裙擦擦手上的水珠兒，道：「原來是兩位恩人，恕老身未能遠迎。」

趙一絕一抱拳，道：「不敢當，我們不速造訪，打攪夫人的清靜，心中甚感不安。」

王夫人道：「寒舍簡陋，老身又不留客，兩位有什麼事，就請吩咐吧！」

趙一絕望望那一盆衣服，道：「夫人，這等生活，太清苦了。」

王夫人道：「我們自食其力，也苦得清清白白，老身覺著這生活並無不妥。」

趙一絕道：「夫人說的是。」

王夫人笑一笑，道：「老身說話太直率了一些，希望未開罪兩位。」

趙一絕道：「那裡，我們費了不少工夫，找到夫人住處，懇求一事。」

王夫人沉吟了一陣，道：「老身不能先行答允，要兩位先說出來，老身想一想，才能決定。」

趙一絕道：「說起來，也不是什麼大事，我們想請王公子，便餐一敘。」

張嵐接道：「夫人如是有便，還望一同賞光。」

王夫人沉吟了一陣，道：「好吧！要他陪兩位一次。不過，小犬在牢中長大，二十年來，很少和外人接觸，人情世故一無所知，只怕會得罪兩位。」

趙一絕道：「這個夫人放心。」

王夫人淡淡一笑，道：「老身希望你們能早些送他回來。」

張嵐道：「咱們吃完了就回來。」

王夫人點點頭，回頭叫道：「小玉兒，快出來，兩位恩人找你。」

一陣步履之聲，傳了過來，王公子一身灰布衣服，緩緩行了出來，欠身對王夫人一禮，

道：「給母親見禮。」

王夫人一擺手，道：「不用了，見過兩位叔叔。」

王公子轉過臉來，兩道眼神一掠趙一絕和張嵐，緩緩說道：「見過兩位叔叔。」說時抱拳一禮。

趙一絕急急還了一禮，道：「不敢當，咱們是高攀王兄論交。」

王公子淡淡一笑，回顧了王夫人一眼，道：「母親喚出孩兒，有何教訓？」

王夫人道：「兩位叔叔，想請你出去便飯。」

王公子道：「母親不去，孩兒怎敢獨自享受。」

王夫人笑一笑，道：「去吧！兩位叔叔費了不少工夫找上門來，你不去，豈不大拂人好意？」

王公子道：「母親既如此說，孩兒只有從命了。」

王夫人道：「早去早回。」

王公子一個長揖，道：「孩兒遵命。」

王夫人回顧了張嵐、趙一絕一眼，道：「諸位請吧，老身不留客了。」

張嵐、趙一絕齊齊一抱拳，道：「我等告別。」帶著王公子離了茅舍。

趙一絕道：「王兄，你想到哪裡吃？」

王公子搖搖頭，道：「在下不知，兩位叔叔作主。」
趙一絕道：「咱們是平輩論交，這叔叔二字叫的太客氣了。」
王公子道：「家母之命，小生豈敢不聽。」
趙一絕道：「老人家的話嘛，聽聽就算了，用不著認真。」
王公子搖搖頭，道：「不行，母親之言，豈可陽奉陰違？」
張嵐道：「咱們到六和樓喝一盅，王兄意下如何？」
王分子道：「晚輩悉憑兩位叔叔安排。」
趙一絕放快腳步，當先帶路，不過片刻，已到六和樓，六和樓是大飯莊，氣派豪華，守門的店小二，是一位眼面很廣的人，急急迎了上來，欠身說道：「趙爺，久違了，今兒個什麼風把你老給吹了來。」
趙一絕揮揮手，道：「我要樓上靠窗口桌位。」
店小二道：「有！趙爺你請。」
張嵐心中暗道：「看起來，趙一絕在這些地方的威風，比我這京畿總捕頭還要夠瞧。」
這時，距午時還有一段時光，六和樓上的人不多，只有兩桌人在趕早酒。
這地方，趙一絕實在夠威風，三、四個店夥計跟著伺候，抹椅擦桌地替三人安排好位置，完全看趙大爺眼色行事。

王公子出世以來，第一次被人這麼曲意招呼，不禁微微一笑。

三人落了座，店夥計立時送上香茗，才哈著腰，問道：「趙爺，吃點什麼？」

趙一絕道：「配八個下酒的菜，先來三斤狀元紅。」

王公子望望站在不遠處的店小二，道：「趙叔叔，你很神氣嘛！」

趙一絕哈哈一笑，道：「世兄，這些地方，老哥看起來很神氣，如是在真槍真刀的所在，老哥我就不成了。」

王公子奇道：「爲什麼？」

趙一絕道：「到了那地方，你世兄比我老趙強得多了。」

他有感而發，那王公子如何會聽得明白，微微一笑，道：「趙叔叔說笑話了，晚輩除了我母親，就只認識你們兩位。」

談話之間，店夥已陸續送上酒、菜。

趙一絕斟滿了酒杯，道：「王世兄，咱們要好好的交交，來，乾一杯。」

王公子舉杯一飲而盡。他宛如一張白紙，對世事全無所知，十七年天牢生活中，母子倆相依爲命，除了他生身母親之外，很少和外人接觸。他不知道自己的酒量，也從未食用過這等山珍海味，吃起來，感覺中十分新鮮。

這王公子並沒有浪費十七年的光陰，王夫人本是飽學才女，滿腹詩書，十七年王公子盡

得所學。十七年，他心無旁鶩，讀書之外，每日打坐，不覺間，奠定了伐毛洗髓的上乘內功。

三人邊談邊喝，趙一絕又別有所圖，曲意奉承，不覺間熟絡了起來。

突然間，響起了一聲冷笑，道：「趙兄，很逍遙啊！」

趙一絕轉頭望去，只見一個身著青衣的漢子，坐在臨近一桌。那人身佩長劍，神色嚴肅，正是萬花劍。

趙一絕怔了一怔，道：「原來是你！」

萬花劍緩緩站起身子，行了過來，冷冷說道：「趙兄，你自願跟兄弟走呢，還是要在下動手。」

王公子放下酒杯，轉眼望著萬花劍，緩緩說道：「趙叔叔，這人是誰？」

趙一絕道：「一個朋友……」

語聲未落，瞥見人影一閃，那青衣駕車人突然急步而至，一把握住了萬花劍的右手，道：「老兄啊！找得我好苦啊！走，咱們喝酒去！」

萬花劍只覺那人指力強勁，有如鐵箍上腕，心知不對，細看來人，又素不相識，一皺眉頭，道：「你認錯人了。」

灰衣人道：「怎麼，你發了財啦，連老朋友也不認了，俗語說得好，衣服要新，朋友要舊，你不認識我，但你化成灰我也能認得出來。」不容萬花劍再開口，拖著就跑。

萬花劍腕脈受制，無能反抗，只好任人拖走。

王公子望著兩人的背影，神色間一片茫然，道：「這是怎麼回事？」

趙一絕笑道：「他們朋友多年不見了，見了面難免要親熱一些。」

王公子啊了一聲，道：「那佩劍的似乎是不太喜歡他那位老朋友。」

趙一絕哈哈一笑，道：「他發了財，不願多認窮朋友了。」

王公子道：「這就不對了。」

趙一絕道：「是啊！江湖險詐，人心不古，這也是沒有法子的事。」

張嵐一直不聞那趙一絕說入正題，心中十分焦急，忍不住重重地咳了兩聲。

王公子回頭望了張嵐一眼，道：「張叔叔你怎麼了？」

張嵐道：「酒嗆著了氣管。」

王公子微微一笑，道：「原來如此。」

趙一絕心中明白，乾笑一聲，道：「王世兄，咱們吃了午飯之後，出去走走如何？」

王公子奇道：「到哪裡去？」

趙一絕道：「下午咱們去郊遊一番，再送世兄回去。」

王公子怦然心動，二十年來，他從未見到過遼闊的原野，壯麗的山河，但他神色間，卻仍然猶豫著，道：「這個，不太好吧！」

趙一絕道：「世兄可是顧忌到令堂掛念？」

王公子道：「家母懸思，晚輩哪還能生遊興。」

趙一絕道：「不要緊，我會派人去通知令堂一聲。」

王公子沉吟了片刻，道：「好吧！但太陽下山之前，定要送晚輩到家。」

趙一絕道：「這麼說，咱們得趕快一些了。」

三人匆匆食過酒、飯，下了六和樓。

行人停車場外，立時有一個五旬左右、土布衣褲的老者，迎了上來，道：「舍侄身體不適，叫老漢代他駕車，趙大爺請上車吧！」

趙一絕心中暗道：「這麼看來，李子林中人物，乃是極有組織的人，駕車人一露相，立時換了個人。」

心中念轉，口中卻應道：「快些把車駛出來！」

那老者欠身一禮，連聲應是，片刻之後，駕來了輛黑色篷車。

趙一絕看篷車也換了樣子，心中更是驚訝，但也不禁有些猶豫起來，暗暗忖道：「人、車皆非，如是其中有詐，又將如何是好？」

那老者似是已瞧出了趙一絕的爲難，急急接道：「李子林的風光很好，一片黃草地，好

個蕭索秋景。」

趙一絕還未來得及開口，王公子已搶先說道：「好哇！咱們瞧瞧去。」

張嵐一抱拳，道：「王世兄請。」

當先舉步，跨上篷車。

王公子、趙一絕緊隨著跨上篷車。

老者放下車簾，揚鞭馳奔了過去。

王公子低聲說道：「放下車簾趕路，車子太黑了一些，而且一路上的景色，也是無法瞧到。」

趙一絕高聲說道：「如是想看路上的景色，就無法閉簾馳車了。」

果然，這句話，引起了車外的反應，只聽那馳車老者應道：「大爺說得是，到了城外，就打開車簾，以賞秋色。」

篷車轆轆，不過半個時辰，車已離開了京城，果然，那奔馳的篷車突然一緩，緊接著捲起了車簾。一片陽光，照了進來，車中景物，清晰可見。

王公子探首車外，只見沿途黃葉飄飄，楓葉似火。他自幼在天牢中長大，從未接觸到這等大自然的景物，只瞧得悠然神往。

趙一絕和張嵐，極擔心他在車中問長問短，見他為秋色所迷，正好省去一番唇舌，也裝出一副欣賞秋色的模樣，一語不發。

這篷車似是特製而成，奔馳在淺山道上，並無很強烈的顛動之感。

不知道篷車奔行了多少時間，到了一片密林之前，馳車老者突然放下垂簾，口中卻說道：「林中黃蜂甚多，別讓牠螫著了。」

王公子奇道：「你不怕黃蜂螫嗎？」

趙一絕接道：「他身上塗有藥物，再戴上面罩，自然不用怕黃蜂了。」

這時，篷車外面果然響起了嗡嗡之聲，似是雲集了不少的黃蜂，那聲音聽來十分駭人。

王公子傾耳聽了一陣，道：「趙叔叔，那是黃蜂鳴叫聲嗎？」

趙一絕道：「成千成萬的黃蜂羽翼振動，發出的響聲。」

王公子道：「黃蜂螫到人，是否很疼？」

趙一絕道：「一、兩隻蜂，自不足畏，縱然螫到了，也不要緊。但如黃蜂雲集到千萬隻，不論何人，都無法抗拒了。」

王公子啊了一聲，道：「可惜，我沒有見過黃蜂的樣子，很希望瞧瞧牠是什麼樣子。」

但聞馳車人應道：「小的抓了一隻黃蜂，等一會兒給公子瞧瞧。」

王公子道：「那就多謝你啦！」

馳車人應道：「公子言重了。」

趙一絕說道：「王世兄，等一會兒，咱們見到幾位朋友，世兄要……」

王公子接道：「在下悉聽趙叔叔的吩咐行事。」

趙一絕道：「那很好，很好！」

十二　金劍新主

奔馳中的篷車，突然停了下來，垂下的車簾，也被捲起。

陽光下，只見瞎仙穆元和高半仙，垂手而立，面對篷車，神色間一片恭敬，在兩人身後，排立了二十多個中年漢子。

趙一絕凝目望去，只見篷車前面之人，都已取下了蒙眼的罩子。

王公子看得大爲奇怪，低聲對趙一絕道：「這些人幹什麼的？」

瞎仙穆元道：「在下等恭迎王公子。」

王公子道：「趙叔叔，這怎麼可以，他們太客氣了。」

對這等場面，趙一絕也有著十分意外之感，怔了一怔，道：「世兄，咱們下車吧！」

王公子聽他答非所問，只好依言下了篷車。

高半仙向前面行了兩步，道：「王公子，在下高萬成。」

王公子點點頭，道：「高先生。」

高萬成道：「公子駕臨李子林，乃我等十餘年的心願，今日一旦得償，心中至感歡樂。」

王公子啊了一聲，道：「爲什麼？」

穆元道：「片刻之後，公子就知道了。」

王公子回顧了趙一絕一眼，道：「趙叔叔，這是怎麼回事啊？」

趙一絕苦笑了一下，道：「他們說得不錯，等一會兒世兄就知道了。」

穆元一抱拳，道：「公子請。」

瞎仙穆元和高萬成轉身帶路，穿過了一片林木，行到了一座青磚砌的瓦舍前面。

趙一絕和張嵐，是禿子跟著月亮走，沾了王公子的光，也跟著行到了瓦舍門前。

高萬成、瞎仙穆元，停下腳步分讓兩側，齊齊欠身說道：「公子請。」

王公子心中大感奇怪，沉聲說道：「趙叔叔，這些人都是你的朋友嗎？」

趙一絕道：「不錯啊！」

王公子道：「他們究竟在做什麼，晚輩是越來越糊塗了。」

高萬成道：「公子身分崇高，人人敬重，但請放心入室。」

王公子仰臉望望天色，道：「時間不早了，晚輩該回去了，免得家母懸念。」

高萬成急急說道：「公子，我們等候十餘年，只等今天，公子如若決絕而去，豈不使我等寒心。」

王公子奇道：「寒心？」

瞎仙穆元接道：「是的，大江南北，千百位武林英雄，都在等待消息，公子不可以等閒視之。」

王公子道：「武林英雄？」

高萬成道：「是的。此事關係十分重大，公子萬萬不可推拒。」

王公子道：「等我回去請示過母親之後，再來此地不遲。」

高萬成道：「公子先請入室中，拜受過金劍之後，瞭然了內情，再回去告訴令堂不遲。」

王公子雖然被高萬成說得甚感好奇，怦然心動，但仍然搖頭說道：「不行，我得先稟明母親。」

穆元道：「我等費盡心機，安排下今日機會，公子怎可毫不重視？」

王公子道：「我為什麼要重視？」轉身向外行去。

趙一絕伸手攔住了王公子的去路，低聲說道：「既然來了，就該瞧個明白，世兄堅持不進室內，想必是心中害怕了。」

王公子搖搖頭，道：「我不怕。」

趙一絕接道：「不怕，咱們就一起進去。」一推王公子行入了廳中。

目光流轉，不禁嚇了一跳，原來，這外面看來，毫不起眼的一座瓦舍，裡面卻佈置得十分豪華。

一色的黃綾幔壁，一張方桌上，鋪著黃緞子桌面，黃氈鋪地，一眼間，看不到第二種顏色。

但更使張嵐和趙一絕驚奇的，還是那廳中桌椅擺設的形勢。靠後壁處，黃綾幔著一幅神像，但因黃綾遮掩，看不清供的是何神像。那神像之下，有一張單桌，也鋪著黃色的緞面，桌上放著金色的短劍。

單桌前是一張金交椅，兩側一溜排下來，都是圓形的小凳子，上面全都鋪著黃色的墊子。這形勢十分明顯，能坐在那金交椅上的人，身分都高很多。

高萬成和瞎仙，齊齊跟了進來，道：「王公子，那單桌上的金劍，是武林中十分權威的信物，公子先拜金劍。」

王公子道：「一把劍，我爲什麼要拜它？」

高萬成道：「那不是普通的劍，它代表一種很高的身分。」

王公子搖搖頭，道：「要在下拜那金劍可以，不過，在下希望你們能說出一個道理，那金劍的珍貴之處何在，非要在下拜它不可。」

穆元道：「你拜過了金劍之後，受了劍令，我們自會把詳細的內情，告訴你。」

王公子道：「這話越說越奇怪了，我爲什麼要拜受劍令，我到此地作客，和劍令何關？」

穆元回顧了趙一絕一眼，道：「趙兄完全沒有對他說過嗎？」

趙一絕道：「一是在下根本不知道說什麼，再者各位也沒有交代過我先給王公子說明，我們談好的事，只把王公子帶到此地。」

王公子冷笑一聲，道：「趙叔叔，你們原來早就安排好了圈套，是嗎？」

趙一絕道：「王世兄，這算不得圈套。我帶你到此地來，並無半點惡意，只不過事先沒有說明你是主客罷了。」

王公子冷冷說道：「那你帶我來，現在可以送我回去了。」

高萬成道：「公子，你不能走！」

王公子道：「爲什麼？」

高萬成道：「因爲我們等了十幾年。」

王公子接道：「如是我一定要走，你們準備怎麼樣？」

高萬成怔住了，良久之後才緩緩說道：「公子，這中間，還有很多原因，但必須公子拜過了金劍之後，我們才能詳作說明。」

王公子面現爲難之色，沉吟不語。
趙一絕輕輕咳了一聲，道：「世兄，你是否覺著有些奇怪？」
王公子道：「太奇怪了，所以在下不敢輕作任何允諾。」
語聲一頓，道：「趙叔叔見多識廣，經驗豐富，不知有何高見？」
趙一絕道：「高見不敢當，法子倒有一個。」
王公子一抱拳，道：「晚輩請教。」
趙一絕道：「當年關雲長封金掛印，堅辭曹營而去，留爲後世美談，如是世兄覺那些內情，都不足以使你留下，自然亦可掛劍而去了。」
王公子道：「不錯。」
他回顧了高萬成一眼，道：「我要如何拜受金劍？」
高萬成道：「那金劍乃一代權威之徵，公子要行三跪九叩的大禮。」
王公子啊了一聲，舉步向前行去，望了那金劍一眼，拜了下去。
就在那王公子拜下去的同時，趙一絕突然間覺著有點異樣，目光左右轉動，只見高萬成和瞎仙穆元，都拜了下去，再往外面看，二十幾個黑衣人，也全都跪在地上。
原來，陪著王公子、趙一絕等行入廳中的，只有高萬成和穆元兩個人。
趙一絕望望張嵐，低聲道：「張兄，咱們也該拜下去吧！」

張嵐道：「對！入境應該隨俗。」

趙一絕雖跪了下去，但兩道目光，卻仍然不停地左右轉動。

只見高萬成和穆元臉上一片肅穆、虔誠，不禁心中一凜，也收斂起嬉笑之容。

這廳中佈設的雖然簡單，但卻給人一種嚴肅的感受。

王公子依言行了三跪九叩的大禮，緩緩站起身子，回過頭，道：「我現在應該如何？」

高萬成起身行了過去，低聲說道：「取受金劍。」

王公子沉吟了一陣，緩緩伸出手去，取過金劍。

只見高萬成和瞎仙穆元齊齊向前行了兩步，拜伏於地，道：「見過門主。」

王公子呆了一呆，道：「什麼門主？」

高萬成道：「金劍門的門主。」

王公子歎了一口氣，道：「你越說我越糊塗了，什麼人拿了這把金劍，就成了金劍門門主嗎？」

高萬成道：「這把金劍，豈是輕易可以拿得的，此劍放在此室，已有十餘年之久，一直無人動過，我們等候了這多年，就是要等這一天，把金劍交給公子。」

王公子接道：「這金劍和我有關嗎？」

高萬成道：「如是和公子無關，在下等怎會非要把這柄金劍交給公子不可呢？」

王公子道：「晚輩想不出，這金劍會和我有什麼關係？」

高萬成道：「我們奉上一代金劍門主的令諭，指定了王公子繼承他的門主之位。」

王公子道：「老前輩說笑話了，上一代金劍門主，是何許人物，在下連姓名也不知道，他又怎會指定我承繼金劍門主之位。」

高萬成道：「公子太年輕，不知道這段經過，這內情緣起於令尊大人的身上。」

王公子接道：「我爹爹死去了十幾年。」

高萬成道：「所以，我們也等了十幾年，等公子長大成人。」

這時，突然響起了一陣弦管樂聲，飄入耳際。

高萬成道：「公子，請坐吧。」

王公子道：「不用客氣，咱們站著談也是一樣。」

高萬成道：「四大護法和八大劍士，都要來拜見門主。」

王公子急急接道：「不成啊，我還未知內情，也未答應任此門主。」

高萬成道：「但公子已經取過金劍令，無法再推辭。至於詳細內情，俟他們朝拜過門主之後，在下自會給公子說明。」

王公子道：「這不是強人所難嗎？」

穆元道：「公子，爲了等候公子接掌金劍門，我們已設法三延降魔會期，今年勢已無法

再延，公子快些落座，接受拜見，免得寒了天下英雄之心。」

王公子雖然不知什麼是降魔大會，但他卻從穆元的神色間，瞧出事情十分嚴重，怔了一怔，道：「這些事來得太突然了。」

趙一絕大步行了過來，道：「世兄，既來之，則安之，你先坐下，接受過他們的拜見之後，咱們再談以後的事不遲。」

王公子茫然一笑，緩緩坐在那金交椅上。

高萬成緊傍王公子身側而立，低聲說道：「公子，四大護法龍、虎、獅、豹，都是江湖上第一等奇人，見到他們時，公子最好不要多言，露出破綻。」

王公子奇道：「露出什麼破綻？」

高萬成道：「這金劍門主，乃武林中第一等門戶，代表著正義、權威，不知道有多少人，一直在暗中覬覦此位，公子福澤深厚，全然不費工夫，就得了這門主之位。你如一言露出馬腳，不但使金劍門中的劍士寒心，而且，四大護法亦必因無所附依，星散而去。那時，整個武林必將亂成一盤散沙，再想重聚四大護法，勢比登天還難了。」

王公子啊了一聲，道：「真的這樣嚴重？」

高萬成急得頂門上直淌汗珠兒道：「嚴重得很，公子要千萬幫忙。」

王公子道：「我要說些什麼，才不會露出馬腳？」

高萬成道：「公子不用說話，只要點頭就成，一切由在下應付。記著，你身分尊高，不論他們行何等大禮，只要拱手還禮就成了。」

王公子看那高萬成汗水滴在前胸之上，臉也急得變了顏色，點點頭，道：「好吧，我幫你這個忙。」

高萬成道：「公子肯幫忙，那是好極了，以後的事，咱們再慢慢地商量。」

這時，管弦之聲，突然頓住。李子林中，恢復一片靜寂。

瞎仙穆元行近趙一絕和張嵐的身側，低聲說道：「兩位不是金劍門中人，但你們對本門幫助很大，既然趕上了這場熱鬧，我們自是不便攆兩位出去，但望兩位只要看，不要講話。」

趙一絕道：「我明白，我們是啞巴只瞧不說。」

穆元點點頭，緩步退開。

寂靜中，突然響起了一個宏亮的聲音，道：「四大護法，晉謁門主。」

高萬成道：「門主已然升位，四大護法請進。」

室門外響起了一個威重的聲音，道：「赤鬚龍嚴照堂告進。」

王公子抬頭看去，只見一個身著紫袍，赤鬚垂胸，身材修長的大漢，緩步行入，人一進門，兩道冷電般的眼神，就投注在王公子的身上。

行到金交椅前，已然把王公子從頭到腳看了個清清楚楚。

這才一撩紫袍，拜伏於地，道：「嚴照堂叩見門主。」
王公子點點頭，欲言又止。
高萬成道：「門主示意，嚴護法起身落座。」
嚴照堂道：「照堂謝座。」站起身子，抱拳一揖，才在左首第一個位置上坐下。
高萬成仰首叫道：「請林護法晉見門主。」
室門外，響起了一個宏亮的聲音，道：「出山虎林宗，晉見門主。」
一個身著灰衣的大漢，快步行了進來，直赴金交椅前，凝目望了金交椅上的王公子片刻，突然，伏身拜了下去。
王公子早已得了高萬成的指示，也不還禮，端坐在金交椅上。
林宗拜見過公子之後，站起身子，在右首第一個位置坐下。
高萬成道：「請常護法晉見門主。」
室外一人，高聲應道：「獅王常順告進。」
一個身著青袍，短鬚如戟，頭如巴斗，目似銅鈴的大漢，如疾風一般行了進來。
王公子只覺此人相貌奇特，有著威武逼人的感覺。
獅王常順，直行到金交椅前，撲身拜了下去。
王公子冷眼旁觀，發覺這三人的禮法，都是一般模樣，只是三人性格不同，舉動間有快

有慢，心中甚是奇怪，也不說話。

只輕輕咳了一聲，道：「常護法請起。」

常順站起身，道：「多謝門主。」緊傍嚴照堂身側坐下。

高萬成道：「劉護法晉見門主。」

但聞室外響起一個尖厲的聲音，道：「金錢豹劉坤晉見門主。」

王公子凝目望去，只見一個身材短小，骨瘦如柴，一身黑衣的漢子，快步行了進來，拜伏於地。

高萬成等他行過大禮之後，說道：「劉護法請起。」

劉坤一挺而起，在出山虎林宗的旁側坐下。

王公子目光轉動，打量了四人一眼，只覺這四人各具特色，一眼之下，都給人一個很深刻的印象。

高萬成道：「四位護法，這就是門主遺命指定的承繼人，諸位都已經見過了。」

赤鬚龍嚴照堂道：「門主遺命，我等自然遵從。」

出山虎林宗接道：「我等已拜見了門主，此後，自然要聽他之命，赴湯蹈火，在所不辭。」

獅王常順道：「我等已拜見門主，此後自當善盡護法之責，以保護門主安全。」

金錢豹劉坤道：「門主已拜受令劍，我等此後如有抗命之舉，願死於本門令劍之下。」

高萬成道：「四位護法既然都已經同意了門主指定的承繼人，足證門主的眼光遠大，非同凡響。」

赤鬚龍嚴照堂，當先站起身子，緊隨著出山虎林宗、獅王常順、金錢豹劉坤，齊齊站起，欠身說道：「門主有什麼差遣，但請吩咐。」

王公子一臉茫然，不知如何回答。

高萬成急急接道：「新門主還要接見八大劍士，四位護法，請下去休息吧！」

嚴照堂等四大護法，齊齊抱拳一禮，道：「屬下等告退。」

王公子點點頭，道：「諸位好走。」

嚴照堂道：「多謝門主。」帶著林宗、常順、劉坤等轉身而去。

高萬成提高了聲音，道：「門主請八劍士晉見。」

只聽一陣步履之聲，傳了過來，八個身材相若，一色黑袍，年紀四十以上的大漢，魚貫行了進來。

高萬成低聲說道：「這八大劍士，乃金劍門中的中流砥柱，替金劍門立下了無數的汗馬功勞，門主對他們客氣一些。」

王公子啊了一聲，起身說道：「八位不用行禮了。」

原來，八大劍士，已然排成了一排，正準備大禮拜見。

那站在左側爲首的黑袍大漢，欠身應道：「門主之命，我等不敢不遵，我們恭敬不如從命。」

王公子道：「諸位請坐吧！」

八大劍士十六道目光，投注在王公子的臉上瞧著。

王公子心中大感奇怪，暗暗忖道：「這些人不像是來拜見門主，倒像是來仔細地相度我了。」

只聽高萬成說道：「四大護法已然叩見過門主，這是上代門主遺命指定的承繼之人。」

八大劍士齊聲說道：「我等叩見新門主。」口中說話，人卻齊齊拜了下去。

王公子心中突然生出了一種很奇怪的感覺，感覺到自己擔當這門主的身分，似乎是他們有意的安排，而且，也似乎是在借重自己。

八大劍士行過大禮，自行在兩側落座。

這八人年齡相若，看上去不過三、四十歲的樣子，而且衣著相同，使人看起來，有些無法分辨之感。

其實，八大劍士，都已是五十開外的人了，只不過他們內功精深，看上去，要比實際的年齡小上十幾歲。

坐在左面首位的劍士，站起身子，道：「門主在世之日，費了十年苦心，使天下魔道斂跡，江湖上風平浪靜，如若再有十年時間，以門主的才慧智略，必可解決千百年來武林中一直無法解決的黑、白兩道上的紛爭，可惜，天不假才人以年，門主大願未償，竟棄我等而去。」說到此處，語聲微頓，目光卻盯注在王公子臉上瞧看他的反應。

王公子微微點頭，默不作聲。

左面首位劍士，輕輕咳了一聲，道：「門主新執劍令，事端萬千，我等不敢驚擾，半月之後，如得門主寵召，當舉以降魔衛道的策略，恭請裁奪。」

王公子點點頭，道：「好！半月之後，定當再請諸位，請教大計。」

八大劍上相互望了一望，齊齊站起身子，道：「那麼，我等先行告辭了。」恭恭敬敬地抱拳一揖而去。

王公子目睹八大劍士離去之後，回顧了高萬成一眼，道：「還有什麼事？」

高萬成道：「事情還有很多……」

目注室外，高聲說道：「諸位請各歸方位，聽候門主新命。」

瞎仙穆元舉步行到室門口處，掩上木門。

王公子放下金劍，站起身子，道：「現在，事情完了，時間也不早了，在下也該回去了。」

高萬成微微一笑，道：「公子，不是想知曉這金劍門的內情嗎？」

王公子道：「唉！在下倒是很想聽聽內情，只可惜，在下沒有很多的時間了。」

高萬成道：「王公子，你已是金劍門的門主，這些內情，你必須知道，因爲這些內情，不但關係著你，而且，和令堂及令尊都有著很深的關係。」

王公子沉吟了一陣，道：「我如遲遲不歸，家母定然十分懸念，待晚輩回去稟明家母之後，明日再來此地，聽老前輩說明內情。」

高萬成道：「公子，你不能走，因爲，這李子林四周，有著重重的埋伏，公子很難出去。」

王公子搖搖頭，接道：「我不管，在下告辭了。」舉步向外行去。

高萬成縱身一躍，攔住了王公子，道：「公子，請聽在下一言。」

王公子道：「我沒有時間，如若天黑之前我不能回家裡，我母親一定焦慮異常，所以，我不能再等下去了。」

高萬成道：「令堂的焦慮，早已在我們的意料之中，所以，我們已經派人去請她來了。」

王公子怔了一怔，道：「我母親不會來。」

高萬成道：「我們知道請不到令堂，但令堂如是爲了會晤公子，公子請想一想，她會不

會來。」

王公子凝目沉思，默不作聲。

趙一絕輕輕咳了一聲，道：「世兄，高先生這樣說，大約是不會錯了。咱們等兩、三個時辰，如若見不到令堂，在下再送世兄回去不遲。」

王公子道：「唉！如是咱們到深更半夜回去，我母親非要責罵我一頓不可。」

趙一絕道：「屆時，在下等送世兄回去，令堂如若責罵世兄，我等願爲世兄擔待。」

高萬成道：「公子留此一、兩個時辰，在下也可把金劍門中這一段內情、恩怨，很仔細地告訴公子。」

趙一絕道：「對啊！這一段內情定然是精彩萬分，曲折動人，不知世兄心意如何，在下是局外人，就有著急於一明內情之心。」

王公子道：「好吧！我再等兩個時辰。」

回顧了高萬成一眼，道：「高老前輩，請說吧，在下洗耳恭聽。」

高萬成一欠身，道：「公子請坐！在下先要公子見幾個人。」

王公子緩緩坐在椅上，接道：「要我見什麼人？」

高萬成道：「這些人，你雖不認識，但都和你有著十分密切的關係。」

王公子道：「在我的記憶之中，除了母親之外，再無相識之人。」

回顧了趙一絕和張嵐等一眼，接道：「第二個相識的人，就是兩位叔叔了。」

高萬成輕輕歎息一聲，道：「走！咱們到後面去，那裡已備好酒席，咱們一邊吃，一邊談。」

王公子茫然一笑，道：「趙叔叔，你去不去？」

趙一絕道：「這個，這個，不知道是不是方便？」

高萬成道：「如是趙兄等有興，很歡迎兩位參加。」

趙一絕道：「在下局外人，如是知曉貴門中的機密太多……」

高萬成接道：「兩位是金劍門中的貴賓，同時，在下也相信兩位會爲我們金劍門保守秘密。」

張嵐沉吟了一陣，道：「高兄，在下的身分不同，參與貴門中太多的機密，只怕是不太相宜，由趙兄陪同王公子，也就成了。」

高萬成點點頭，道：「也好，不知趙兄的意下如何？」

趙一絕道：「兄弟最好是也不參與。」

王公子道：「趙叔叔最好和我同去。」

高萬成道：「趙兄幫了我們很多忙，爲什麼不肯再幫一次？」

瞎仙穆元輕輕咳了一聲，道：「張兄，在下準備了一壺好酒，想和張兄喝一盅，順便和

張兄聊聊。」

高萬成舉步而行，一面說道：「公子、趙兄，咱們後面坐。」

趙一絕一面舉步而行，一面高聲說道：「張兄，見著刁兄和李兄，代兄弟致意。」

張嵐道：「放心，放心，兄弟一定把信帶到。」隨著瞎仙穆元，離開了大廳。

高半仙帶兩人行入大廳後一座寬敞的房間。

房裡擺設十分簡單，幾張木椅和一張方桌。

高萬成輕擊兩掌，一個青衣少女應聲而入，欠身說道：「高爺有什麼吩咐？」

高萬成道：「去請王媽和王福來。」

青衣少女應了一聲，轉身而去，片刻之後，青衣少女帶了一個五旬左右的婦人，和一個五十四、五歲的布衣老者，行了進來。

那老者和中年婦人，似是對高萬成十分敬重，齊齊欠身一禮，道：「高爺找我們。」

高萬成指指王公子，道：「兩位瞧瞧看，認不認識這位年輕公子？」

中年婦人雙目凝神，瞧了一陣，搖搖頭道：「高爺，妾身不認識。」

高萬成道：「王福，你也瞧瞧看，能不能想出他是誰？」

那布衣老者行了過來，打量了王公子兩眼，道：「高爺，似乎是有一點面善。」

高萬成道：「對！你們猜猜看他是誰？」

王福似是突然間想起了一件十分重大的事，啊了一聲，道：「有些像老爺。」

中年婦人道：「不錯，有些像死去的老爺。」突然流下來兩行淚水。

王福的眼睛，也有一些濕潤，緩緩說道：「公子，你貴姓啊？」

王公子道：「我姓王。」

王福回顧了高萬成一眼，道：「高爺，這不是少爺吧？」

高萬成點點頭，道：「我答應過，有一天要你們和少爺見面，今天，兌現我許下的諾言。」

王福噗的一聲，跪在地上，道：「老奴叩見少爺。」

那中年婦人也隨著跪了下去，淒然說道：「皇天見憐，今天真的見到了少爺。」

王公子急急伸出雙手，道：「兩位快快請起，有話好說。」

高萬成道：「兩位請起來吧！少爺目下還不明內情。」

王福和那中年婦人站起身子，坐在一側。

王公子回目望著高萬成，道：「高先生，這是怎麼回事？」

高萬成微微一笑，道：「這兩位都是你們王家最親近的人，公子不識，令堂定然認識。」

王福站起身子，一抱拳，道：「老奴王福，老爺在世之日，老奴是府中的總管。」

王公子啊了一聲，道：「原來如此。」

那中年婦人起身接道：「小婦人帶公子三年之久，直到公子進入了天牢……小婦人……」話到此處，已然泣不成聲。

王公子忽然感覺鼻孔一酸，熱淚湧出眼眶。

舉手拭下淚水，接道：「你把我帶大？」

中年婦人接道：「是的，公子生下三日之後，就由小婦人代乳。」

王公子道：「那你是我的……」

高萬成接道：「奶媽。」

王公子歎了口氣，道：「這些事，我怎麼從未聽母親說過？」

高萬成道：「令堂不願你明白過去，所以，很多事，都未告訴公子。」

王公子凝目沉思了片刻，道：「我父親究竟犯了什麼律條，被捕下天牢而死？」

王福道：「老爺居官清正，滿朝文武，無不敬重，他是被人陷害。」

王公子道：「陷害，什麼人陷害的？」

王福正待接言，卻被高萬成揮手攔阻，道：「公子，先不要急於知曉仇人。」

王公子接道：「殺父之仇，不共戴天，我那爹爹，如是犯了王令、律條，被捕入天牢，

也還罷了；如是他被人陷害，我身為人子，豈能不報此仇？」

高萬成微微一笑，道：「公子的孝心可嘉，但個中內情甚多，公子最好瞭然全部內情，自然知道仇人是誰了。」

王公子道：「什麼人要告訴我這些事？」

高萬成道：「王福、王媽，還有區區在下，都會告訴公子。現在，先讓王媽說明一件事，以便證明她的身分。」

王公子道：「什麼事？」

高萬成道：「要她說明公子身上一處不為人知的暗記。」

王公子略一沉吟，道：「好！要她說吧。」

王媽舉手拭著不停湧出的淚水，一面說道：「公子的小腹、臍下，有一顆黃豆大小的紫痣。」

王公子呆了一呆，望著王媽出神。

高萬成輕輕咳了一聲，道：「公子，她說對了嗎？」

王公子點點頭，對王媽抱拳一揖，道：「見過乳娘。」

王媽不知是喜是悲，淚水像斷線珍珠一般，直流了下來，道：「少爺，不用多禮，老身擔待不起。」一面說話，一面向地上拜去。

王公子急急伸手扶起王媽，道：「乳娘似母，怎可行禮，快請坐下。」

高萬成重重咳了一聲，道：「王福、王媽，你們不用哭了，公子已經認了你們，但等夫人到此面會之後，你們又可以常隨夫人身側。」

不論王公子生性何等沉著，此刻，也有些沉不住氣，轉頭望向高萬成，道：「老前輩可以告訴我詳細內情了嗎？」

高萬成道：「公子的身世，想必已聽令堂說過了。」

王公子搖搖頭，道：「沒有，母親只告訴我姓王，父親在朝爲官，觸怒皇上，拿問天牢，父親在天牢一氣病亡。」

高萬成頗感意外，道：「只說了這些嗎？」

王公子道：「只說了這些，甚至晚輩的名字，家母也未說過。」

高萬成道：「天牢十七年，令堂怎麼稱呼你？」

王公子道：「家母一直叫我小玉兒。」

王媽接道：「你彌月之時，生得白胖如玉，可愛至極，老爺愛不釋手，叫你小玉兒，以後小玉兒就成了你的小名。」

王公子苦笑一下，道：「我總該有個名字吧！」

王福道：「老爺已經爲少爺取了學名。」

王公子道：「叫什麼？」

王福道：「老奴不敢直呼少爺的名字。」

王公子道：「唉！此時何時，此情何情，我不過是剛從天牢放出來的囚犯，已不是昔年的貴公子，你直說不妨。」

王福道：「如此老奴就放肆了，老爺替公子取學名宜中。」

王公子點點頭，道：「我母親從未提過這名字。」

高萬成道：「令堂還對你說過些什麼？」

王宜中沉思了一陣，道：「家母還說過兩句話，功名富貴難長久，菜根布衣樂其中，要我學耕務農，日出而作，日入而息。」

高萬成歎息一聲，道：「也難怪令堂心灰功名，冷淡富貴。令尊的際遇，給了她很大的創傷，令尊才溢華橫，少年得志，官聲清廉，朝野同欽。巡撫三省，兩年間，平反百宗冤獄，參掉了四府、三州、十二縣正堂，行蹤所至，萬民笑迎、哭送，號稱王青天。任職御史時，又得鐵面御史的尊號，三本彈劾奏章，兩部尙書罷官。一時間，震動四海，聲威所至，弊絕風清。」

王宜中長長吁氣，道：「我爹爹有這樣好的官聲，我身爲人子，總不能替父親丟人。」

趙一絕道：「失敬，失敬，世兄原來是鐵面王御史之後。」

王宜中臉上泛現出驚喜之色，道：「怎麼，趙叔叔也知道我爹爹的事嗎？」

趙一絕道：「鐵面御史，不但官場中人人敬畏，市井之間，也傳誦著他的美名，當真是婦孺皆知的人物。」

高萬成點點頭，道：「令尊的大名，不但使朝野並欽，就是荒原山野中的世外高人，和江湖上黑、白兩道，也生出了無比的敬佩之心。黑道中人物，有一個共同的默契，那就是不在令尊的管轄、巡撫的區域之中做案，世外高人、白道能手，亦以識得令尊爲榮，令尊斷案、論事鐵面無私，但對人卻是和藹異常，禮賢下士，能和他一夕長談，頓有著如沐春風之感。」

王宜中道：「可惜，我竟未能對爹爹有著一點記憶。」

長長歎一口氣，道：「老前輩和我爹爹見過面嗎？」

高萬成道：「不但見過面，而且，和他有過數度長談，令尊胸羅萬有，學究天人，不但有安邦治國之策，而且兼通佛、道精義，在朝中固爲一代名臣，在野亦爲一代大儒。」

王宜中道：「聽你這樣說，晚輩亦爲先父的遺美高興。」

高萬成道：「但名大遭忌，樹大招風，令尊的盛譽，不但遭到了朝中的奸佞忌恨，而且，亦惹起黑道中一位高手的怒火，一氣下山，在令尊轄區之內，半日內做出了三條命案，而且青天白日，闖入令尊的府衙，碎去堂鼓，劈了公案，將十八名當值的衙役，一併點中穴道。」

臥龍生 精品集

王宜中接道：「我爹爹沒有受傷嗎？」

高萬成道：「那人本有殺死令尊之心，但令尊適巧查案私訪，不在府中，他才碎鼓、劈案，點傷十八名衙役而去。」

王宜中道：「府衙之中，難道沒有軍兵守護嗎？」

高萬成道：「那位魔頭，乃當時黑道中第一高手，別說令尊衙中的軍兵，就是一般江湖高手也難攔得住他。」

王宜中道：「以後呢？我爹爹怎麼了？」

高萬成道：「令尊回府之後，自然是十分震怒，但他亦無良策，單是十八個被傷衙役，穴道就無法解開。」

王宜中啊了一聲，道：「難道他們都死了？」

高萬成道：「沒有死，但他們受了很久的活罪，令尊邀請了城中名醫，依然是無法解開那些衙役的穴道，直鬧了一天，第二天中午，才有一位天下共欽的武林高人趕到，助令尊解開了十八個衙役的穴道。」

王宜中道：「那人是誰？」

高萬成臉上泛現出一片誠敬之色，道：「就是上一代金劍門主，也是令尊的金蘭兄弟，門主的義父。」

王宜中道：「我的義父？」

高萬成道：「不錯，你的義父。」

王宜中接道：「我爹爹在朝爲官，金劍門主，怎麼和我爹爹訂交？」

高萬成道：「令尊是一代名臣，萬民青天，但金劍門主，亦是當代中第一仁俠，大江南北，無人不知的萬家生佛及時雨劍神朱崙。」

王福道：「不錯，不錯，朱爺和老爺結拜的酒席，還是老奴安排的。那時，老爺已做了京官，任職御史，三本參了兩部尚書，正値盛名極峰，朱爺特來向老爺致賀，老爺設宴和朱爺對飲賞月，兩人論及時弊和民間疾苦，無不感慨萬千，酒逢知己，惺惺相惜，舉杯對月，八拜訂交。那一夜，公子剛滿三月，突染急恙深夜長哭，朱爺求大人帶公子一見，老奴奉命帶王媽和公子同至，說也奇怪，朱爺伸手在公子身上摸了兩下，公子就哭聲頓住。」

王媽道：「那一夜公子正發高燒，但朱爺伸手撫摸過公子兩下，公子就熱度漸消，熟睡了過去。」

王福道：「老爺說公子和朱爺有緣，即席把公子認在朱爺的膝下。」

王宜中點點頭，道：「原來如此。」

高萬成道：「那一次朱門主解救十八衙役之命，初度和令尊訂交，而且爲令尊生擒那位魔道第一高手，廢了他的武功，由令尊當堂定罪，秋後處斬。」

長長吁一口氣，接道：「那真是轟動江湖的一次法場行刑。行刑之日，萬人圍睹，江湖上黑、白兩道中人，幾乎是全都趕到，武林中九大門派，有八位掌門人親自趕來，那一天，朱門主生恐發生刑場劫搶人犯的事，盡出金劍門中精銳，四大護法、八大劍士，上上下下，布下了一百多名精銳劍手……」

王宜中聽得悠然神往，接道：「老前輩去了嗎？」

高萬成道：「在下正是奉命暗中保護令尊的人。」

王宜中道：「那一天出了事嗎？」

高萬成道：「朱門主部屬得宜，行刑倒十分順利，但有誰知道，行刑當日之夜，有四十八個刺客，夜入王府要取令尊頸上人頭，但全都被守在王府外面的金劍門高手所阻，四十八人中有四十六個授首，兩人負傷而逃。」

王宜中回顧了王福一眼，似在徵詢王福之意。

王福卻搖搖頭，道：「老奴不敢欺騙少爺，這件事老奴是一點也不知曉。」

高萬成道：「這件事，王夫人也不知道，全是朱門主一手布成。那時，朱門主和王大人並無深交，所以會暗中相助，全是爲了敬慕王大人的爲人。」

王福道：「對！他們一文一武，相互傾慕，才有義結金蘭之舉。」

高萬成道：「那時，在下常常追隨朱門主行動，也常到貴府，和令尊有過數次晤談，當

真有著與君一席話，勝讀十年書的感覺，令尊的淵博，確是叫人敬服。古人說學富五車，令尊實是有過之而無不及了。」

目光轉到王福的臉上，接道：「把你所知道朱門主、王大人的事，都告訴你家少爺。」

王福點點頭，道：「自從朱爺認了公子之後，每隔三、四個月，都到府中一次，留宿三日，才悄然而去。」

王宜中道：「他們都談些什麼？」

王福道：「老爺和朱爺相交，全是心意相投，我們做下人的，都感覺到他們之間的情意，十分深厚，但朱爺以後到府中來，卻是大半時間陪伴公子。」

王宜中道：「陪我？」

王媽道：「不錯，朱爺一到府中，老爺就吩咐下來，把公子送到朱爺的房裡，朱爺緊閉房門，直到離開之時，才把公子交給老身。」

王宜中道：「可惜，這些事我一點也記不起來了。」

王福道：「在老奴記憶之中，朱爺在府中最長的一次，留住了一月之久，一月之內，大部分都和公子相處。」

王宜中道：「那時，我還不解人事，義父縱然喜愛於我，也不會日夜地抱著我吧！」

高萬成道：「朱門主在造就公子。」

王宜中茫然說道：「造就我？」

高萬成道：「不錯，公子太年輕不曉內情。朱門主爲了造就公子，遣派四大護法，遍走深山大澤搜集靈藥，公子三個月後，就常服靈丹，用藥水洗練筋骨，用於熬藥的一葉一花，都是經過了金劍門中的高手大費心力所得。」

王宜中道：「金劍門爲什麼要這樣對我？」

高萬成道：「因爲你是劍神朱崙金劍門主的義子，也是他選定的承繼人。」

王宜中道：「那時，我還不足周歲，如何就能決定這等大事，由我承繼金劍門主之位？」

高萬成道：「那時，朱門主只是培養你，並未決定由你承繼金劍門主之位。」

王宜中道：「但目下，爲什麼一定要我任此門主呢？」

高萬成道：「兩次大變，促成了目下局勢。」

長長吁一口氣，接道：「令尊盛名遭妒，被人陷害，牽入了一件陰謀竊國的大案中，被拿問天牢治罪。朱門主亦遭宵小暗算，身負重傷，這時，適巧傳來了令尊被株連關入天牢的消息，朱門主心神震動，影響到傷勢，後令尊一日傷發身死。他們兄弟，情意深重，想不到竟死於同時。」

王宜中潸然流下淚來，緩緩接道：「我義父又是怎麼死的呢？」

高萬成道：「他受人暗算，內腑先中劇毒，又中十八枚透骨毒針。」

王宜中道：「這等內、外交集的重傷，就算是鐵鑄金剛，也禁受不起，我義父武功再高，也是血肉之軀啊！」

高萬成道：「門主武功，已到了爐火純青之境，這點內、外毒傷，他還承受得住。但他受傷之後，仍受到十二個黑道高手的圍攻，劇烈的搏鬥之下，使他無法運氣調息，以至毒氣攻入五臟。」

趙一絕道：「一個人受了毒傷之後，仍要遭十二個人的圍攻，那些人當真是全然不講江湖規矩了。」

高萬成苦笑一下，道：「他們雖有十二人之多，合力圍攻朱門主一人，但十二人，沒有一個逃過門主的劍下。」

趙一絕道：「高兄之意，是……」

高萬成接道：「他們十二個人，全都死在了朱門主的劍下。」

趙一絕聽得呆了一呆，道：「有這等事？」

高萬成道：「朱門主的武功，雖然到了出神入化之境，但在力斃十二個人之後，也遭毒攻內心，暈了過去。」

趙一絕道：「你們都沒有人跟著門主嗎？」

高萬成道：「沒有。如是我們有人隨同門主，門主也不致身受暗算了。」

趙一絕道：「你們也未免太大意了。」
高萬成黯然一歎，道：「趙兄說得是，我們太大意了，但對方存心暗算門主，半年之久，才找到了下手的機會。」
趙一絕道：「仇人是誰，你們找出來沒有？」
高萬成道：「十二個圍攻之人，都已經死於朱門主的劍下。」
趙一絕道：「那十二個人只是兇手，只怕背後還有主使的人。」
高萬成道：「目下，我們已查出點端倪，但等新門主就大位，就可展開求證行動。」
王宜中道：「爲什麼一定要有人就了金劍門主之位，才可以展開求證行動呢？」
高萬成道：「有一句俗話說，蛇無頭不行，鳥無翅不飛，必得公子就了門主之位，才能下令展開行動。」
王宜中道：「老前輩說了半天，還未說出爲什麼指定要晚輩來擔當這門主大任。」
高萬成道：「令尊和朱門主是否早有約言，在下不得而知，但朱門主在臨死之際，卻拚盡餘力，寫下了一封遺書，指定要你王公子擔任金劍門主。」
王宜中道：「你們一直等到現在，等到我長大成人？」
高萬成道：「不錯，我們一直等著你，金劍門中人，個個都對朱門主有著無比的敬重，雖然等了十幾年，但大家都還能遵守金劍門的規戒，恪守朱門主的訓諭。」

長長歎一口氣，接道：「朱門主遺書之中，說明要我們等候公子十幾年，等公子過了二十歲，設法把公子接出來，接掌金劍門的門主之位。」

王宜中道：「爲什麼一定要我接掌門主呢？」

高萬成道：「朱門主爲什麼寫了這麼一份遺囑，在下不知道，但朱門主這樣寫了，我們只有遵從他的遺志了。朱門主去世之前，遺留有兩件東西，要在下轉交公子。」

王宜中道：「什麼東西？」

高萬成道：「公子請稍坐片刻，在下去去就來。」

他站起身子，大步而去。

王宜中目光轉到王福的臉上，道：「高先生說的事，都是真的嗎？」

王福道：「老奴適才聽到的，都是真實之言。」

王宜中漠然、平靜的臉上，突然間泛起了一陣憂慮之色，兩道劍眉，也皺在一起。

趙一絕輕輕咳了一聲，道：「世兄，怎麼樣？」

王宜中搖搖頭，歎息一聲，道：「趙叔叔，想不到人生有這樣多煩惱的事。」

趙一絕道：「煩惱，你有什麼煩惱？」

王宜中道：「我不知道，我只是感覺到有些煩惱了。」說完話，垂下頭去，似是陷入了沉思之中。

十三　奪魂一劍

高萬成快步行了過來，手中捧著紅漆木匣。

木匣有一尺二寸長短，五寸寬窄，看上去，匣內可以放不少東西。

高萬成雙手托著木匣，規規矩矩地把木匣放在木桌之上，道：「這木匣之內，都是朱門主的遺物，朱門主彌留之際，遺命叫公子親自啓閱。」

王宜中啊了一聲，道：「匣中放的什麼？」

高萬成道：「在下不知道，金劍門中，除了朱門主之外，無人知曉這匣中放的什麼。」

王宜中緩緩伸出手去，摸著匣蓋，道：「現在可以啓開嗎？」

高萬成道：「可以，金劍門中很多人都關心到這匣中之物，但門主遺命，要下一代金劍門主親自開啓，所以，大家都沒有啓匣查看，不過……」

王宜中道：「不過什麼？」

高萬成道：「上一代門主遺物，啓閱之前，理應先行拜過。」

王宜中道：「說得是。」

對著木匣，一個長揖，然後，跪拜下去，行了三拜大禮，才緩緩站起身子，掀開匣蓋。

那匣蓋，並未加鎖，卻貼了一張小封條，封條並無破損，王宜中略一加力，封條應手而斷，凝目望去，只見一本羊皮封面的小冊子，放在木匣內。

封面上一片空白，未寫一字。

王宜中伸手取過，掀開望去，裡面硃砂紅字，寫的是：限門主閱讀。

高萬成掠了一眼，立時退了開去。

王宜中很快翻閱了小冊子一眼，隨手放下。

趙一絕眼看高萬成退避開去，已知是金劍門中高度機密，自是不敢瞧看，但兩道目光，卻投注在王宜中的臉上。

只見王宜中不停地皺起眉頭，想來，那羊皮冊子之上，定然是寫的十分重要的事。

王宜中隨手放下了羊皮冊子，又從木匣內取出了一條皮帶，上面帶著七柄七寸長短的金柄小劍。

趙一絕望了那七柄短劍一眼，道：「高兄，這七柄短劍，好像是傳言中的奪魂金劍？」

高萬成道：「你也聽說過？」

趙一絕道：「在下的江湖閱歷並不豐富，但卻聽人說過奪魂金劍的事。」

高萬成微微一笑，道：「不錯，這正是奪魂金劍，不過，它已三十年未在江湖中出現過了。」

王宜中道：「這可是我義父使用之物？」

高萬成搖搖頭，道：「不是，朱門主武功已到了爐火純青之境，用不著再使用這金劍傷人。」

王宜中道：「那麼，這七柄金劍，何以會放在朱門主的遺物之中？」

高萬成道：「這奪魂金劍，是朱門主師弟所用之物，它一度在武林中造成了無與倫比的權威，可是它不是以仁義獲得，而是以殺戮使人顫慄。」

王宜中道：「此物既是他人所有，何以會放在此匣之中？」

高萬成道：「這木匣在朱門主死去之後，今宵是第一次打開，這裡面有些什麼，在下亦不知道，但我知道這金劍的來歷。」

王宜中道：「你說說看，這金劍何以會落在了朱門主的手中？」

高萬成道：「使劍之人一度在武林中造成恐怖，朱門主才親自出手，逼他師弟交出了這奪魂金劍。」

王宜中道：「他那位師弟呢？」

高萬成道：「門主一生中所作所爲之事，無一不爲人知，只有這一件事，他處置的十分機密，金劍門中大家都不知道。」

王宜中道：「那人金劍既被門主追回，那人定是被殺了。」

高萬成道：「不知道。有人說，門主殺了師弟，也有人說門主廢了他師弟武功，逼他息隱山林，但門主本人，卻是從未提過這件事。真象如何，除了門主之外，大約是再也無人知曉了。不過……」

王宜中道：「不過什麼？」

高萬成道：「三十年來，從未再聽說金劍在江湖上出現過。」

王宜中道：「朱門主把此劍收入他的遺物之中，只怕是別有原因。」

高萬成道：「不錯，門主能顧念及此，可證已啓開了智慧之門。」

王宜中搖搖頭，歎息一聲，道：「不要叫我門主，此刻爲止，在下還未決定擔當金劍門主之位。」

高萬成笑一笑，道：「在下深信，朱門主必有安排，公子非要擔當門主不可。」

王宜中道：「至少我現在還未決定。」

放下手中奪魂金劍，又從木匣中取出一枚玉鐲。

那玉鐲一片翠碧，一望即知爲女人的應用之物。

王宜中舉起手中的玉鐲，皺皺眉頭，道：「高老前輩，這也是門主的遺物嗎？」

高萬成怔了一怔，道：「這枚玉鐲麼，在下也不知道。不過，據在下瞭解，朱門主一生之中，很少和女人接近。」

王宜中道：「但這玉鐲，不像是男人應用之物。」

高萬成道：「不錯，這玉鐲是女人的飾物。」

王宜中道：「那玉鐲怎會放在門主的木匣中呢？」

趙一絕道：「是啊！朱門主可曾娶過親嗎？」

高萬成道：「沒有，朱門主生性嚴肅，一生中不近女色。」

趙一絕道：「那他怎會收存了女人用的玉鐲呢？」

高萬成道：「這個麼，在下也不清楚了。不過，在下相信，朱門主一定有很詳盡的解釋。」

趙一絕哈哈一笑，道：「其實，由朱門主遺物中，找出個把玉鐲，也不算什麼稀奇的事，男人嘛，總是免不了……」

高萬成冷冷接道：「住口。朱門主何等樣人，豈可輕侮。」

趙一絕呆了一呆，道：「高兄……」

高萬成接道：「朱門主極受本門劍士的敬重，閣下如是言不留心，極可能招來一場麻煩。」

趙一絕道：「高兄說得是，在下不再談這件事。」

王宜中緩緩把玉鐲放下，伸手又從木匣中取出一個白絹小包。

這小包包得十分嚴密，用紅色的絲繩捆著。

王宜中掂了一掂，道：「這白絹小包之中，不知包的何物？」

高萬成道：「門主何不打開瞧瞧？」

王宜中解開布包上的紅繩。

包中之物，大出幾人的意料之外，竟然是一枚金釵和四枚銅錢，兩片枯了的樹葉，幾片深紫色乾枯的花瓣。

王宜中怔住了，呆望著包中之物出神。

趙一絕也瞧的直皺眉頭，心中暗暗忖道：「高半仙的口中，直把朱門主說成了人間無雙的一代奇俠，這遺物，應該是十分珍貴之物，怎的竟是些乾葉枯花，和一枚金釵，玉鐲、金釵，都是女人應用之物，不知那高半仙還能作何解說？」

高萬成也瞧的有些茫然，呆呆地望著包中之物出神。

過了一盞熱茶工夫之久，高萬成才長長吁一口氣，伸手取過金釵。

趙一絕輕輕咳了一聲，道：「高兄，這金釵和玉鐲，只怕是互有關連之物。」

高萬成苦笑一下，道：「趙兄，我說過，朱門主不喜女色，在下追隨他數十年，從未聽說他和女人交往過。」

趙一絕道：「高兄，兄弟不是跟你抬槓，我是個直腸子的人，有話就想說出來，那玉鐲還可以說是一塊難見的好玉，朱門主心中喜愛，就把它收藏起來；但這枚金釵，卻明明是女人的飾物，難道高兄還能說它和女人無關嗎？」

高萬成道：「所以，在下才覺得奇怪……」

王宜中道：「這木匣之中，當真是古古怪怪，叫人瞧不明白。」

高萬成道：「還有些什麼，一起取出來吧！」

王宜中淡淡一笑，伸手又取出一物，趙一絕凝目望去，只見王宜中取出來的，竟似是一截乾枯了的手指。

王宜中一下子還未瞧出來是什麼東西，放在手中把玩。

那半截斷指，不知道經過了多少時間，已經變成了墨赤之色，而且十分堅硬。

王宜中皺皺眉頭，道：「這是什麼？」

趙一絕道：「似乎是一截斷了的手指。」

王宜中吃了一驚，道：「手指頭？」

高萬成道：「不錯，那是一截乾枯了的手指，經過了特別的處理，所以，它保存了甚久的時間不壞。」

王宜中道：「這也是朱門主的遺物嗎？」

高萬成神色嚴肅地說道：「不錯，木匣中所有之物，都是朱門主的遺物，而且事情越來越複雜了，已非在下的能力所及了，在下要去請幾個人來。」

王宜中放下半截乾枯了的手指，道：「你去請什麼人？」

高萬成道：「在下帶他們到此見面時，再行替門主引見。」站起身子，向外行去。

王宜中皺皺眉頭，道：「趙叔叔，這木匣中的東西，古古怪怪，叫人看不明白。」

趙一絕道：「這種事，似乎是很多問題，我老趙也不清楚。」

談話之間，高萬成帶著四大護法、一個白髮蕭蕭的老嫗、瞎仙穆元及一個身著紫袍的老者，行了進來。

在那白髮老嫗身後，緊隨著一個十六、七歲的青衣少女。

王宜中目光轉動，只見那少女生得鳳眉秀目，瑤鼻櫻唇，嬌媚中有一股天真之氣。

高萬成輕輕咳了一聲，道：「這一位就是上代門主指定的承繼之人。」

那白髮老嫗和紫袍老者，齊齊欠身一禮，道：「見過門主。」

王宜中道：「不敢當，兩位老前輩請坐。」

白髮老嫗微微一笑，道：「門主不用客氣。」

紫袍老者欠身，道：「朱門主果然是眼光過人。」

王宜中口齒啓動，欲言又止。

紫袍老人輕輕咳了一聲，道：「高兄，新門主就位了麼？」

高萬成道：「他還未答應任此門主。」

紫袍老人道：「這個，這個……」

高萬成微微一笑，接道：「朱門主的遺物，在下已交給了新任門主。」

紫袍老人啊了一聲，接道：「朱門主遺物之中，定然留有使新任門主望而敬服之物了。」

高萬成道：「門主遺物中千奇百怪，在下亦是無法解釋，所以，才請二老和四大護法來此，博採眾智，也許可以解釋出門主用心。」

紫袍老人啊了一聲，道，「門主遺物中，都是些什麼古怪物件？」

高萬成道：「半截乾枯了的指頭。」

紫袍老人道：「什麼指頭？」

高萬成道：「自然是人的手指了。」

紫袍老人道：「有這等事，拿給老夫瞧瞧。」

王宜中道：「在這裡。」取過半截手指，遞了過去。

紫袍老人接過手指，托在掌心中，仔細瞧了一陣，道：「不錯，是人的手指，左手食

指，由中間關節之處斬斷，經過特別的燻製，所以十分堅硬，而且永不會壞。」

他一口氣說出了斷指內情，有如目睹一般，果然是博學多識的高人。

王宜中雖不知這紫袍老人是何身分，但見那高萬成對他恭敬神情，又稱他二老之一，當下說道：「老前輩，這半截斷了的手指，代表些什麼呢？」

紫袍老人沉吟了一陣，道：「斷指半截，應該是代表著一種殘缺。」

高萬成道：「殘缺？」

紫袍老人道：「不錯，如若這半截斷指，有一種含義，那就是代表殘缺，試想斷指一半，豈不是既殘又缺？」

趙一絕道：「這話很有道理。」

紫袍老人望了趙一絕一眼，道：「閣下是……」

趙一絕接道：「在下趙一絕。」

紫袍老人嗯了一聲，未再多問，卻回頭望著高萬成道：「還有些什麼奇怪之物？」

王宜中隨手撿起了玉鐲和金釵，道：「還有這個。」

紫袍老人接過玉鐲、金釵，瞧了一陣，自言自語地說道：「碧玉金釵，金釵碧玉，碧玉金釵，金釵……」

口中不停地唸誦了數十遍，但他聲音越唸越低，唸到最後，別人已經無法聽到。

但紫袍老人卻閉上雙目，口唇啓動，仍然唸誦不停。

王宜中心裡大感奇怪，忖道：「他雖唸的聲音微弱，莫可聽聞，但看他的口形啓動之狀，仍然是唸的那四個字，兩句話這四個字，唸來唸去，不知能唸個什麼名堂出來。」

又過了片刻，那紫袍老人突然間雙唇靜止，有如老僧入定一般，靜立不動。

剎那間，小室中沉寂下來，靜的可聞得很輕微的呼吸之聲。

那白髮老嫗陡然間重重地咳了一聲，道：「王門主，還有什麼古怪的東西，拿給老身瞧瞧。」

王宜中伸手取過乾葉、枯花，遞了過去，道：「這個也很奇怪。」

白髮老嫗接過枯花、乾葉，托在掌中瞧看。

青衣少女眨動兩下圓圓的大眼睛，望望王宜中，又望望那乾葉、枯花，低聲說道：「奶奶，枯了的花，乾了的葉，這到處皆是，有什麼稀奇？」

白髮老嫗神情肅然，道：「朱門主是何等人物，留下這些枯花、乾葉，豈是無因。」

那青衣少女微微一笑，道：「我能在片刻之間，去找一片乾葉、枯花回來。」

白髮老嫗哼了一聲，道：「小丫頭，不許胡說。」

四大護法齊齊站起身子，伸過頭來，八隻眼盯在那乾葉、枯花上面瞧去。

赤鬚龍嚴照堂輕輕咳了一聲，道：「這是一種很特殊的樹葉。」

出山虎林宗道：「這花瓣也很特殊，在下出沒於山林之中，見過的怪花、怪葉很多，……」

白髮老媪接道：「就是沒有見過這等花、葉。」

林宗道：「見過……」

高萬成道：「這花、葉產於何處？」

林宗道：「我只見過一次，所以印象也特別的深刻。」

白髮老媪道：「既稱特殊，自然是難得一見，林護法應該記得才是。」

林宗沉思了良久，道：「不是在什麼地方見過……」

白髮老媪道：「那是哪裡見過？」

林宗道：「好像是插在什麼地方，花色鮮麗，萼瓣特殊。」

嚴照堂道：「你一眼之間，能辨認出花瓣形狀，記憶定極深刻，仔細地想想看。」

林宗突然一掌，拍在大腿上，道：「對啦！那朵花插在一輛篷車上。」

嚴照堂道：「篷車上？」

林宗道：「不錯，插在篷車上，左、右兩側，各插了一朵。」

嚴照堂道：「是一輛什麼樣的篷車，我怎麼沒有聽你說過。」

出山虎林宗皺皺眉頭，道：「朱門主交代過在下，此事不可以洩漏出去，因此，在下就

未和諸位提過。」

高萬成道：「現在情勢不同了，朱門主已經作古，金劍門大仇未報，木匣中的遺物，關係十分重大，室中又都是金劍門中忠實人物，林護法似是用不著保密了。」

林宗點點頭，道：「高先生說得是。」

高萬成道：「林護法能否說出那輛篷車的形狀？」

林宗道：「那是一輛黃緞子作面的篷車，朱轅白輪，看上去搶眼至極。就在那篷車的兩側，各插著聞得幽幽清香，才知是真正的鮮花。」

嚴照堂道：「你能肯定這花瓣就是那篷車上的花朵嗎？」

林宗道：「在下可以肯定。一則，這花瓣形狀十分特殊，二則，在下還瞧到了朱門主摘下那花朵上一片花瓣，當時，在下並未注意，想不到竟被門主列入遺物，收入木匣之內。」

嚴照堂道：「這倒是有些奇怪，這花瓣能代表什麼呢？」

林宗道：「這個，在下就不知道了。」

高萬成道：「篷車中人物，林護法見過沒有？」

林宗搖搖頭，道：「沒有見過，門主見過，他打開車簾，和車中之人交談了很久。」

嚴照堂接道：「他們說些什麼？」

林宗道：「在下站在兩丈開外，他們交談的聲音，又很低微，所以未曾聽到。」

嚴照堂道：「朱門主可是交代過你，不准向人提起麼？」

林宗道：「不錯，朱門主確實交代過在下，不許向人提起，不過，在下卻見到那篷車改變了行走的方向。」

高萬成道：「改行何處？」

林宗道：「本來，那篷車由南向北走，但朱門主和那車中人談了幾句之後，篷車改變了方向，又向南而去。」

嚴照堂道：「我明白了，那篷車一直未進過中原，又向南退了回去。」

高萬成道：「不論這乾葉、枯花的用意何在，但它確是兩樣很特殊的東西；在我的記憶中，從未見過這等形狀的花、葉。」

那白髮老嫗突然重重地咳了一聲，道：「咱們既然一時間無法找出這花、葉的來歷，不用再費心機了。」

目光轉到王宜中的臉上，接道：「不知還有什麼特殊的事物？」

王宜中伸手又從木匣中取出一塊黑色的石頭，和一把奇形怪狀似同鐵釘一般之物，道：「這兩件是僅有之物了。」

獅王常順望了那黑色石頭一眼，道：「這是很普通的花崗石，到處都有，一點也不稀奇，不知朱門主何以會把這一塊石頭也列入遺物之中。」

高萬成道：「不錯，只是普通的花崗石，不過，它形狀有些特殊。」

獅王常順道：「在下瞧不出有什麼特殊的地方。」

高萬成道：「這花崗石不是天生的形狀，也不是石撞、鐵擊的形態，而是被人用利器削下來的。」

常順取在手中，瞧了一陣，道：「不錯，是被人用利器削下來的。」

高萬成道：「花崗石質地堅硬，如無能削金斷玉的名劍，必需有過人的內力才成，而且，削斬的十分小心，所以，稜角完整，全然沒有傷損。」

常順道：「一塊普普通通的山石，爲什麼要如此小心地斬削？」

高萬成道：「因爲，那斬削這石頭的人，希望日後有人能持此石，找到些什麼。」

嚴照堂道：「此言有理，那人用利刀切下石頭，自然是留作一種標幟。」

王宜中揚了揚手中的鐵棒，道：「這是什麼？」

高萬成道：「是一把鑰匙。」

趙一絕點點頭，道：「這倒是有些像。」

嚴照堂冷冷地望了趙一絕一眼，道：「趙兄，你知道的太多了，只怕對你不太好。」

高萬成道：「趙兄是咱們金劍門中貴賓，也是一條鐵錚錚的漢子，雖然知曉了不少金劍門的秘密，想來，決不致洩漏出去。」

嚴照堂道：「但願如此，那是趙兄的聰明，也是本門的運氣。」

言下之意，無疑是說，如是洩漏了金劍門中的隱秘，勢必要招來殺身之禍。

高萬成道：「朱門主的遺物，已然清理完畢，咱們現在把這些東西連接在一起，就可以求出一個籠統的眉目了。」

嚴照堂道：「高兄才智，一向過人，想必已胸有成竹了。」

高萬成道：「兄弟倒是想到了一些。」

嚴照堂道：「那就請高兄先說說看。」

高萬成道：「這塊石頭，代表著一處地方，找到了那地方，對上這塊石頭，然後，有一處地方，必須要仗憑這把鑰匙，才能啓開。」

獅王常順點點頭，道：「很有道理。」

高萬成道：「只是這等花崗石，到處都有，找到這等地方，也要大費周折。」

語聲一頓，接道：「不過，咱們此刻並不是立刻要找到那地方，只要把這些事情連接起來就成了。」

嚴照堂道：「枯花、乾葉，和那黃色篷車，是一件事，花崗石、鐵鑰也算是一件事，但兩件事卻無法連在一起！」

高萬成道：「這些事可能是不同的事，如是沒有特別的原因，自然也用不到把它們硬行牽在一起。」

嚴照堂道：「要是用你這等計算方法，那就簡單多了。」

高萬成道：「目下就是無法把玉鐲和金釵連在一起。」

那一直未開口的金錢豹劉坤，突然接口說道：「如若每一物，都可以用作代表，那玉鐲和金釵，也可能代表些什麼？」

嚴照堂道：「代表些什麼？」

高萬成道：「想不通，金釵、玉鐲，都是女用之物，它又能代表什麼呢？」

趙一絕道：「女人……」

他雖然暗中自惕，不要多管閒事，但忍不住又接了一句。

高萬成喃喃自語，道：「倒也有理。」

趙一絕道：「金釵、玉鐲，各代表一個女人。」

高萬成道：「這麼說來，一併是兩個人了。」

趙一絕道：「那朱門主乃極爲聰明的人，如若這玉鐲、金釵，只代表一個人，那也用不著收存兩件東西了。」

金錢豹劉坤冷笑一聲，道：「我們門主從來不近女色，你胡說八道些什麼！」

高萬成道：「劉護法不用生氣，他說得有道理，金釵、玉鐲，除了代表女人之外，又能

代表些什麼呢？」

劉坤道：「如要在下承認朱門主和女人在一起廝混，打死我我也不信。」

高萬成道：「金釵、玉鐲，代表兩個女子，未必就是說朱門主喜愛女色，這兩個女人，可能是幫助過他的恩人，也可能是害過他的仇人。」

王宜中突然伸出手，道：「把那塊花崗石還給我。」

他是門主身分，劉坤立時雙手奉上。

王宜中伸手接過，仔細地瞧看起來，道：「這上面有華山二字，想這華山，定然是一處地方了。」

高萬成道：「大大有名的地方。」

語聲微微一頓，接道：「上面既有華山二字，定然也有別的記述，門主請給在下瞧瞧。」

王宜中緩緩把石塊交給了高萬成。

高萬成仔細瞧去，果然那花崗石上，寫了華山二字。字跡很細微，似是用小刀在上面刻成，不留心很難瞧得出來。

高萬成心頭一喜，暗道：「這塊山石在華山削下，但華山廣闊數百里，如若沒有別的記載，留下這兩字就全無意義了。」

心中念轉，雙目卻仔細在上面搜尋。果然，在另一面，又找到了三個很細小的字跡，寫的鐵傘谷。

高萬成輕輕咳了一聲，道：「四位護法，哪一位熟悉華山？」

出山虎林宗道：「在下曾奉朱門主之命，在華山尋一種藥草，足足耗費了半年之久，夜以繼日，奔行於華山，懸崖峭壁、深谷大澤之間，對華山自信十分熟悉。」

高萬成道：「鐵傘谷，這地方，你知道嗎？」

出山虎林宗低聲說道：「鐵傘谷，鐵傘谷，也許在下到過那個地方，但華山廣達數百里，峰、谷無數，鐵傘谷這地方，並非十分有名，所以在下也無法知曉。」

高萬成道：「華山在下雖然不熟，但幾處有名的地方人人都知道，就在下所知，並無鐵傘谷這處地方。顯然，那是一所十分僻靜的所在。」

那一直閉目垂首的紫袍老人，突然睜開了雙目，道：「我想起來了，想起來了……」

他口中一直唸誦著想起來了，臉上卻是一片驚怖之情。

高萬成道：「長老，你想起了什麼事？」

紫袍老人道：「關於這玉鐲、金釵的事。」

高萬成道：「玉鐲、金釵是怎麼回事？」

紫袍老人道：「那是代表兩個人。」

紫袍老人目光轉動，道：「你們知道金釵公子這個人嗎？」

趙一絕道：「金釵公子，沒有聽人說過。」

嚴照堂道：「在下聽人說過，只是沒有見過其人。」

紫袍老人道：「金釵公子，還有一個外號，叫做魔中之魔。」

嚴照堂道：「他很少在江湖上走動。」

紫袍老人接道：「他不在江湖上走動，他要辦什麼事，一個金釵令下，自然有人替他去辦。」

高萬成道：「朱門主是何等人物，想來不會聽從那金釵公子之命了。」

紫袍老人歎息一聲，道：「有幾件往事，只怕諸位都不知曉。」

高萬成道：「什麼事？」

紫袍老人道：「朱門主，曾經單人一劍，和人決鬥過三次。」

嚴照堂啊了一聲，接道：「和什麼人決鬥？在下怎麼不知道這件事呢？」

紫袍老人道：「因爲，朱門主並無必勝的把握，所以未帶你們去，至於他和什麼人決鬥，事後，一直未對人提過，他是悲天憫人的大俠，常常是一個人擔當痛苦，武林中任何紛爭，只要他知道，必然傾盡所能，把傷害減少到最小限度，所以，在他的心裡沒有仇恨，只有是非，他是武林中難得一見的君子人物。」

高萬成道：「長老，晚輩斗膽問一句話，朱門主和人決鬥的事，只有你長老一人知道，那定然給你說得很詳盡了。」

紫袍老人搖搖頭，道：「我也是事後才知道。」重重歎一口氣，接道：「如若朱門主事先把事情都說得十分清楚，他也不叫劍神朱崙了。」

高萬成道：「那麼，長老，又怎麼會知曉朱門主和人去決鬥呢？」

紫袍老人道：「他每次去赴約之前，就交給我一個錦囊，告訴我某日某時到某處拆閱，但我到那裡之後，他已經先我而至，要回錦囊，用火焚去。」

高萬成道：「錦囊被門主收回焚去，你又怎麼會知道內情？」

紫袍老人道：「這法子，他用了三次，第一、第二次，都被他收回錦囊焚去；第三次，他到的晚了一些，在下就拆開了錦囊。我還記得那正是正午時分，他要我等到太陽下山的時候，如是他還不回來，就按錦囊中安排行事，那錦囊中安排了金劍門中各般事務，那不是什麼錦囊妙計，簡直是一篇遺書。」

高萬成肅然而起，接道：「他是這樣的人，痛苦一個人受，榮譽由金劍門並享，把歡樂贈於他人，使正義存於人間，可惜，上天竟忍心不讓這一代仁俠善終。」

這只是幾句普通的話，但他說的無比虔誠，四大護法連同二老，都不自主地站起身子，臉上是一片肅穆，雙目中滿蘊淚光。

這屋中沒有朱門主的靈位，七個人十四道目光，都盯在那木匣之上。那是一種由敬重而產生的沉痛哀傷，是那樣誠摯、感人。

王宜中、趙一絕兩個極端不同的人，但都被那沉重的哀傷感染，不覺之間，對那位從未晤面、作古十餘年的朱門主，也生出無比的敬意。

哀傷的沉默中，不知過去了多少時間，紫袍老人，才突然歎息一聲，接道：「朱門主安排好了身後之事，也指定承繼他的人，但卻未說明他死於何人之手，也未說明他是和什麼人物決鬥，老朽直等到太陽下山，正準備離去時，他卻及時而至，第一件事就要去我手中的錦囊，用火焚去，然後，才告訴我，他受了很重的內傷，要我陪他療養傷勢，過足了三七二十一日，仗深厚的內功，和他淵博的醫學知識，自養自療，使傷勢完全復元，而且囑咐我，不許把內情洩漏出去。」

高萬成道：「到目前爲止，在下推想，朱門主木匣中的遺物，都是些未了恩怨和未辦的事情，說不定這些事物中，還牽扯上殺害朱門主的兇手。」

紫袍老人沉吟了一陣，道：「推想得不錯，咱們要繼承他的遺志，一一解決他留下來的事情，完成他的心願。」

一直未開口的瞎仙穆元，突然開口說道：「高兄，門主遺物，咱們盡可慢慢去推想、研判，找出線索，但有一件事必須早作決定。」

高萬成道：「什麼事？」

穆元道：「新任門主，還未確定允任門主之位，咱們白等十幾年，數延降魔大會，此時此刻，已經無法再拖下去了。二老和四大護法，都在此地，王門主的事情，正好早作決定了。」

紫袍老人和那白髮老嫗，相互望了一眼，默然不語。

四大護法似乎是無法啓齒，八道目光投在高萬成的身上。

高萬成爲難地歎一口氣，目光投注在王宜中的臉上，緩緩說道：「門主的身世和你的出身、來歷，都已有了個大約的瞭解，目下，門主應該作一個決定了。」

他心中明白，王宜中的爲人，不能以常情推斷，十七年的牢獄生活，使他有著與常人不同的自主觀念。

王宜中神情肅穆，沉吟了良久，抬目一顧四周群豪，只見所有人的目光，都投注在自己的身上，期待著答覆。

那目光中，滿含著希望、期待，但王宜中心裡明白，那希望、期待，並非全是對自己的敬重，而是劍神朱崙，那深入人心的影響，自己被人捧上這門主之位，也全是受了那朱門主的餘蔭。

高萬成輕輕咳了一聲，道：「門主如是很難遽作決定，不用立刻答覆。」

王宜中長長吁一口氣，道：「在下很難立刻決定。」

瞎仙穆元道：「不知門主幾時能作一個決定，屬下在此地，已經等了十幾年，不知門主還要屬下等待多久？」

王宜中道：「見過我母親之後，我就立刻可以決定。」

高萬成道：「屬下有幾何話，奉告門主。」

王宜中道：「高先生請說，在下洗耳恭聽。」

高萬成道：「令堂因令尊身受株連，氣死於天牢之中，因而遷怒於我等，對武林中人深惡痛絕，門主如是要請命令堂，令堂是決然不會答允。」

王宜中道：「我們母子相依為命，在天牢中度過了十七寒暑，我母親一直避免和我談起父親的往事，目下，我既然知道了，想她也不會再對我隱瞞，俟我見過母親之後，問明內情，在下立刻就可以決定了。」

高萬成道：「如是令堂不肯答允呢？」

王宜中道：「在下當盡我之力，說服家母……」

話未說完，突聞砰的一聲，木門被人推開，一個黑衣大漢，快步行了進來，欠身對瞎仙穆元一禮，道：「啓稟園主……」

穆元一皺眉頭，道：「簡明點說，什麼事？」

那黑衣大漢道：「有人混進了李子林。」

穆元道：「爲什麼不撵他們出去？」

那黑衣大漢道：「來人武功高強，已被他們破了兩道埋伏。」

穆元望了王宜中一眼，道：「門主覺著應該如何？」

王宜中道：「我？我怎麼會知道該怎麼辦？」

穆元道：「你是一門之主，此後，要領導我等在江湖上衛道除魔，號令金劍門中數百武士，此事自然要門主作主了。」

王宜中無可奈何地歎一口氣，道：「來的是什麼人？」

穆元道：「目前屬下也無法知曉，但來人既然能破去李子林中兩道埋伏，自然非泛泛之輩了。」

王宜中頗感六神無主，呆了一呆，道：「你覺著應該如何呢？」

穆元道：「水來土掩，兵來將擋，但應該如何，還要門主決定了。」

王宜中道：「咱們瞧瞧去如何？」

高萬成道：「好！傳諭下去，門主要親身臨敵，以察虛實。」

那黑衣大漢應了一聲，轉身向外奔去。

王宜中站起身子，向前行了兩步，又回頭對高萬成道：「高先生……」

高萬成一欠身，接道：「門主有何吩咐？」

王宜中道：「我，我，我……」

高萬成道：「此地都是門主的屬下，什麼話，請說不妨。」

王宜中道：「我，未學過武功，只怕是無法和人動手。」

高萬成道：「門中二老和四大護法，都在門主身側，用不著門主親自出手。」

王宜中點點頭，道：「好，咱們去吧！」舉步向外行去。

高萬成一拉趙一絕，道：「趙兄，也跟著去瞧瞧熱鬧吧！」

緊隨王宜中身側而行。

門下二老、四大護法、瞎仙穆元等全都站起，魚貫相隨。

但幾人心中，都泛起重重疑問，王宜中說他未學過武功，在幾人心中，留下了一片很大的陰影。

金劍門是武林中一個門派，雖是門主之尊，也經常在江湖上行走，仇家暗襲，手段奇辣，明槍暗箭，防不勝防，如是一個全然不會武功的人，要想保護他的安全，那可是大大的麻煩之事。

王宜中行出廳門，嚴照堂突然微一揮手，只見林宗飛身一躍，人已到了王宜中的身前，道：「屬下替門主帶路。」

獅王常順、金錢豹劉坤，也極快地繞到了王宜中的左、右，嚴照堂卻緊隨在王宜中的身後，四大護法，疾快地布成了一道嚴密的防衛。

王宜中四顧了一眼，緩步向前行去。

林宗當先帶路，穿過一片林木，到了一片空闊的草地之中。

停了腳步，高聲喝道：「哪一位當值？」

但聞一個粗豪的聲音應道：「屬下當值。」

草叢中人影一閃，一個手執單刀的黑衣大漢，疾步而出。

林宗肅然說道：「快些過來，見過門主。」

黑衣大漢急步奔了過來，目光轉動，認不出哪個是門主。

林宗一閃身，道：「那位年輕的就是新任門主。」

黑衣大漢行前兩步，拜伏於地，道：「屬下見過門主。」

王宜中揮揮手，道：「你起來。」

黑衣大漢應了一聲，持刀而立。

王宜中道：「進來的是什麼人？」

黑衣大漢道：「來人武功很高，極快地衝破了兩道守衛，屬下沒有看清楚他們的模樣。」

王宜中道：「他們的人呢？」

黑衣大漢道：「他們身法快速，衝破了守衛之後，就隱入暗影之中不見。」

王宜中道：「他們有幾個人？」

黑衣大漢道：「兩個人。」

王宜中回顧了群豪一眼，道：「現在我們應該如何？」

高萬成緩步走了上來，道：「就目下情勢而論，李子林外尚有很多敵人。」

王宜中怔了一怔，道：「何以見得？」

高萬成道：「來人破了兩道守衛之後，並未在李子林中行動，顯然是在等候同伴到來。」

王宜中點點頭，道：「很有道理。不過，他們爲什麼要來此地呢？」

高萬成道：「江湖之上詭詐萬端，目下咱們還未摸清楚對方的來路，自然是無法知曉來人的用心何在了。」

十四　大智若愚

突然間，幾聲尖厲的竹哨聲劃破夜空，傳入耳際。

王宜中道：「什麼事？」

高萬成道：「又有強敵衝了進來。」

瞎仙穆元身軀一晃，人已到兩丈開外，道：「屬下瞧瞧來的何許人物。」

高萬成道：「目下不可出手殺人。」

穆元道：「留下活口嗎？」

高萬成道：「最好引他們來此，見過門主，也好問個明白。」

穆元應了一聲，轉身而去。

王宜中目光轉動，只見四大護法和二老，個個神情鎮靜，似是對來襲強敵，全然未放心上。

靜夜中傳來了幾聲金鐵交鳴，顯然，雙方已經動上了手。

趙一絕暗暗忖道：「這李子林的人，果然都是久經訓練的高手，雖然有強敵混入，而且不停地混戰，但卻人人都能沉得住氣，不聞喝叫之聲。」

靜夜中，只聽金鐵交鳴之聲不絕於耳，顯然，有甚多人在不停地惡鬥。

耳際間突然響起了瞎仙穆元尖啞的聲音，道：「敝門主就在前面，閣下有膽子就去見過。」

聲音說得甚高，顯是有意讓王宜中聽到。

王宜中凝目望去，果見兩條人影，行了過來。

當先一人，正是瞎仙穆元，身後一人，一身青衫，臉上蒙著一條青紗，在夜風中不停地飄動。

瞎仙穆元，行近王宜中身前八尺左右處，停了下來，道：「前面就是敝門門主。」

青衣人雖然戴著面紗，但仍可見臉前的白鬚，顯然是個年長老者。

王宜中只見那人身材修長，卻無法瞧見到他的面目。

但那青衣老人，兩道眼神，卻透出青衫，把王宜中打量得十分清楚。

只聽他冷笑一聲，道：「劍神朱崙，當真的死了麼？」

高萬成道：「朱門主神功絕世，也許他還在人間。」

青衣老者道：「如是朱崙未死，貴門中何以推舉出新的門主？」

高萬成道：「敝門中事，不敢勞閣下多問。」

青衣人冷然一笑，道：「貴門中新門主這般年輕，只怕是擔當不了什麼大事。」

王宜中嗯了一聲，道：「閣下有什麼事，說說看。」

青衣老者冷笑道：「金劍門主，在武林中地位十分崇高，希望是一個英雄人物，別要是任人擺佈的傀儡才好。」

王宜中涉世極淺，對這等極大的輕藐之言，也未感覺到是無可忍耐的羞辱，淡淡一笑，道：「我確然對江湖中事知曉不多，不過，金劍門中，有不少幫助我的高人，閣下有什麼事，如能坦誠相告，在下或可相助一臂之力。」

這一番話，有些答非所問，完完全全和那青衣老者的譏諷之言，背道而馳，但卻表現得坦坦誠誠，一派君子風度。

那青衣老者聽得怔了一怔，道：「這麼說來，閣下做得主了？」

王宜中笑一笑，道：「不一定啊！你先說出來我聽聽看。」

青衣老者冷冷說道：「貴門中人和提督府的捕快勾結，竟然甘爲六扇門中鷹爪子的助手，你身爲金劍門的門主，不知是否知曉此事？」

王宜中道：「什麼是六扇門中鷹爪子？」

這等江湖術語，王宜中從未聽過，如何能夠明白。

瞎仙穆元正要接話，卻被高萬成示意阻止。

二老和四大護法，個個閉口不言，似是要看那王宜中如何應付。

青衣老人氣得冷哼一聲，道：「你是一門之主，竟連六扇門中鷹爪子這句話也聽不明白，是成心跟老夫裝糊塗了。」

王宜中道：「我說得句句真實，爲什麼跟你裝糊塗啊？」

青衣老者愣住了，半晌才緩緩說道：「諸位，你們這位門主是怎麼選出來的，似乎是完全不懂事啊！」

嚴照堂雙目一瞪，赤鬚怒張，似要發作，卻被那高萬成伸手攔住，低聲道：「咱們一切遵照門主之意辦理。」

赤鬚龍長長吁一口氣，忍下胸中怒火。

高萬成說話的聲音雖低，但和王宜中距離甚近，是以，王宜中亦聽得清清楚楚。

王宜中確已不知如何處理眼下的情勢，本想詢問高萬成，但聽得兩人對話之後，只好又忍了下去，硬著頭皮對那青衣老者，道：「在下是否懂事，似是和你無關，你有什麼事，說明白一點就是。」

青衣老者道：「好吧！貴門中人和京畿提督府中的捕快勾結在一起，傷了我們的人，在下特來向門主討還一個公道。」

這一下王宜中明白了，啊了一聲，道：「原來如此。」

語聲一頓，接道：「你準備向我討取什麼公道？」

青衣老者又是聽得一愣，道：「殺人償命，欠債還錢，貴門主縱容屬下，勾結官府，殺害武林同道，此事如是傳揚於江湖上去，只怕對貴門的盛譽，有些不好吧！」

王宜中搖搖頭，道：「沒有什麼不好，如是你們做了壞事，人人得而誅之，不論死傷於何人之手，那都是罪有應得。」

這一番話並沒有錯，錯在那青衣老者聽來卻有些不是味道，似乎是對方全不按江湖規矩行事。

那青衣老者雖是口齒伶俐，但遇到了王宜中這等具有極高身分，又全不照江湖規律行事的人，實有些口舌無用之感。

沉吟了一陣，道：「和公門中人勾結，乃江湖上的大忌，這一點門主定然是明白了。」

王宜中實是不明白，但也覺著此事不宜再行多問，搖搖頭，道：「咱們不談這個，我先問你幾件事。」

青衣老人啊了一聲，道：「你要問我什麼？」

王宜中道：「第一、你先取下蒙面的青紗，我要看看你的真正面目。第二、你要說出你的身分、姓名，然後，具體說出你的用心，要我們如何還你公道？」

青衣老者道：「在下如是要人瞧我真正面目，也不用青紗蒙面了。」

王宜中一揮手，道：「那很好，你既不願拿下青紗，咱們不用再談了，你請便吧！」

青衣老者怔了一怔，道：「老夫既然來了，豈能就此離去！」

王宜中道：「你不走，我下令攆你走！」

青衣老者只覺對方處事，全是隨心所欲，全無軌跡可尋，不禁心頭冒火，冷冷地說道：「老夫走了數十年江湖，見過不少幫主、掌門，但卻沒有見過像你們門主這等糊塗人物。」

王宜中微微一笑，道：「就算我糊塗吧，咱們不用多談了。」轉身準備離去。

那青衣老者數度出言不遜，四大護法都已怒火塡胸，準備出手，但一直爲高萬成示意所阻，強自忍耐，但人人氣憤之色，都已形諸於神色之間。

只有高萬成面上帶著微笑，似是十分欣賞王宜中這等處事之法。

只聽那青衣老者大聲喝道：「站著。」

王宜中正待舉步，聞言又回頭說道：「什麼事？」

青衣老者道：「閣下大智若愚，故裝糊塗的才智，在下是不得不佩服了，既是口齒上無法說得清楚，說不得在下只好領教門主幾招了。」

王宜中道：「動手打架？」

青衣老者道：「不錯，動手打架，門主請先出手吧。」

王宜中呆了一呆，雙目突然暴射出湛湛神光，直逼在那青衣老者的臉上。

那青衣老者乃久走江湖，閱歷豐富的人，看那王宜中的舉動，本不像身負武功的人，但他瞪目一瞧，暴射出的凌厲神光，卻又分明是一位內功極端精湛的人物，不禁爲之一呆。

那兩道湛湛眼神，不但使得青衣老者瞧出了情勢不對，就是那四大護法和二老也瞧得爲之一呆。

這些人都是內外兼修的第一流高手，一見那兩道眼神，都看得出那是有著極爲精深內功的人，才有那等逼人的眼神。

忽然間，王宜中斂去了雙目中湛湛神光，搖搖頭，歎息一聲道：「我不會武功，無法和你打架。」

青衣老者又是一呆，但他已不敢再行輕視這位年輕人。

他忽然覺著自己一句譏諷之言，竟然說對了，這位王公子是一位大智若愚的人物，一切似都在故意裝作，他明明有一身精深的內功，卻故意說出不懂武功的話來。

嚴照堂突然一抱拳，道：「門主如是不願親自出手，隨便指命一人，都可以使這位不速之客，現出本來的面目。」

王宜中道：「那麼，就由你出手吧！」

嚴照堂道：「屬下遵命。」大步向前行來。

金錢豹劉坤厲聲喝道：「殺雞焉用牛刀，這一陣讓給小弟如何？」

也不待嚴照堂答話，飛身一躍，人已躍到嚴照堂的身前。

嚴照掌回顧了王宜中一眼，道：「劉坤請命，屬下是否要讓他一陣？」

王宜中道：「不論你們哪個出手，都是一樣。」

嚴照堂道：「謝門主。」緩步退到王宜中的身後。

金錢豹劉坤真像一頭豹子那般靈敏，身形一晃，未看他舉腳跨步，瘦小的身形，已竄到那青衣老者的身前。

拱拱手，道：「在下劉坤，奉門主之命，領教閣下幾手。」

青衣老者道：「金錢豹，金劍門中四大護法之一，身形瘦小，輕功極佳，踏雪無痕，翻山越嶺，如履平地，練成鐵爪神功，五指能抓入青石堅壁之中，平常對敵，不動兵刃，遇上勁敵時，才肯動傢伙，用的是鐵佛手。」

他一口氣如數家珍一般，把劉坤的特徵以及施用的兵刃，特殊武功成就，說個清清楚楚，聽得全場中人都不禁爲之一愣。

尤其是趙一絕和王宜中，更是聽得津津有味。

劉坤仰天打個哈哈，道：「想不到啊！你竟對我劉某人如此器重，難爲你打聽的如此詳細，不過，這不足爲奇，劉老四在江湖走了幾十年，我有些什麼成就，用的什麼兵刃，在武林之中，已經不算是秘密，重要的是，要看閣下是否能夠對付得了。」

青衣老者道：「閣下不信我能對付，那就出手試試。」

金錢豹劉坤冷笑一聲，道：「在下正想領教。」

身形一晃，不見他怎麼作勢用力，人已陡然凌空而起，抓向了那青衣人的前胸。

出手神態，確有凶豹撲人的氣勢，大約金錢豹的綽號，亦是由此而來了。

青衣老者橫閃五尺，想避開對方的抓拿之勢。

但劉坤動作迅快，有如靈豹轉身一般，一個快步閃身，右手收回，左手探出，仍是抓向青衣人的前胸。

青衣人冷哼一聲，道：「這一招金豹靈爪，果然是名不虛傳。」口中說話，人卻避開五尺。

劉坤道：「你就試試這一招如何？」

左手收回，右手探出，仍然是抓向那青衣人的前胸。

青衣老者一連閃避五次，劉坤仍然一招不變，左、右雙手，交錯收回。

趙一絕也算得見多識廣的人物，但卻從未見過這樣的打法。只覺劉坤那攻出的掌勢，招招都可以開肚斷腸。

那青衣老者左、右飛躍，不停地躲避，但劉坤兩手交替攻出，屈指如鉤，也始終不變招

式。

兩人搏鬥極爲快速，但看上去，卻又有些滑稽可笑，很像一隻凶猛靈活的豹子，在握一隻狡猾的老狐。

突聞唰地一聲，那青衣老人前胸的衣服，被劉坤指尖掃中，登時劃了一兩尺長的一個口子。

青衣老人怒喝一聲，翻手拍出一記掌力。他含憤出手，掌力奇大，暗勁洶湧，直逼過來。

劉坤大喝一聲：「來得好！」右手一推，硬接下對方一記掌勢。

但聞砰地一聲，雙方掌力接實，彼此半斤八兩，各自都被震的向後退了一步。

這一掌硬拚，使得雙方都爲之心中震駭不已，彼此都不肯再存輕視之心。

劉坤定定神，冷笑一聲，道：「閣下是真人不露相啊！」

那青衣老人臉上蒙著青紗，別人無法瞧出他的表情如何，只聽他緩緩應道：「金劍門中的四大護法，果然非浪得虛名之輩。」

劉坤仰天打個哈哈，道：「你朋友誇獎了，劉老四已經很多年未和人動過手了，今日逢到你朋友這個好對手，劉老四也可以放開手大打一架了。」

那青衫人淡然說道：「閣下可是覺著一定能夠勝我嗎？」

劉坤搖搖頭，道：「劉老四一生不打妄語，咱們勝負的機會各占一半。」

青衣老人道：「如若咱們一定要分個生死出來，那麼就要只限咱們兩人動手相搏。」

劉坤哈哈一笑，道：「這個麼，閣下可以放心，劉老四既然要和閣下作生死之戰，自然用不到別人幫忙。」

高萬成低聲說道：「門主，目下只有你以門主的身分，才能阻攔這件事情了。」

只聽劉坤震耳的怪笑聲，傳入耳際，道：「朋友，你出手吧！」

青衣人道：「好，劉護法既已存了非打不可之心，在下就恭敬不如從命了。」

王宜中道：「慢一些！」

青衣人借機止步，向後退開三尺。

劉坤卻轉身抱拳一禮，道：「門主有什麼吩咐？」

王宜中道：「我如是不讓你們打，你是不是肯聽我的話？」

劉坤怔了一怔，道：「如是門主下令，屬下怎敢不遵？」

王宜中道：「好吧！那我就下令不許你們動手。」

劉坤欠身退了三步，道：「屬下遵命。」

王宜中目光轉到那青衣人，道：「我不許你們打，你是否肯聽我的話？」

趙一絕聽得暗暗好笑，忖道：「對方本是敵人，如何能這樣一個問法？」

事實上，王宜中這句話，不但使趙一絕聽的好笑，而且，問的那位青衣人大大地感到爲難。

只見他沉吟了良久，道：「老夫倒是不必聽你的話，不過，劉護法的武功，高出了老夫的意料之外，因此，老夫也不願彼此拚一個生死出來。」

王宜中道：「說了半天，你還是聽我的話了。」

青衣老人道：「就算是吧！」

王宜中道：「本來嘛，你們既不相識，自然用不著拚命了。」

青衣人拱拱手，道：「貴門中高手如雲，老夫自知無能入林，我這裡告辭了。」

高萬成道：「門主，咱們金劍門在江湖上，是大有名望的門戶，豈能讓人隨意來去。」

王宜中啊了一聲，道：「那麼，咱們應該如何呢？」

高萬成道：「要問明他來此地的用心何在。」

王宜中回顧那青衣老人一眼，說道：「你都聽到了？」

青衣老人道：「聽到了。」

王宜中道：「你如自信有能力破圍而出，那就只管請走，如是自覺無能破圍離此，還請說明來意。」

青衣老人目光轉動，只見王宜中身後四大護法，個個蓄勢戒備，大有立刻出手之意，心

知今日已難善離此地，輕輕咳了一聲，道：「看來老夫如不說明來意，很難生離此地了。」

高萬成道：「不錯，你朋友如是想生離此地，看來只有說明內情一途了。」

青衣老人沉吟不語。

高萬成冷冷接道：「武林之中，不少誤殺，你朋友大約心中明白，如是你今夜想生離此地，希望你朋友能說個明白出來，如是你朋友連面紗也不取下，身受誤殺之後，豈不是冤枉得很。」

青衣老人沉聲說道：「如是老夫能夠說明來意，老夫就可以離開此地了？」

王宜中道：「對啊！說個明白，你就可以離開了。」

高萬成道：「還有一件事，你朋友要先取下蒙面青紗。」

青衣老人突然哈哈一笑，道：「諸位似乎是很想見識一下老夫的真面目了。」

高萬成道：「也許我們認識你，閣下既能對我們金劍門中人物這等熟悉，在下不相信不認識閣下。」

青衣老人緩緩伸手取下蒙面青紗，道：「諸位瞧瞧，是否認識老夫？」

高萬成凝目瞧了那老人一眼，突然向前行了一步，抱拳說道：「萬兄，你這玩笑開得不小啊！」

青衣老人哈哈一笑，道：「你們聽了半天，就聽不出是老夫的聲音嗎？」

高萬成道：「你萬兄，精通十餘省的方言，隨便說一種話，咱們如何能聽得清楚。」

青衣老人笑道：「你們藏得如此隱秘，老夫找了足足一年時間，才找到了此地。」

高萬成臉上笑容突然斂失，緩緩說道：「萬兄費了近一年的時間找我們，必然是發生了很重大的事情？」

青衣老人道：「不錯，萬某人一向是夜貓子飛進宅，無事我不來。」

高萬成深深一個長揖，道：「萬兄有何見教，我等洗耳恭聽。」

青衣老人微微一笑，道：「我要先說明一件事，今宵中我是一個人來。」

嚴照堂道：「那些和我們動手的人呢？」

青衣老人道：「他們大約是來探道的，一共只來了四個人，一個人傷在埋伏之下，一個人混了進來，兩個人，大約是還被你們攔在第二道埋伏外面動手。」

高萬成道：「多謝萬兄指點，敝門主自會有應對之策。」

王宜中既被點明了，不得不想法子處理，回顧了瞎仙穆元一眼，道：「能生擒他們二人，問明內情最好，不能生擒，那就下手格殺。」

瞎仙穆元一欠身，道：「屬下領命。」轉身一躍，消失於暗夜之中。

王宜中回顧群豪一眼，道：「穆元一人，足可對付來人，咱們到大廳中坐吧！」

言罷，自行舉步向前行去，突然之間，他似乎開了一竅，瞭然自己在金劍門中身分。

四大護法，分衛左、右。

高萬成一抱拳，道：「萬兄請。」

青衣老人也不客氣，舉步隨在四大護法的身後。

金劍門中二老，走在最後壓陣。

一行人直入大廳，各以身分落座，兩位當值的青衣童子，獻上香茗。

高萬成抱抱拳，道：「萬兄，來得巧極，金劍門的新門主，適於今日就位，萬兄及時而來。」

青衣老人哈哈一笑，道：「高老弟難道忘了我萬大海，一向被人稱做一帆順風麼，這幾十年來，我在江湖上闖南走北，全憑一片好運氣。」

高萬成笑了一笑，道：「萬兄過謙了，那是算無遺策的智略，運氣之說，豈可仗恃。」

萬大海道：「不管怎麼說，人家都這麼說我，反正我走了幾十年的運，大約是不會錯了。」

劉坤突然一抱拳，道：「適才，實不知是你萬兄大駕光臨，得罪之處，還望海涵。」

萬大海道：「劉老弟請坐，是老夫玩笑開過了火，和你劉老弟無關。」

劉坤笑道：「就在下所知，萬兄有一個外號，叫做萬事通，不知是真是假？」

萬大海道：「這萬事通的雅號，老夫是愧不敢當，但在下數十年冷眼看江湖，恩怨糾葛，情孽牽纏，知曉的比常人多一些罷了。」

高萬成道：「萬兄，此番前來，定有高見。就請當㪍門門主之面，說出高論。」

萬大海捋鬚沉吟，默然不語。

高萬成微微一笑，道：「萬兄的規矩，在下明白，萬兄但請直言，金劍門決不會負你萬兄。」

萬大海略一沉吟，道：「這件事很重大，不但和貴門有關，牽連所及，恐將波及整個的江湖。」

高萬成道：「這件事既是牽到整個武林，萬兄是否已通知其他的門派？」

萬大海道：「沒有，金劍門在武林中是數一數二的大門派，因此，在下先找貴門中人。」

高萬成道：「萬兄很看得起我們金劍門。」

萬大海道：「除了公誼之外，還有私情，朱門主在世之日，對我萬某人有過救命之恩。」

輕輕咳了一聲，接道：「武林中對朱門主的死訊，一直是半信半疑，但最近，武林中卻似是證實了朱門主的死訊，而且是很多人已經知道了這件事情。」

高萬成道：「想當然耳！朱門主十幾年未在江湖上出現，自然難免被人猜疑。」

萬大海淡淡一笑，道：「最不利貴門中的消息，是有幾位武林中的大魔頭，正準備聯手把貴門中人搏殺一部分。」

萬大海沉吟了一陣，接道：「就老夫所知，幾個聯手的老魔頭，已經開始行動，今夜之人，就是他們派來的探道屬下。」

嚴照堂道：「萬兄可知道都是些什麼人？」

萬大海道：「就老夫所知，其中有一位自號枯木老人。」

嚴照堂接道：「枯木老人，沒有聽人說過啊！」

萬大海道：「就是他很少在江湖上出現，所以，老夫才覺著不對。」

那紫袍老人突然接道：「應了朱門主的遺物之一。」

萬大海道：「以萬兄在江湖上的經歷，想必對那枯木老人知曉一些內情了。」

萬大海道：「就在下探聽所知，那枯木老人，修習很奇怪的武功，行動時，一直坐著一頂小轎，所以，很難見到他的面目，老夫追蹤很久，一直未見過他一次。」

高萬成道：「他有什麼特殊的武功？」

萬大海道：「聽說他施用一十二把枯木劍，一個人用了一十二把兵刃，不論他招術如何，但繁雜深奧，可想而知了。」

嚴照堂道：「除了那枯木老人之外，還有些什麼人物？」

萬大海道：「以那枯木老人爲首，勾結了南天五霸、雪山雙凶，及一部分吃過你們金劍門苦頭的綠林大盜，結合成一股浩浩蕩蕩的雄大實力。」

目光轉動，環顧了四周群豪一眼，道：「自然，他們已經偵知了貴門中大部分人手，聚居於此，所以才找上北京。」

嚴照堂道：「南天五霸，跳樑小丑，不足畏也。」

萬大海道：「自然，南天五霸不足對金劍門構成威脅，不過，那位來歷不明的枯木老人，卻是貴門中一個勁敵，有道是知己知彼，百戰百勝，老夫的想法之中，貴門中人才眾多，或可有人知曉那枯木老人的來歷。」

高萬成道：「萬兄還有什麼見教？」

萬大海道：「第二件事是老夫聽到的消息，據說金劍門正在江南召集門下，要準備舉行降魔大會。」

王宜中怔了一怔，道：「當今之世，有幾個金劍門？」

高萬成道：「當分之世，只有咱們一個金劍門。」

王宜中道：「那麼江南還有一個金劍門，又是怎麼回事呢？」

高萬成道：「自然，那是有人冒充咱們金劍門了。」

萬大海道：「金劍門在江湖上名氣極大，所以才會有人冒充。」

王宜中道：「他冒充咱們金劍門，如是做起壞事來，那還得了。」

高萬成道：「所以，要門主作主，如何對付他們了。」

王宜中點點頭，道：「我得想一想，看看應該如何。」

萬大海站起身子，道：「老夫話已說完，我也應該走了。」

高萬成道：「萬兄，多謝這番傳訊，這個數字如何？」一面說話，一面伸出個大拇指來。

萬大海哈哈一笑，道：「這一次，算慶賀貴門新門主就職的賀禮，老萬不收一個子。」

高萬成道：「這麼說來，我們卻之不恭，受之有愧了。」

萬大海道：「好說，好說，不過，下不爲例。」站起身子，大步向前行去。

王宜中道：「閣下怎麼要走了？」

高萬成攔住了王宜中道：「這位萬兄一向是說走就走，要來就來，門主不用挽留了。」

王宜中啊了一聲，未再堅留。

萬大海步行極速，片刻之後，人已走得蹤影不見。

王宜中目睹萬大海背影消失之後，突然閉上雙目，沉思不語。

嚴照堂想啓齒說話，卻爲高萬成搖手阻止。

一時之間，大廳中靜的鴉雀無聲，落針可聞。

良久之後，王宜中突然睜開雙目，道：「高先生，咱們應該如何？」

高萬成道：「自從朱門主故世之後，金劍門在江湖上突然停止了活動，自是難免要引起很多猜測，目下有很多事情，連續發生，驟看起來，似乎是巧合，其實，這些事，都是想當然耳，門主乃一門之主，應該如何，還要門主決定了。」

王宜中道：「我已經很用心在想了，但很多事一直想不明白，而且越想越亂，不知該如何處理才好？」

高萬成笑道：「門主如是有什麼疑問，只管問我，屬下自當盡力解答。」

王宜中輕輕歎息一聲，道：「你們推舉我爲門主，並非是因爲我有什麼過人的才能，全是爲了對上一代朱門主的尊重，他是先父八拜之交，又是我的義父，愛屋及烏，才推我做爲門主，是嗎？」

高萬成笑一笑，道：「也並非全然如此。如若門主不具有過人的才華，朱門主如何會遺命指定由你擔任金劍門的門主，金劍門中，數百位武林精英高手，全都息隱江湖，等你出山。」

王宜中笑一笑，道：「高先生和諸位老前輩，千萬不可對我期望太高。」

嚴照堂道：「我們相信朱門主決不會看錯人，門主必可帶我們度過重重難關。」

王宜中道：「我怕自己無能，辜負了我義父的重托，也讓諸位失望。」

高萬成微微一笑，道：「如是門主不具有領導金劍門的才能，朱門主不會遺命指定你……」

王宜中沉吟了一陣，道：「如是我無法推拒，非要擔當這金劍門主之位不可，就要諸位幫我一個忙。」

高萬成道：「金劍門，你爲首腦，什麼事，只管下令吩咐就是。」

王宜中道：「我要開始專心練習武功，如是金劍門的門主不會一點武功，豈不是要惹人笑話嗎？」

高萬成道：「如是門主有此雅興，門中二老、四大護法、八大劍士，都是身負絕技的人物，他們對門主決不會藏私，各以絕技傳於門主。」

獅王常順突然開口說道：「高先生，這話從何說起，門主精華內蘊，目中神芒如電，分明是內功已到至高的境界，你怎麼一點也瞧不出來呢？」

嚴照堂道：「不錯，門主不過幾句謙遜之言，高兄怎能認真。」

王宜中怔了一怔，道：「我說的是真話，我從未習過武功。」

嚴照堂道：「這麼說來，是兄弟看走眼了。」

高萬成搖搖頭，道：「嚴兄、常兄，也未看走眼。」

王宜中滿臉迷惘，茫然說道：「高先生，好像是兩件事不能都對，不是我錯了，就是嚴

護法和常護法錯了，但我沒有錯，我說的都是很真實的。」

高萬成道：「嚴護法、常護法，都是久走江湖人物，追隨朱門主身經百戰，自然是不會看走眼了。」

王宜中臉色一整，道：「那是說我說的是謊言了。」

高萬成急急說道：「屬下不敢。」

王宜中奇道：「這是怎麼回事呢，我們都說對了，那誰是錯的？」

高萬成道：「沒有人錯，只不過，門主的武功和你具有的智慧一樣……」

王宜中接道：「這話怎麼說？」

高萬成道：「門主實已具有極深厚的內功，不過，它潛藏於體能之中，門主未曾發覺罷了，那是一道門，緊緊地封閉著，一旦開啓此門，門主當是這世間可數的高手之一。」

王宜中道：「有這等事，我怎麼一點也覺不出來呢？」

久未開口的趙一絕，突然說道：「高兄說得有些道理。」

王宜中道：「趙叔叔，你把我從天牢中接出來，進入牢中之日，我還是一個不解人事的孩子。那地方，那環境，誰教我練習武功呢？」

趙一絕笑道：「這話也有道理，不過，你有一點異於常人。」

王宜中道，「哪一點？」

趙一絕道：「你那一對眼睛，有如夜中明星，雪裡寒風，具有震駭人心的威勢。」

王宜中道：「我怎麼一點也不知道呢？」

趙一絕道：「在下進入天牢之時，就被你那一對洞穿人心的眼神嚇了一跳。」

王宜中道：「武功一道，難道能與生俱來不成？」

高萬成略一沉思，道：「朱門主在世之日，曾經和在下談論天下大事，感歎一種武功，他無法練成，他曾經兩度閉關試驗，卻無法找到門徑。」

嚴照堂啊了一聲，道：「那是一種什麼樣的武功，以朱門主天份之高，仍無法找得門徑，世間還有何人能夠練成？」

高萬成輕輕咳了一聲，接道：「那是一種至高無上的內功，必需在混沌未開的時候，開始奠下基礎。」

那紫袍老人突然接口說道：「究竟什麼武功，連我也未聽說過？」

高萬成道：「那是因爲朱門主也無法料定成敗，因爲習練那種武功的人，必需具有超人的才慧、體質，所謂混沌未開的時候，那人應該是初生不久，縱有相人之術，也無法看出他的體質，所以，這一門內功，一直就沒有人練成過。」

嚴照堂點點頭，道：「門主在世之日，常在王府停留……」

高萬成接道：「而且還常常勞動你們四大護法，走遍天下去尋靈藥，以補先天不足。」

王宜中已感覺到是在談他，靜靜地聽著。

只聽高萬成接道：「最難的是，那武功奠基之後，仍需要一段相當長的時間，才能有成，修習之人，必須僻處幽靜之境，胸無他念，心不旁騖。但那正是孩子們喜愛遊玩之期，這等境界，說來容易，其實困難無比，也許諸位覺著可以在深山大澤中找個山洞，把他囚起來，不讓他接觸人間事物，但那很可能行入偏逆之境，毫釐之差，即將成兩種結果。」

嚴照堂接道：「高兄，在下想不通，關入天牢和囚於山洞，有什麼不同之處？」

高萬成道：「在下本亦不得奧妙，後得朱門主說明，才得知個中一點內情，那種至高的內功，困難之處在於，習練之人要一直保平和的心情、單純的生活，而且，要持續不斷地修習十年以上，才能奠定基礎，十五年後才能登堂入室，進入大成之境。如是接觸人間事物，胸中記述甚多，要把他囚入山洞之內，固然可以使他無法離開，但他心有旁騖，那就無法進入成就之境。」

王宜中突然說道：「那究竟是一種什麼樣的內功？」

高萬成道：「一元神功。」

王宜中道：「為什麼叫一元神功？」

高萬成道：「那是說，一個人如若練成了一元神功，先天的體能，即將和內功合為一元，也就是說，一呼吸之間，就可以克敵制勝。」

王宜中道：「原來如此。」

出山虎林宗問道：「高兄，你說了半天，言意所指，那是咱們的新門主了。」

高萬成道：「不錯，諸位心中想是早已明白了。」

瞎仙穆元說道：「我明白了，我明白了。」

獅王常順道：「穆兄，你明白什麼了？」

穆元道：「所以，咱們要把門主放在天牢之中一十七年，就是要他在那種天然的環境之中，修習一元神功。」

高萬成道：「這才是最重要的原因。」

常順道：「咱們等了十幾年，但不知門主是否已經練成了一元神功？」

王宜中苦笑一下，道：「我可奉告諸位，我沒有練成。」

劉坤道：「爲什麼？」

王宜中道：「因爲我一直沒有練過。」

高萬成道：「門主練成了，至少，你已完成奠基階段。」

王宜中道：「這個，不大可能吧。」

高萬成道：「門主願否一試身手？」

王宜中微微一笑，道：「如何一個試法？」

高萬成道：「哪一位願和門主試招？」

獅王常順一欠身，道，「在下願和門主試招，只不過心中有些顧忌。」

高萬成道：「你顧忌什麼？」

獅王常順道：「門主傷了在下，理所當然，萬一在下傷了門主，豈不是大恨大憾的事？」

高萬成道：「這個你儘管放心，縱然要你們過招，也是文打。」

常順道：「何謂文打？」

高萬成道：「在下聽朱門主說過那一元神功的妙用，常護法請站過來吧！」

常順大步行了過來，抱拳對王宜中一禮，道：「您要多多擔待，在下斗膽和門主試招，只是爲了求證門主一元神功，有了幾分火候。」

王宜中道：「我從未練過武功，定然是高先生看錯了。」

高萬成道：「錯不錯，門主立時就可以證明了。」

轉向常順道：「常護法請站在門主對面。」

常順依言行了過去，站在王宜中的對面。

高萬成取下背上的文昌筆，笑道：「在下這支文昌筆，乃純鋼打成，重有一十二斤，請門主握住筆柄。」

王宜中依言伸手握住筆柄。

高萬成回顧了常順一眼，道：「常兄請握住筆尖。」

常順依言握住筆尖。

高萬成低聲說道：「門主在天牢中時，是否常常打坐？」

王宜中道：「不錯，不知何故，我懂事之後，就常常打坐。」

高萬成道：「門主打坐之後，有些什麼感覺？」

王宜中道：「全身有一股熱氣，四下流動。」

高萬成道：「那很好，門主請閉目而立，照你平常打坐一般。」

王宜中道：「我打坐時有幾個腹內運動，是否也要一般運用呢？」

高萬成道：「對！和你打坐時候一樣。」

王宜中依言閉上雙目，照法施用。

高萬成低聲對常順說道：「常兄，運集真力，握緊筆尖。」

常順笑道：「要我和門主奪這支文昌筆嗎？」

高萬成道：「你只守不攻，運氣抗拒門主攻來的力道。」

常順應了一聲，緊握筆尖。

這時，全場中人的目光，都投注在那文昌筆上，看兩人的反應。

片刻之後，忽見常順臉上，泛現盈盈汗水，似乎是極為吃力，文昌筆也開始微微地抖動。

再看王宜中時，臉上一片平靜，神情悠閒，行若無事。

高萬成道：「常兄，忍耐到某一種極限之後，就不可再強行忍耐。」

就說這兩句話的工夫，常順頂門上的汗水，已如大雨一般，直向下面滾落下來。

全場中人，無不震駭，以常順的武功，在這麼短的時間之內，竟然被迫的汗落如雨，實是一件不可思議的事。

突然間，常順悶哼一聲，放開了手中的文昌筆。整個的身子，似乎是受到了極大的衝擊之力一般，身不由主地向後退開了六、七步遠。

王宜中霍然睜開雙目，鬆開了手中的文昌筆，鐵筆落在木桌之上，登時泛起了一陣青煙。

敢情那鐵筆，有如在火爐中取出一般，木桌落下一方筆印。

高萬成目光投注那鐵筆之上，只見握柄之處，現了幾道指痕。

王宜中緩緩站起身子，雙目中滿是驚奇，盯注在常順的身上，道：「常護法，你受傷了嗎？」

常順道：「門主內功精深，已到了無堅不摧之境，屬下手握金筆之時，不但感覺到門主的強大內力，洶湧而至，同時，筆身亦爲門主一元神功，燒的有如爐中煉鐵，屬下亦感到承受不住。」

王宜中呆了一呆，道：「你說的都是真話？」

常順道：「屬下說的句句真實。」

王宜中道：「這就有些奇怪了。」

高萬成滿臉歡愉，道：「恭喜門主！」

王宜中道：「我當真已練成了一元神功？」

高萬成道：「門主有多少成就，多少火候，在下不知，但門主至少已奠定了基礎，此後，只要不斷習練，必將是日有進境。」

王宜中奇道：「如是我真有這樣高強的武功，怎麼我一點都不知道呢？」

高萬成道：「這大約就是一元神功的奧妙之處，循序漸進，不知不覺中，已經身集大成。」

王宜中輕輕歎息一聲，道：「就算我身集大成，但我不會運用，亦屬枉然。」

高萬成道，「門主已具備習武重要條件，只是指法上的變化，稍一用心，就可以學得了。」

王宜中道：「我是否立時要開始習武呢？」

高萬成道：「這個，不用太急，屬下要和二老及四大護法，仔細地研究一下，再決定應該傳給門主什麼武功。」

王宜中突然想起了母親，急急說道：「我母親應該來了吧！」

高萬成臉色一變，道：「門主，智者千慮，必有一失……」

王宜中怔了一怔，接道：「高先生，這話從何說起呢？」

高萬成道：「唉！咱們去的人，晚到了一步，被別人搶先一步，接走了令堂。」

王宜中吃了一驚，道：「你說什麼？」

高萬成道：「別人先一步接走了王夫人。」

王宜中這一次聽清楚了，急急接道：「什麼人接走了我的母親？」

高萬成道：「八大劍士已然出動了四人，另外十二位神行使者，全部出動，連同那些暗中訪查人手，金劍門已然出動四、五十號人手，在下相信遲在明晚，早在午時，必可接回令堂，至少可以探聽出令堂爲何人接走，行向何處？」

王宜中呆住了，一臉木然神情，坐著發愣。

這是他懂事以來，遇上的第一次和他直接有關的事情，天牢十七年，母子相依爲命，驟然間失去了母親，使得王宜中失魂落魄，不知該如何應付這等變故。

大廳中突然間靜寂下來，靜的落針可聞。

不知道過去了多少時間，王宜中才長長吁一口氣，道：「我要回去看看。」
高萬成道：「事情變化的很意外，所以，屬下也措手不及。」
王宜中苦笑一下，道：「這也不能完全怪你，但我想不出，什麼人會把我母親接走？」
高萬成道：「屬下已經再三推想，太夫人決不會有何危險。」
王宜中道：「希望高先生沒有想錯。」
回顧了趙一絕一眼，道：「趙叔叔，送我回家瞧瞧好嗎？」
高萬成搶先接道：「廳外車已上套，馬已備鞍，門主立刻可以動身，不過……」
王宜中接道：「不過什麼？」
高萬成道：「門主不要爲此亂了方寸，此後，門主領導金劍門置身江湖是非之中，遇到的危惡危難，必將逾此十倍。」
王宜中苦笑一下，接道：「我母親一個女流，和江湖上是非無關，難道別人會找她的麻煩嗎？」
高萬成道：「江湖狡詐，各種毒辣手段都有人施展。」
王宜中突然提高了聲者，道：「是不是因爲你們把我接來此地，引出一場紛爭？」
高萬成道：「未見到令堂之前，誰也無法說明詳細內情，但就屬下推想，此事自然和門主有關，那人用心，不但是要脅門主，整個金劍門都將受到威迫。」

王宜中似是突然間想起一件事，急急說道：「高先生，咱們一直守在一起，你如何會得到這件消息？」

高萬成道：「屬下得到密報時，門主正在處理萬大海的事情，屬下不敢驚擾。」

王宜中道：「唉！事情已經發生了，你們帶我回去瞧瞧再說。」

高萬成道：「在下和門主同去。」

王宜中道：「好！咱們走吧。」

他第一次感到焦慮，神色間極是不安。站起身子，大步向外行去。

高萬成緊隨王宜中身後行出大廳。

果然，大廳外，早已備好了七匹健馬，一輛篷車。

四大護法也隨著行出大廳。

一個青衣童子，快步行了過來，欠身說道：「那匹玉雪追風駒，是門主的坐騎。」

王宜中轉頭看去，夜色中，只見一匹雪也似的高大白馬，鞍鐙早已備齊。

他目力過人，雖在夜色中，仍然看得十分清楚，只見那匹白馬，玉鞍金鐙，黃絲轡繩，看上去極是華麗。

王宜中搖搖頭，道：「我不會騎馬。」

高萬成行了過來，淡淡一笑，道：「玉雪追風駒，是一匹通靈神馬，門主但請上馬不妨。」

王宜中啊了一聲，道：「可以騎嗎？」口中說話，人卻緩步走了過去。

高萬成輕輕在馬身上拍了一掌，道：「靈馬選主，門主請上馬吧！」

王宜中有生以來，第一次和健馬接觸，觸在馬背上的右手，微微抖動，但仍然鼓足勇氣，足踏金鐙，躍上馬背。

他已坐上馬鞍，高萬成、四大護法，也紛紛躍上馬背。

嚴照堂舉手一揮，金錢豹劉坤和獅王常順，同時一提韁繩，兩匹健馬，陡然間向前衝出兩丈，道：「屬下等替門主帶路。」

高萬成微帶馬頭，貼近王宜中低聲說道：「門主，門中二老，身分極爲尊高，門主要對他們謙虛一些。」

王宜中微微頷首，回身抱拳，道：「二老請回，在下本有很多事要向二老請教，但家母忽然失蹤，在下不得不回家探望一番，只好日後再向二老請教了。」

那青衣老者和白髮老嫗，同時欠身還禮，道：「朱門主慧眼識人，遺命爲本門指定門主，一睹門主才慧、武功，定可使本門重振雄風。」

王宜中歎道：「在下知曉的事物不多，還望二老不吝賜教。」

二老齊聲應道：「門主但有差遣，我等萬死不辭。」

王宜中道：「二老請回。」一帶韁繩，靈馬轉頭向前行去。

常順、劉坤雙騎疾行，超前丈許，分左、右開道而行。

嚴照堂和林宗卻落後丈許，隨侍馬後。

王宜中行了幾步，忽然想起了趙一絕，急急回頭望去。哪知善體上心的高萬成，早已替趙一絕也備了一匹馬，兩人並騎而行，緊隨在王宜中的身後。

七匹健馬，浩浩蕩蕩，向前奔去。一輛篷車，緊隨在健馬之後而行。

在常順、劉坤率領之下，一行人避開了佈設的蜂群，直出密林。

快馬兼程，奔行如飛，不大工夫已到了北京城外。

這時，天還未亮，城門雖未關閉，但守城兵卒，盤查甚嚴。

獅王常順勒住健馬，回頭說道：「此刻咱們如若強行進城，恐怕要引起一番爭執，不如等到天亮之後再行進城。」

王宜中道：「我歸家心切，諸位請在城外稍候，我先回家瞧瞧。」

趙一絕道：「這幾天內，京城裡連連發生案子，城門口必然有提督府中的人，在下先去瞧瞧，也許我能打個招呼。」

王宜中道：「那就有勞趙叔叔了。」

趙一絕縱身下馬，直向城門口行去，片刻之後，轉了回來，笑道：「走！咱們進城吧！」

高萬成道：「怎麼，趙兄已經打點好了麼？」

趙一絕笑道：「提督府中，在下打過不少交道，正巧又碰上熟人。」

高萬成急急道：「你對他們怎麼說？」

趙一絕道：「說是趙某人的朋友。」

高萬成沉思了一陣，道：「門主胯下白馬，神駿非凡，任何人瞧上一眼，都難忘懷。再說，咱們數馬聯馳，太過張揚，就算進了城門，但如碰上巡夜的兵丁，也不免一番麻煩。」

王宜中道：「高先生的意思呢？」

高萬成道：「最好把健馬留在城外，咱們步行而入，此舉，也有另外一種好處。」

王宜中道：「什麼好處？」

高萬成道：「那接走令堂之人，也許還在附近留有暗樁，咱們步行而去，不致打草驚蛇，也許可以捉到幾個活的。」

王宜中道：「高先生言之有理，就依先生之見。」說完，當先躍下馬背。

他經過一陣騎馬奔馳之後，似乎是熟練了不少。

王宜中下馬之後，四大護法和高萬成等一起躍下馬背。

王宜中道：「馬匹交給何人？」

趙一絕道：「交給在下。」

王宜中道：「豈不太麻煩趙叔叔了。」

趙一絕道：「這附近，兄弟有個賭場，我去交代他們，好好的加點草料，派幾個人照顧馬匹。」

王宜中點點頭，道：「那就有勞了。」當先把轠繩交給了趙一絕。

群豪在高萬成率領之下，趕到王宜中寄居的陋巷茅舍。

王宜中目睹房舍，心情大為激動，高呼一聲：「母親！」推開籬門，衝了進去。

高萬成和四大護法緊隨著奔了進去。

金錢豹劉坤一提氣，疾如鷹隼一般，掠過了王宜中，搶入廳中，伸手一晃，燃起了火摺子。

木案放著一盞油燈，劉坤就隨手燃起。燈光照耀下，只見一塊方玉，押著一張白箋，端端正正地放在木桌上。劉坤不敢妄動，望了那白箋一眼，退後兩步。

王宜中奔入小廳，伸手推開方玉，取過白箋，只見上面寫道：「書奉王公子宜中閣下：令堂節勵冰霜，在天牢中撫養閣下成人，母恩深如海，閣下母恩，尤重過常人許多。」

一張白箋，兩行草書，只是點到王宜中母子情意，下面既未署名，亦未提到王夫人的下

落。

王宜中捧著白箋，連讀了數遍，兩行淚水，滾下雙頰，望著那白箋出神。

高萬成緩步行了過來，低聲說道：「門主，那白箋上寫些什麼？」

王宜中黯然一歎，道：「先生自己看吧！」

高萬成接過白箋，瞧了一遍，心頭暗暗震驚，忖道：「這人只提醒了他們母子之情，卻不肯留下姓名，也不肯說明那王夫人的去處，當真是一位極富心計的人物。」

心中念轉，口裡卻含笑說道：「從這封留書上看，令堂毫無危險，門主也不用過份地悲痛。」

王宜中道：「先生見多識廣，可知家母是被何人擄去嗎？」

高萬成道：「這個，屬下一時之間無法瞭然，不過，看白箋上的字跡，瘦削娟秀，似乎是出於女子的手筆。」

王宜中道：「那會是什麼人呢？」

高萬成道：「就情勢而論，令堂還不致離開京城，咱們多派一些暗樁，監視九門，再托趙一絕發動手下，暗中查訪，我想不難找出令堂的下落。」

趙一絕挺胸道：「諸位放心，只要他們沒有離開北京，在下相信明天之前，定然可以找出他們的落腳地方。」

高萬成道：「北京城只有你趙兄有這份能耐，除你之外，只怕再也找不出第二個人了。」

趙一絕輕輕歎息一聲，道：「只怕他們連夜離城他去，在下就無能爲力了。」

高萬成道：「如是他們離開了北京城，自非趙兄能力所及，我們也不敢麻煩趙兄。」頓了一頓，道：「在下想派兩個人和趙兄同行，不知趙兄意下如何？」

趙一絕乃是老江湖，一點就通，點頭說道：「高兄的意思是說……」

高萬成道：「趙兄已捲入了金劍門這一場恩怨漩渦，目下就是想擺脫，恐怕亦非易事，兄弟覺著，趙兄的安全極爲重要，不能有一點大意。」

趙一絕道：「在下明白，高兄覺著應該怎麼辦，兄弟無不同意。」

高萬成微微頷首，回顧了嚴照堂一眼，道：「嚴兄，兄弟想請由四位中，派出兩人，和趙兄一起走。」

嚴照堂道：「好！」

目光一掠林宗、劉坤，道：「老二、老四，你們跟著趙兄走。」

林宗、劉坤，應了一聲，齊齊說道：「趙兄，咱們幾時動身？」

趙一絕道：「現在就走。」

高萬成道：「趙兄，中午時分，咱們碰頭，何處能和趙兄見面？」

趙一絕道：「兄弟天安賭場候駕，高兄在何處，在下派人接你們。」

高萬成道：「不用了，天安賭場很有名，兄弟找得到。」

趙一絕道：「好！在下告辭了。」

林宗、劉坤緊隨身後而去。

高萬成目睹趙一絕離去之後，低聲對王宜中道：「門主不用太過憂慮，如若趙一絕全力幫忙，在下相信很快就可以找出太夫人的下落。」

王宜中道：「我擔心他們會傷害到我的母親。」

高萬成道：「這個門主可以放心，屬下可以斷言，他們不會傷害到太夫人。」

王宜中輕輕歎息一聲，道：「現在咱們應該如何？」

高萬成道：「四大護法，已經很嚴密地搜尋過附近，未見對方布有暗樁，此事有些奇怪。」

王宜中道：「他們已經離開此地，自然用不著埋下暗樁了。」

高萬成道：「他們劫走太夫人，固然是驚人之舉，但咱們如何對付，也是他們很關心的事，所以，在下得想一個守株待兔之法。」

王宜中道：「什麼叫守株待兔？」

高萬成道：「咱們坐守茅舍，以待敵人來此查看，屆時，出其不意，生擒他們一、兩個

人，就可以問個明白了。」

沉吟了一下，道：「嚴護法、常護法，勞請兩位佈置一下，最好保持原來的樣子，不要讓人瞧出這室中有人。」

嚴照堂、常順應了一聲，立時動手，掩上籬門，半開廳房，熄去燭火。

高萬成道：「兩位分坐兩面屋角，聽到什麼異聲，且不可輕舉妄動，以免打草驚蛇。」

嚴照堂、常順打量了一下廳中形勢，各自選了一個廳角坐下。

兩人選的角度，似是早已經過考慮，嚴照堂可照顧前面門窗，整個後院、後窗，都在常順的監視之下。

高萬成微一欠身，道：「門主，咱們也在屋角坐下休息吧！」

王宜中無可奈何地點點頭，道：「好吧！那些人既是無跡可尋，咱們也只好在這裡休息一下了。」

夜暗消退，天色大亮，金黃色的陽光，灑滿了竹籬茅舍。

王宜中思念母親，一直無法靜下心來。掄目四顧，只見嚴照堂、高萬成以及獅王常順，都閉著雙目靜坐，有如老僧入定。他第一次嘗到思念母親的憂苦滋味，只覺著心中一片紊亂，惘惘愁懷，卻是理不出一個頭緒……

十五　棋差一著

時將近午，高萬成正想起身招呼嚴照堂等趕往天安賭場的當兒，突聞一陣輕微的腳步聲傳入耳際。

高萬成、嚴照堂同時警覺，睜開雙目，相視一笑，立時又收攝心神。

兩人都聽出了這腳步聲，異於常人，正是一個身有武功之人的腳步，但他們無法判定來人是敵是友。

緊接著響起了籬門被人推開的聲音，來人已行入了庭院之中。

這時，王宜中也覺醒過來，霍然睜開雙目。

高萬成早已有備，立時，搖手示意，不要他發出聲音。

嚴照堂、高萬成等坐息之地，都經過了選擇，除非來人行入室中，或是由窗門中探進頭來，無法瞧到室中之人。

但室內人，卻可見前門、後窗外的人影活動，不論來的是何等人物，都將先被室中人發

現。

隱隱間可聽得步履聲在廳門外停了下來。

突然間，兩扇半掩的廳門，緩緩打開，進來一個身著藍衫，頭戴瓜皮小帽，留著兩撇八字鬚，手裡提著一根旱菸袋，身體瘦削，年約五十七、八歲的老者。

高萬成、嚴照堂、常順、王宜中，八道目光，冷電一般，投注過去，逼注在那藍衫人的身上。

那藍衫老者只覺那逼過來的目光湛湛逼人，不禁微微一怔。

但他一怔之後，立時恢復了鎮靜，點頭一笑，道：「張老爹在嗎？」

嚴照堂舉手一揮，獅王常順突然一躍而起，當真如獅子出洞，迅如流星般砰的一聲，撞開了木窗，穿窗而出。

斷木橫飛中，消失了常順的人影。

嚴照堂就在常順飛撞向窗外之時，人也站了起來，一拱手，道：「朋友，不用裝蒜了，閣下歸路已斷，不說實話，只有動手一途了。」

藍衫老者道：「失禮得很，老朽來尋找一位故交，不知諸位在此。」

嚴照堂冷笑一聲，道：「如是你知道，只怕是不會來了。」

口中說話，人卻向前欺進了一步，大有立刻出手之意。

藍衫老者，倒也沉得住氣，輕輕歎一口氣，道：「老漢無意闖入，諸位英雄，大人不記小人過，放老漢一條生路。」

嚴照堂怒道：「赤鬚龍嚴照堂，在江湖上走了數十年，幾時被人在眼睛裡揉過沙子，你朋友用不著做作了。」

右手一探，五指半屈半伸，向那藍衫老者右腕上面扣去。

那藍衫老者如受驚駭一般，啊了一聲，向一側倒去。步履踉蹌地向前跑了四、五步，才拿樁站好。

他這一倒之勢，剛好避過了嚴照堂那扣來的一掌。

高萬成哈哈一笑，道：「好身法！八卦醉仙步，絕蹤江湖很久了。」

嚴照堂道：「朋友，既會八卦醉仙步法，決非無名小輩，男子漢、大丈夫，似這般藏頭露尾，那豈不是留為江湖笑柄。」

那藍衫老者冷笑一聲，道：「諸位一定要見見在下的真面目嗎？」

嚴照堂道：「明來明往，才是英雄、丈夫行徑。」

藍衫老者突然伸手在臉上一抹，鬚子脫落，露出來一張白白的面孔。原來，此人只不過二十五、六的年紀，經過精細的化妝之後，看上去增加了一倍的年齡。

嚴照堂皺皺眉頭，道：「閣下很年輕。」

藍衫人淡淡一笑，道：「金劍門四大護法，在江湖上威名甚盛，今日在下幸會了。」

嚴照堂道：「朋友誇獎了。」

藍衫人一抖手中的旱菸袋，竹節脫落，變成一把明亮耀目、細如小指、長約二尺五、六、頂端尖利的一把似劍非劍之物。

高萬成道：「啊！八音劍。」

嚴照堂道：「八音劍，似乎也已絕蹤江湖數十年了。」

藍衫人道：「不錯，金劍門中果然是人才濟濟，能在一霎間，認出『八音劍』的人，實還不多。」

目光轉到高萬成的臉上，接道：「閣下見識極廣，不知可否見告姓名？」

高萬成道：「在下高萬成，不知你朋友怎麼稱呼？」

藍衫人道：「閣下原來是金劍門中的智多星，在下失敬了。」

高萬成道：「朋友，還未見告姓名。」

藍衫人道：「在下末學後進，說出姓名，諸位也不會知道，不說也罷。」

語聲一頓，接道：「在下要告辭了，希望諸位能給區區留下一條去路。」

嚴照堂道：「朋友想走嗎？」

藍衫人道：「不錯，希望嚴兄給在下留條去路。」

嚴照堂淡淡一笑，道：「朋友，你想得太輕鬆了，八音劍招術奇異，傳言已久，今日閣下如不留下兩招，對嚴某而言，實是一大憾事。」

藍衫人冷然一笑，道：「嚴護法不肯替在下留條去路，在下只有放手闖出去了。」

嚴照堂道：「你朋友只要到這茅舍籬外，在下就不再攔阻了。」

藍衫人道：「那麼得罪了。」

一揚右手，手中的八音劍，一陣閃動，響起了一陣嗡嗡怪鳴之聲。

那是一種奇怪的聲音，八音混合，聽起來十分刺耳。

王宜中聽得大感奇怪，不覺之間把目光凝注在八音劍上。

只見那小指粗細的白鋼劍上，有著很多細如小米的孔洞。

嚴照堂踏前半步，腳下不丁不八，神色一片凝重，顯然，他對這位年輕對手，並無輕視之心。

藍衫人突然收劍後退，道：「貴門之中，是否以門主的身分最高？」

嚴照堂冷冷接道：「這還用問麼，一門之主，自是最高了。」

藍衫人道：「那很好，身分以他最高，武功也必然最好了，在下要和貴門中的門主動手。」

嚴照堂道：「閣下想得太容易了，一門之主，豈能輕易和人動手。」

藍衫人接道：「我如向他挑戰呢？」

嚴照堂道：「只有一個辦法，先勝了老夫之後，才能和門主動手。」

藍衫人道：「可以，但不論勝敗，在下也不會說明內情，除非你們有辦法逼我說出來。」

嚴照堂道：「好！我倒要瞧瞧你是鐵打金剛、銅澆羅漢，全身有得幾根硬骨頭！」身子一側，直欺過去，正待揚掌攻出，突聞王宜中大聲喝道：「住手！」

嚴照堂收掌而退。

王宜中緩緩向前行了兩步，道：「閣下一定要找我動手？」

藍衫人道：「不錯，看你年紀輕輕，就當了金劍門主，必有一身驚人的藝業。在下麼，很願領教兩招。」

王宜中點點頭，道：「好！你如是敗了，一定要說出我母親的下落。」

藍衫人道：「這個自然。」

王宜中道：「咱們比試什麼？」

藍衫人道，「有人以輕功見長，有人以暗器稱雄，不論比什麼，那都不夠公平，咱們是各展所長，會用刀的用刀，會用劍的用劍，閣下請亮兵刃吧！」

王宜中道：「你猜錯了，我是問你文打、武打？」

藍衫人怔了一怔，道：「何謂文打，何謂武打？」

王宜中道：「文打麼，大家打的文明一些，用不著窮凶極惡地拚命。」

藍衫人道：「武打呢？」

王宜中道：「那就各展所長，亂打一通了。」

藍衫人沉吟了一陣，道：「閣下既然提起了文打、武打之分，想必對文打有所特長了，在下之意，咱們先文打，後武打，在下領教一下門主的雙料絕技。」

王宜中道：「如是有人在文打之中受了傷呢？」

藍衫人道：「如是區區受傷，自會衡度，是否還有再戰之能，如若是門主受傷，無能再戰，那就請門主認輸。」

王宜中道：「我輸了要怎麼樣？」

他在天牢之中，一住十七年，對人間的事物，瞭解不多，對勝負之間的榮辱，也沒有很深刻的感受，隨口說來，輕描淡寫。

但那藍衫人卻有著大不相同的感覺，只覺他言來輕鬆，大有勝負在握之概，不覺之間多望了王宜中兩眼，只覺他神色鎮靜，兩目清澈，開合之間，神采奪人，不禁心頭一震，就這一瞬之間，豪氣大消，覺著王宜中有著一種博大廣闊、無物不容的氣勢。

涉世不深的王宜中，心中也有他一把算盤，奪筆之爭中，勝了林宗，使他感覺到這等比試稍有勝算。

他心存必勝之念，所以，表現得十分自然，緩緩伸出手去，道：「把你的八音劍的一端，給我握著。」

藍衫人不知文打是何情況，遲疑著舉起了手中的八音劍。

嚴照堂和高萬成都是提聚功力，嚴密地戒備著，生恐那藍衫人在舉劍之時，陡起歹念，暗施算計。

八音劍鋒利的劍尖，閃動著銀光，緩緩抵到了王宜中的胸前。

王宜中的心中，從未想到別人會暗算於他，所以全無戒備，神色間也是一片鎮靜，這份鎮靜，反使得那藍衫人增加了不少的畏懼。

藍衫人輕輕咳了一聲，道：「現在，咱們應該如何比試？」

王宜中道：「咱們站著不動，看哪一個先支持不住。」

藍衫人奇道：「就這樣站著，也不許用力爭奪？」

王宜中道：「是的，咱們很快就可以分出勝負了。」

藍衫人道：「這果然是文明至極的打法。」

語聲甫畢，突然覺著一股強大的暗勁，由八音劍上傳了過來，不禁大吃一驚，失聲叫道：「比內功。」趕忙運氣抗拒。

但覺那傳過來的暗勁，愈來愈是強大，有如長江大浪一般，滾滾而至。

藍衫人全力運氣，逼出內力，反擊過去，希望能易守反攻，把對方攻來的內力逼退回去。

哪知全力反擊之下，受到的壓力更加強大，只覺對方的反擊之力，排山倒海般地壓了過來，心神氣血，都受到劇烈的震盪。藍衫人大爲震駭，被迫改採守勢。

說也奇怪，他改採了守勢之後，壓力也同時大爲減輕，雖然，仍有著強大暗勁，源源攻來，但已不若適才那等驚心動魄，有如泰山壓頂一般的氣勢。

原來，那一元神功，乃武功中至深至奧的一種武功，練到十成火候，能達靈肉合一之地，克敵於一呼一吸之間，遇上的阻力愈大，其壓迫之力，也隨著增強。

藍衫人雖然改採守勢，減去了不少的壓力，但那源源而至的暗勁，從劍上傳了過來，仍有力難支撐的感覺。這種情形有如築堤攔洪，時間愈久，洪水愈漲，處境危惡，尷尬至極。

抬頭看王宜中時，神色平靜，行若無事。

嚴照堂、高萬成都是見多識廣、閱歷豐富的人，目睹兩人比試情形，已瞧出那藍衫人的艱苦處境。

又過片刻，那藍衫人頭上開始滾滾落下黃豆大小的汗珠兒。這時，藍衫人有如被逼入死角之中，竭力自保，仍覺無法抵抗，完全喪失了反擊之力。

又過片刻，突聞那藍衫人大喝一聲，鬆開了手中的八音劍柄，一連向後退了五步，仍然站不穩身軀，一屁股跌坐在實地之上。

他似是個極爲倔強的人，跌坐在實地之後，立時掙扎欲起，左手支地，撐起身子。就在他將要站起的當兒，突然張嘴吐出一口鮮血，左手一鬆，又跌在地上。

高萬成急步行了過去，輕輕咳了一聲，道：「閣下內傷很重，最好能放鬆四肢、百骸，休息一下。」

藍衫人仰身而臥，轉眼望了高萬成一眼，欲言又止，閉上雙目。

高萬成低頭看去，只見那藍衫人頭上仍然不停地流出汗水，顯然，內腑的激蕩仍未停息。

王宜中緩緩睜開雙目，隨手把手中八音劍，丟在木案之上，緩步行了過去，道：「你傷得很重嗎？」

藍衫人忽然一瞪雙目，道：「在下認敗就是，門主似乎是用不著再嘲笑區區，」

王宜中搖搖頭，道：「我想不到會把你傷得這樣厲害，早知如此，咱們也不用比試。」

他說得十分誠摯，任何人都能聽得出，那是發自於心底之言。

藍衫人望望王宜中，又閉上雙目。

王宜中伸手掏出袋中的絹帕，拭去那藍衫人口角間的血跡。

回顧了高萬成一眼，誠摯地問道：「先生有法子救治麼？」

高萬成道：「傷在門主神功之下，一般藥物是否靈驗，在下亦無把握。」

王宜中道：「試試看吧！就算醫不好，至少不會有害。」

高萬成一欠身，道：「屬下遵命。」

緩步行了過去，蹲下身子，仔細查看過那藍衫人吐在地上的鮮血，才伸手由懷中取出一個玉瓶。

拔開瓶塞，倒出一粒金色的丹丸，道：「朋友，服下去，金劍門中的九轉保命丹，在江湖上小有名氣。」

藍衫人閉目未睜，冷冷說道：「謝啦！在下還不一定會死，用不著保命。」

高萬成笑一笑，道：「至少，服下這藥丸之後，可以減去你不少痛苦。」

藍衫人道：「別說這等苦算不得什麼，就算是錐心挖肉，在下也忍受得住。」

高萬成輕輕歎息一聲，道：「好倔強的性格。」

藍衫人突然掙扎而起，道：「你們如是想取我之命，在下此刻，全無反抗之力。」

王宜中道：「沒有人要殺你，咱們講好的，只分出勝負。」

藍衫人道：「多謝不殺之恩，在下告辭了。」

王宜中道：「慢著。」

藍衫人回過身子，道：「什麼事？」

他想站的穩當一些，但力難從心，仍然伸手扶住了牆壁。

王宜中道：「我們贈藥，實出一片真心，你不肯服用，那也罷了。但咱們賭的事情，還算不算？」

藍衫人大約是受傷不輕，似已忘了適才說些什麼，略一沉吟，道：「如是我說過了，自然要算。」

王宜中道：「你說過，你如敗了，就告訴我母親的下落。」

藍衫人沉思了片刻，道：「不錯，我說過這話。」

王宜中道：「那很好，現在你已認敗了，但還未說出我母親的下落。」

藍衫人道：「她已經離開了京城。」

王宜中道：「什麼，離開了京城？」

藍衫人道：「不錯，而且，在下還要奉勸一句，貴門中高手如雲，如是趕去相救，擄走令堂之人，決非敵手，但他們爲了自保，只怕會對令堂不利。」

王宜中說道：「我母親不會武功，你們爲什麼要欺侮一個婦人？」

藍衫人道：「當初在下也覺著不以爲然，但現在，在下感覺著他們算對了。」

高萬成道：「朋友口稱他們，不知是指何人而言？」

藍衫人怔一怔，道：「自然是指那些擄走王夫人的人了。」

高萬成道：「那是說閣下和他們並非同出一源，至少，也算相交不深的人。」

藍衫人緩緩說道：「就算是同門的師兄、師弟，也有看法不同之處，閣下不覺著太費心機了嗎？」

高萬成道：「看閣下氣度、武功，均非泛泛，既然受命來此，恐怕不是全爲了探看虛實吧？」

藍衫人道：「那你看在下還有什麼身分？」

高萬成道：「閣下就算不是貴方特遣而來的談判專使，至少，也是某一首腦，轉達要言的重要人物。」

藍衫人道：「就算你說對了吧！」

高萬成笑一笑，道：「那麼，你朋友可以提出條件了。」

藍衫人搖搖頭，道：「在下雖非特遣專使，卻是知曉他們用心的人，不過，我瞧，在下還是不要提出的好。」

高萬成一皺眉頭，暗暗忖道：「他一口一個他們，都在無意之中說出，顯然，此人和那些人相識不久，淵源不深。」

心中念轉，口中卻說道：「何不說出來聽聽，你既非專爲談判而來，自不用爲此煩心，

出你之口，入我們之耳，咱們能談就談，不能談彼此避開，再等貴方派遣而來的專使。」

藍衫人沉吟了一陣，道：「他要你們把這位王公子，也就是目下貴門的門主，送到他母親身側。」

高萬成啊了一聲，道：「只有這一個條件嗎？」

藍衫人道：「他們還要貴門中交出上一代門主的遺物。」

高萬成鎮靜的神情，突然間起了很大的變化，雖然，他極力想不使它形諸於外，但仍然流出訝然之色。顯然，他內心的震駭，已到了無法控制之境。

但這也不過是一瞬之間，高萬成又恢復了鎮靜，淡淡一笑，道：「閣下的耳目很靈啊！」

藍衫人道：「好說，好說。」

高萬成揮了揮手，道：「你朋友可以去了，目下咱們已談到實質的事，必須等候貴方的專使到此之後，我們也好有個討價還價的餘地。」

藍衫人伸展一下雙臂，借助手中八音劍，觸地而行。

那藍衫人去遠之後，常順突然大步行入廳中，道：「高兄，為什麼要放他離去？」

高萬成道：「此人的來歷，咱們還未弄清楚，不便殺他，目下咱們金劍門內正有要事待辦，也不能把他生擒囚起。」

嚴照堂道：「什麼要事？」

高萬成道：「咱們接去門主，不足半日工夫，就被人劫走了王夫人。」

嚴照堂點點頭，接道：「不錯，這中間，確然有可疑之處。」

高萬成道：「昨夜之中，咱們才打開了朱門主的遺物瞧看，今天就有人要咱們把遺物交出。」

嚴照堂接道：「果然是一件緊要大事。」

王宜中道：「我聽不出，這些事，比尋找我母親還重要嗎？」

高萬成道：「咱們金劍門中發生的事，別人如何能夠知曉，而且，很快地就傳了出去。」

王宜中道：「自然是有人對他們說了。」

高萬成道：「那人是我們金劍門中人，可以把一件事傳給別人，就可以把十件事告許別人，我們金劍門中，就永無隱秘可言了。」

王宜中怔了一怔，道：「果然是一件大事。」

常順道：「什麼人這樣膽大？」

高萬成道：「如若只是洩漏了門主被咱們迎入李子林的秘密，那還可以說是咱們太過大意，使手下人洩漏了秘密，但朱門主遺物之事，也洩漏出來，事情就不簡單了。」

嚴照堂道：「參與檢看門主遺物，都是本門中極爲重要的人，誰會洩出此密呢？」

高萬成道：「問題的嚴重，也就在此，你們四大護法之外，就是門中二老，區區在下和

瞎仙穆元，我們這些人中，又有誰可能是受人買通的奸細呢？」

嚴照堂似乎也覺著事態嚴重到驚人的程度，目光轉動，四顧了一眼，道：「此事未得水落石出之前，咱們人人都有嫌疑。」

輕輕咳了一聲，續道：「高兄，這件事雖然困難，但對金劍門的影響，卻是巨大長遠，咱們總得想個法子追查才是。」

高萬成道：「我已想得一個辦法，但還難預料效果如何。」放低了聲音，接道：「兩位還請暫時保守秘密，別把此事洩漏出去。」

常順皺皺眉頭，道：「高兄，什麼法子，不可以說出來聽聽嗎？」

高萬成道：「此時此情，兄弟還不便說明。」

嚴照堂輕輕歎息一聲，道：「老三，不用問了，須知真相未白之前，咱們也在嫌疑之中。」

高萬成望望天色，道：「咱們和趙一絕相約之時已到，得動身了。」當先舉步，向外行去。

四人離開茅舍，帶上籬門，直奔天安賭場。

趙一絕早已在門口恭候，把四人迎入內院密室。林宗、劉坤，早已在座。小童獻上香茗後，退了出去。

王宜中迫不及待，道：「趙叔叔，可有家母的消息？」

趙一絕道：「打聽出一點頭緒，但還無法證實，我已派人去查證了，咱們吃過酒、飯，大概就可以證實了。」

王宜中道：「在下心急得很，趙叔叔可否先行透露一、二？」

趙一絕道：「兄弟一個屬下，昨夜之中，發現了令堂寓所左近，停了一頂轎子。」

王宜中道：「趙叔叔怎能確定那頂轎子，和我母親失蹤一事有關？」

趙一絕道，「令堂居住之處，很少有人坐轎子，半夜三更，人、轎隱藏夜色之中，自然不是什麼好路數了。」

高萬成接道：「趙兄，適才說查證一下，不知查證什麼？」

趙一絕道：「兄弟那位屬下，因爲心中動疑，就從轎邊行過，瞧到了轎杠上有興記兩個字，即說明，此轎是由興記轎店租來，兄弟已派人去查，那轎子租給了什麼人，作何用途，雙方印證一下，也許就可以找出一點眉目了。」

高萬成道：「難爲趙兄了。」

站起身子，對劉坤舉手一招。

金錢豹應手行了過來。

高萬成低言數語，劉坤不住地點頭，然後，對著王宜中一欠身，掉頭而去。

高萬成行回原位坐下，道：「趙兄，兄弟還有一事奉托。」

趙一絕道：「趙某人如若能辦，必將全力以赴。」

高萬成道：「適才我們和人動過了手。」

當下，把那藍衫人的形象、衣著以及手中的兵刃，很仔細說了一遍。

趙一絕不住地點頭，道：「高兄之意，是要在下查那人的下落？」

高萬成道：「不錯，我要知曉他住的客棧、號房、同行幾人、是男是女、是老是少、到此幾日、幾時外出、幾時回店。」

趙一絕道：「這事簡單，我已把一些得力能幹的手下，全都召集到天安賭場來了，我這就去交代他們一聲，要他們立刻出動。」口中說話，人已行了出去。

片刻之後，重又行回來，笑道：「二十四個人，分十二路出動，多則兩個時辰，快則一個時辰之內，就可以有回音來了。」

談話之間，一個青衣小童，行了進來，欠身說道：「到興記轎行的人，特來覆命。」

趙一絕一招手，道：「叫他進來。」

那小童應聲而退，片刻之後，帶著一個三十五、六的大漢行了進來。

趙一絕道：「問出點頭緒沒有？」

那大漢一欠身，道：「回趙爺的話，興記轎行，前天確有人雇了一頂轎子，不過，沒有用轎行的轎伕，所以，無法知曉他們的行蹤。」

趙一絕皺皺眉頭，道：「我瞧你饅頭吃的不少，事情卻是辦不成一件。」

那大漢一欠身，道：「趙爺，屬下雖未能從興記轎行中問出頭緒，但卻探聽出另外一件重要的事，不知是否有所關連？」

趙一絕道：「你說說看！」

中年大漢道：「提督府有四輛特製的快速馬車，可以暢行不受盤問，昨晚上，四輛快速的特製馬車，一輛失蹤。」

趙一絕道：「那馬車的去向，你可知曉？」

中年大漢道：「屬下已經探聽出來。」

趙一絕道：「去了哪裡？」

中年大漢道：「昨夜中初更時分，離開了西直門。」

高萬成道：「昨夜我們派出了十二路人手，在城外巡查，北京城外所有的道路，都有咱們的埋伏，但他們如是乘了提督府的公事車，那就很難說了。」

王宜中道：「你是說，他們看到了提督府的公事車，不敢多問。」

高萬成道：「敢倒是敢，只是他們想不到罷了。」

王宜中黯然歎息一聲，道：「高先生，這麼說來，咱們是沒有法子救我的母親了。」

高萬成道：「只要我們能找到確實的線索，不論他們到天涯海角，我們都追得到他們。」

王宜中道：「一天見不到我母親之面，我就難以安心。」

高萬成道：「門主說得是，找不到老夫人，不但門主不能安心，整個金劍門中人，都無法安下心來。」

王宜中聽得甚是感動，長長吁一口氣，不再說話。

高萬成站起身子，一抱拳，道：「趙兄，承你諸多幫忙，在下感激不盡，趙兄的盛情，日後金劍門定會報償，趙兄已經盡了心力，此後的事情，是我們金劍門的事了，趙兄不用捲入江湖恩怨太深。」

趙一絕道：「怎麼，你們要離開北京城了？」

高萬成道：「是的，天子腳下，不能鬧得太厲害。再說侍衛營中，還有幾個高人，他們已經對我們忍讓了很多，金劍門已得門主領導，自然要重振雄風，在江湖上，有一番作爲，完成上一代朱門主未竟之志。」

趙一絕歎息一聲，道：「這幾天來，老趙目睹耳聞的事，比我這數十年聽的、看的還多，諸位去後，我也要結束賭場，洗手歸隱了。」

高萬成道：「放下屠刀，立地成佛，趙兄有此一念，已然播種善因了。」

趙一絕道：「有一件事，我想請教高兄和門主。」

王宜中道：「趙叔叔有什麼事，只管吩咐一聲就是。」

趙一絕道：「有關張總捕頭和刁佩，一個吃的是公門飯，所謂官身不自由，縱有開罪諸位之處，還望能給我趙某人一個面子；至於刁佩，雖然昔年作惡多端，但他已閉門十餘年，未再踏入江湖一步，不知可否把他們放出來？」

高萬成笑道：「張嵐雖然吃的公門飯，但他為人很持平，也很義氣；刁佩乃改過向善之人，這等人物，有了麻煩，咱們金劍門還應該保護他，如何能夠加害。」

目光轉到趙一絕的臉上，道：「趙兄請放心，至遲明晨，他們就可以回到京城了，有勞趙兄，替敝門轉致歉意，就說，我們不能在京裡多留，無法面謝相助之情了。」

趙一絕道：「這句話老趙一定轉到。」

語聲一頓，接道：「不知諸位幾時動身？」

高萬成道：「我們立刻動身。」

趙一絕沉吟了一陣，道：「小弟想辦上幾席酒席，替諸位餞行。」

高萬成笑道：「趙兄對我們金劍門的情意，已很深厚，這番盛情，我們心領了。」

回頭一欠身，道：「請門主上路。」

王宜中點點頭，道：「趙叔叔，咱們就此別過，見過張總捕頭和刁老前輩時，代我致意一聲。」抱拳一禮，大步向外行去。

高萬成和三大護法，緊追在王宜中的身後，護衛而行。

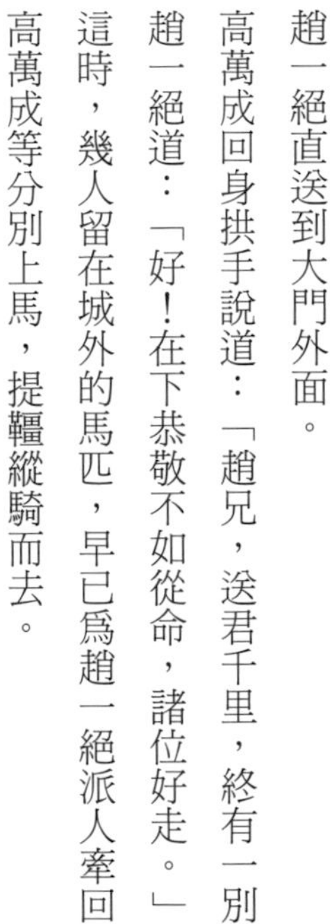

趙一絕直送到大門外面。

高萬成回身拱手說道：「趙兄，送君千里，終有一別，趙兄請留步。」

趙一絕道：「好！在下恭敬不如從命，諸位好走。」

這時，幾人留在城外的馬匹，早已爲趙一絕派人牽回。

高萬成等分別上馬，提韁縱騎而去。

十六　陰魂不散

趙一絕目睹王宜中一行背影消失，才長長吁一口氣，正待轉身回府，突聞一個低沉清冷的聲音，傳入耳際，道：「趙大爺，你如是還想活著，那就別大驚小怪。」

趙一絕聽得一怔，回頭望去，只見一個灰衫灰褲，腰束黑色汗帶的漢子，牽著一匹馬，站在身側。

看他一身打扮，和自己的屬下相同，只是面目陌生，從未見過，不禁一皺眉頭，問道：「你是誰？」

那灰衣漢子向前邁進一步，低聲說道：「趙大爺，你是經過大風大浪的人，當知道來者不善這句話。」

這時，距離趙一絕不遠外，就站著天安賭場中七、八個保鏢夥計，趙一絕只要說話的聲音，稍微大一點，他們就可以聽到。

但趙一絕心中亦明白，這人能改扮混來，而且牽著馬，站在身側甚久，竟然未被發覺，看來絕非簡單人物，這數日來，趙一絕不但長了很多見識，而且也使他瞭解自己一點武功，實不足和江湖上的高人抗拒。

趙一絕皺皺眉頭，接道：「你這是嚇唬我嗎？」

灰衣漢子道：「不是，在下手中，扣著三枚燕尾追魂針，只要我一舉手，就可以使趙大爺當場斷魂。」

趙一絕道：「你乾脆說明白，你的用心何在？」

灰衣大漢表面上，裝作十分恭謹，欠身哈腰的，別人瞧到了，分明是一個夥計在回答東主的問話，但他聲音低微，別人卻又無法聽到。

當下向趙一絕逼近了一步，欠身說道：「趙大爺錯了，在下並無向趙大爺勒索之心，只是想和你仔細談談。」

趙一絕道：「談什麼？」

灰衣大漢道：「關於金劍門的事。」

趙一絕道：「他們已經走了，金劍門中事，已和在下無關。」

灰衣大漢道：「你趙大爺既然沾上了這番武林恩怨，怎能就這樣輕易地脫身，自然，在下知道詳細的內情之後，也許你可以擺脫此事。」

趙一絕道：「好吧！咱們在哪裡會面，你定一個時間、地點。」

灰衣大漢道：「地點就在貴局的天安賭場，現在時刻很好。」

趙一絕道：「那你跟我來吧！」

灰衣大漢故意提高了一點聲音，道：「屬下遵命。」棄去手中的韁繩，緊隨在趙一絕身後行去。

趙一絕固然是被那人唬住，但他內心中，亦有著一份深刻的好奇之念，帶他行入密室，掩上房門，道：「現在，你可以說了吧？」

灰衣人一揚手，但聞波的一聲輕響，三枚燕尾追魂針一齊射入壁間一幅仕女圖的右眼之中。

三針並列，幾乎是緊相觸接。

這等手法、準頭，實已到暗器手法中的上乘境界。

趙一絕看了一眼，暗道：「幸好剛才未曾冒昧招呼屬下出來，這等暗器手法，取我老趙之命，實如折枝反掌。」

當下說道：「閣下很高明。」

灰衣人淡淡一笑，道：「趙兄也夠聰明，適才只要你招呼一聲屬下，三枚燕尾追魂針，早已射入你趙兄的眼睛中了。」

趙一絕故作鎮靜地哈哈一笑，道：「好！咱們談正經事，金劍門中事和我老趙有何關連？」

灰衣人道：「你趙爺被提督府張總捕頭的威勢所迫，花了一大筆銀子，把那一位關在天牢中的欽命要犯，由牢中救了出來，目下，那位王公子，就是金劍門新任門主，這樣說起來，你閣下是否仍然和金劍門無關呢？」

趙一絕道：「就算你說對了，但我非金劍門中人，閣下和金劍門有什麼恩怨，儘管拉金劍門中人結算，拉我趙某人，又有何用？」

灰衣人笑了一聲，道：「如是拉你趙兄，全無作用，咱們不會白白浪費這等時間。」

趙一絕啊了一聲，道：「這麼說起來，我老趙目下已是江湖上一位很重要的人物了。」

灰衣人道：「江湖上有兩個惡名昭著的人，被人稱作惡鬼、陰魂的，你趙兄聽說過沒有？」

趙一絕道：「你就是那位惡鬼？」

灰衣人搖搖頭，道：「趙兄猜錯了，在下應是那位陰魂。」

趙一絕道：「陰魂不散。」

灰衣人道：「照啊，別要我碰著你，碰上了咱們就沒個完，不達在下的目的，誓不甘休。」

趙一絕皺皺眉頭，道：「算我倒楣，碰上了你這位陰魂不散，你究竟要在下做什麼，可以說出來了。」

只聽陰魂不散冷冷地說道：「咱們知道閣下和金劍門交往不深，但你卻是金劍門中稀有的貴賓。」

陰魂不散陰森一笑，接道：「昨夜之中，金劍門中有一個聚會，參與的人，都是金劍門中的首腦人物，閣下以賓客身分，竟也蒙邀約在座，參與其事。」

說得有如親眼瞧到一般，趙一絕不得不點頭承認其事，道：「這又怎樣？」

陰魂不散道：「現在，你只要據實說明詳細內情，出你之口，入我之耳，說完了，在下回頭就走，不過……」

趙一絕道：「不過怎樣？」

陰魂不散道：「不過，不能有一句虛假之言，說一句假話，就可能被在下聽出破綻，那時節，咱們就沒了沒完。」

趙一絕道：「老兄，你這是逼我出賣朋友嘛。」

陰魂不散接道：「朋友?朋友，多少錢一斤，人不為己天誅地滅，你趙一絕如是好人，也不會開賭場了，目下的情景很簡單，你如想講義氣、夠朋友，那就只好照付代價出來了。」

趙一絕道：「花錢消災，我趙某人就是有幾個錢，你說，你要多少？」

陰魂不散哈哈一笑，道：「由來惡鬼是無情，我要了錢，還要命。」

趙一絕一生中，遇上過不少的麻煩事情，但大都能憑藉口舌，動以利害解決，但這一次，遇上這位軟硬不吃，要錢又要命，蠻不講理的陰魂不散，頓有著無所適從之感。

沉吟了良久，道：「殺一個像我趙一絕這等在武林中微不足道的人物，對你朋友而言，並無多大的光彩。」

陰魂不散道：「你可以不死的，只要你能說出那夜中所見所聞。」

趙一絕搖搖頭，道：「你朋友想錯了，我趙一絕如若是真告訴你，我也難得活命。」

陰魂不散冷然一笑，接道：「惡鬼、陰魂，一向做事是心狠手辣，不留餘地，但有一種好處。」

趙一絕道：「什麼好處？」

陰魂不散道：「我們說出的話，一是一，二是二，說了算數。」

趙一絕道：「鬼話連篇，叫人如何能信？」

陰魂不散搖搖頭，道：「這麼看起來，趙兄果然是陽壽已盡，兄弟只好成全你了。」突然向前踏了一步。

趙一絕一抬雙掌，擺出一個拒敵的姿勢，道：「好！不過，我趙某人也不願束手待斃，就算明知不敵，也要和你比劃幾下。」

陰魂不散道：「那很好，如果你趙兄想出手抗拒，在下取你之命，也可心安理得了。」

口中說話，人又向前踏進了一步，緩緩舉起右掌。

趙一絕抬眼看去，只見那陰魂不散的右掌心一片烏黑，簡直不像一個人手。

陰魂不散神情平靜地說道：「這叫黑煞掌，不知你趙兄聽說過沒有，你只要被在下打中一掌，不用擊中你的要害，十二個時辰之內，也是非死不可。」

但聞砰的一聲，緊閉的兩扇堅牢木門，突然被人震斷木栓，一齊大開。

只見一個身材瘦小，雙目神光炯炯的黑衣人，當門而立。

趙一絕目光一轉，見來人正是金劍門中的四大護法之一，金錢豹劉坤，不禁心中大喜。

陰魂不散目光轉動，打量了劉坤兩眼，道：「閣下是……」

劉坤接道：「在下是捉鬼伏妖的人，你可是陰魂不散？」

陰魂不散冷冷接道：「不錯，正是區區，你小子的口氣很大啊！」

劉坤道：「你不信咱們試試看，在下是不是吹牛。」

趙一絕道：「劉兄，這小子混入了我的屬下之中，也許不只他一個，最好能把他生擒活捉，拷問詳情。」

陰魂不散道：「你是金劍門門人？」

劉坤道：「不錯。」

陰魂不散道：「你可是人稱金錢豹的劉坤？」

劉坤道：「你說對了，我瞧你這條陰魂，今天要歸位了。」

陰魂不散那一直毫無表情的臉上，突然間閃起來一抹驚訝之色，雖然不過是一瞬之間，就恢復了鎮靜，但卻無法瞞過趙一絕那一對見多識廣的眼睛，當下哈哈一笑，道：「朋友，鬼怕惡人，大約你這位陰魂不散，遇上了收鬼的鍾馗了。」

陰魂不散冷冷說道：「趙一絕，你別太高興，在下先收拾了這頭豹子，再慢慢地收拾你不遲。」

劉坤冷笑一聲，道：「惡鬼，陰魂，作惡多端，死有餘辜，殺了你，也算替人間除一大害。」

陰魂不散緩緩舉起右掌，道：「先接在下一記黑煞掌力試試。」右手一揮，拍出了一掌。

劉坤冷笑一聲，右手一揚，竟然硬接陰魂不散的掌力。

但聞波的一聲輕響，兩人掌勢相觸。

陰魂不散悶哼一聲，向後退了一步。

顯然，這一掌硬拚之中，陰魂不散吃了虧。

劉坤踏前一步，道：「你也接我一招試試。」

五指半屈半伸，罩在陰魂不散的臉上。

陰魂不散突然向後退了一步，飛起一腳，踢向劉坤。

劉坤右手疾沉，右手五指抓向陰魂不散的右腿。

但聞沙的一聲，緊接著砰的一聲大震，木窗碎裂，一條人影，穿窗而去。

趙一絕凝目望去，只見那穿窗而去的人，正是陰魂不散。

再看劉坤右手之上抓著一片血肉，鮮血點點，仍然不停地滴落地上。

趙一絕點點頭，道：「好快的手法，我老趙瞪著眼睛，就沒有看出來你們這一招怎麼打法。」

劉坤道：「這惡徒狡猾得很，我也未想到，他竟拚著右腿受傷，借左腿之力，衝破木窗而去。」

趙一絕道：「劉兄的武功，果然是高明得很，我雖然不認識那陰魂不散，但看他氣勢，說話的神情，在江湖上定然是一位很有名氣的人，但他卻只能和你拚鬥一招。」

劉坤棄去手中血肉，道：「惡鬼，陰魂，在武林之中，的確很有名氣，如是地方寬大一些，我們至少有數十招惡鬥。」

趙一絕道：「劉兄怎麼會這樣巧地趕了回來，如是你晚來一會兒，就憑那小子打出燕尾追魂針的手法，就不難要我老趙的命。」

劉坤笑一笑，道：「我們那位高兄，是一位十分謹慎的人，他有此一慮，吩咐兄弟晚走

一步，留這裡保護趙兄。」

趙一絕啊了一聲，道：「原來如此。」

劉坤一抱拳，道：「那陰魂不散吃了這大虧，決不肯善罷干休，而且對方神出鬼沒，擁有不少的高手，趙兄得防著點，最好是暫時躲起來一段時間。」

趙一絕沉吟了一陣，道：「看樣子，他們已經相中了我，我自然得準備一下，不過，劉兄可以放心，趙某人就算被砸爛了腦袋，我也不會洩漏出金劍門中秘密。」

劉坤道：「趙兄是好朋友，我們金劍門給你招來了這些麻煩，也不能就此撒手不問，見著門主時我替你稟報一聲，想法子派兩個人來，替你保鏢。」

趙一絕道：「這個不敢當，生死由命，我老趙不想死，但也不怕死，我既和你們金劍門交了朋友，決不會做出對不起你們金劍門的事。」

劉坤微微一笑，道：「趙兄多多珍重，在下就此別過。」

趙一絕道：「怎麼，就要走？」

劉坤道：「今夜裡，他們大概不會再有人來。」

趙一絕道：「此時一別，不知何日再能見面，萬一趙某人弄到一點什麼機密消息，又如何告訴你們？」

劉坤道：「兄弟還是那句老話，趙兄能不管，最好置身事外，至於趙兄和金劍門聯絡的事，我會轉告高兄，想他定會安排。」

趙一絕點點頭，道：「好吧！我等你消息。」

劉坤道：「兄弟告辭！」

趙一絕道：「北京城裡，是否還有要趙某人代為效勞的事？」

劉坤道：「如有借重之處，高先生自會邀請。」轉過身子，大步而去。

趙一絕送走劉坤，立時招呼了八個保鏢緊隨身側，一面又招來帳房，吩咐道：「給我清點一下銀兩數目，送入庫中妥為保管。」

帳房欠身哈腰地退出去，趙一絕也不再在天安賭場停留，立時動身離去。

且說王宜中等一行人，匆匆追出西直門，行過五里路，就遇上了門中四位劍士。

高萬成不待四人開口，搶先問道：「昨夜之中，可有一輛提督府的公事車經過此地？」

左首士欠身應道：「是的。」

王宜中急急說道：「過去了多少時候？」

左首劍士欠身應道：「大約有兩個時辰之久了。」

高萬成道：「你們四人傳門主之諭，要分別巡行四方的劍士、使者，一齊趕回李子林待命。」

四個劍士應了一聲，分頭而去。

獅王常順低聲說道：「高先生，爲什麼不要他們傳諭使者、劍士，全力追趕王夫人？」

高萬成道：「目下情勢已很明顯，那些使者、劍士，不知內情，如是要他們攔劫馬車，他們必然會全力出手，情勢所迫，說不定會連累到王夫人。」

嚴照堂道：「高兄說得不錯。」

高萬成道：「咱們追下去，篷車再快，也跑不過咱們這幾匹長程健馬。」

王宜中心中焦急，一提韁繩，縱騎疾馳。

高萬成、嚴照堂等放馬疾追。

五匹快馬，有如流星趕月一般，向西飛馳。

高萬成一面縱馬急行，一面卻留神著兩側岔道，是否有馬車輪痕。

這一陣放馬急趕，足足有一個時辰之久，趕了數十里路，除了王宜中胯下坐騎，若無其事之外，所有的馬都跑得滿身大汗。

這時，直行過一座荒涼的古廟前面，高萬成一收韁，低聲說道：「門主，休息一下。」

王宜中勒韁停馬，道：「不知還要多久，才能追上他們？」

高萬成道：「屬下瞧出了兩點可疑之處，先稟報門主一聲，再者，也好讓健馬休息一下。」

王宜中瞧瞧坐騎，道：「我的馬很好啊！」

高萬成道：「門主的坐騎，乃世間神駒，有日行千里的腳程，世間難有幾匹良駒能夠比得。」

王宜中目光轉動，果見另外四匹馬，都已是滿身大汗。

暗暗吁一口氣翻身下馬，道：「咱們就在那古廟中休息一下。」

出山虎林宗，接過王宜中的馬韁，道：「屬下帶有乾糧，門主是否要進點食物？」

王宜中道：「不用了。」

目光轉到高萬成身上，道：「你有什麼可疑之處，請說吧！」

高萬成道：「咱們先到那古廟中坐息一下再說。」

王宜中點點頭，舉步向廟中行去。

這是一座荒涼的古廟，除了大殿尚稱完好之外，其他之處，都已經破爛不堪。

林宗牽馬入廟，把幾匹健馬，帶入一座破損較輕的廂房中。

高萬成卻帶著王宜中、嚴照堂、常順等人進入了大殿之中。

獅王常順折了一束樹枝，做了一個臨時的掃把，掃掉了大殿中地上積塵，道：「門主，請遷就著坐一下吧！」

王宜中坐了下去，道：「高先生，你心中有什麼事，可以說了。」

高萬成道：「屬下覺著，咱們遇上了前所未遇的勁敵，所以，屬下在行走之間，一直十分留心。」
王宜中道：「留心什麼？」
高萬成道：「留心沿途行過的車輪痕跡。」
王宜中啊了一聲，道：「這個，在下就沒有想到。」
高萬成道：「奇怪的是，這車輪痕跡，到了這古廟前面，輪痕突然消失。」
嚴照堂道：「怎麼忽然消失了？」
高萬成道：「這就是可疑之一。」
常順道：「他們可能把篷車轉了方向？」
嚴照堂道：「轉了方向也應該有車輪痕跡可尋。」
常順道：「這就有些奇怪了，既無留下痕跡，何以會突然不見？」
高萬成道：「一則是他們預想到，此法也只能瞞過一時，咱們終會知道，為了迷惑追兵的耳目，故意地毀去了車輪痕跡。」
王宜中接道：「這倒甚有可能，但高先生心中還有一疑，不知可否見告？」
高萬成道：「再則咱們根本就中了對方的金蟬脫殼之計。」
王宜中道：「何謂金蟬脫殼？」

高萬成道：「他們盜用了提督府的馬車，但離開了北京城之後，就把王夫人移往別處。」

王宜中道：「那是說那輛馬車是空的了。」

高萬成道：「屬下只是這樣想，但目下還無法預料是否確有其事。」

王宜中歎息一聲，道：「這麼說來，事情越來越麻煩了。」

突然間，亮起一道閃光，緊接著雷擊隆隆，竟然下起雨來。

點由疏而密，片刻間，大雨傾盆。

高萬成長長吁一口氣，道：「這是個轉變，但我無法預料對咱們有害有利。」

王宜中道：「風、雲、雷、雨，乃天地間極為自然的現象，難道對我們也有很大的影響嗎？」

高萬成道：「對敵我都有著很大的影響。」

王宜中道：「這個麼，我就想不明白了。」

高萬成道：「小雨之後，車輪行過，痕跡清明，那豈不是留給了咱們很好的追查線索；但如是雨勢過大，路上都是積水，那豈不掩去了車輪的痕跡。」

王宜中道：「唉！說得是，這樣簡單的事情，在下怎的竟想不明白呢？」

高萬成道：「門主在天牢之中，度過了十餘年的光陰，對世間的事事物物，見識不多，

也正因如此，才使門主練成了武林中人人無法練成的一元神功。」

王宜中道：「我母親在天牢中，度過了十幾年凄涼的歲月，剛出天牢，又被人擄做人質，叫我做兒子的如何能夠安得下心呢？」

高萬成道：「如若咱們運氣好，我想在這地方，就可以得到太夫人的消息。」

王宜中道：「這地方……」

只聽一陣格格嬌笑之聲，傳入了耳際，道：「高兄不愧爲金劍門中的智多星，料事之能，好生叫小妹佩服。」

王宜中轉頭看去，只見神像之後，緩步行出一個二十四、五，身著玄色勁裝的嬌美女子。

高萬成淡淡一笑，道：「原來是玉娘子。」

玉娘子淡淡一笑，道：「正是小妹，高兄，咱們久違了。」

王宜中暗暗忖道：「這女人原來和高先生是熟人。」

心中忖思，口中卻未問出來。

只聽高萬成冷笑一聲，道：「想不到大名鼎鼎的玉娘子，竟然爲人作嫁，做了說客。」

玉娘子笑一笑，道：「高兄言重了。小妹在江湖上，一向是獨來獨往，從不聽人之命，如若沒有厚利，小妹自然是不會爲人作嫁了。」

高萬成冷冷說道：「玉娘子，我瞧這一次，有些不同？」

玉娘子臉色一變，道：「高萬成，你這話是什麼意思？」

高萬成道：「在下的看法麼，你玉娘子這一次是不能不來。」

玉娘子冰冷的臉上，突然綻開了笑容，道：「高兄，看起來，小妹是不能不佩服你了。」

高萬成霍然站起身子，道：「玉娘子，金劍門對你不薄，希望你能幫一次忙。」

玉娘子輕輕歎息一聲，道：「只怕小妹無能爲力。」

高萬成道：「好吧！你如是無能幫忙，希望你別耍花招，有什麼話儘管說，你既然有著不得已的苦衷，我們也不爲難於你。」

玉娘子道：「小妹受人之託，來和貴門談判。」

高萬成道：「你是受命呢，還是受託？」

玉娘子道：「說實話，小妹是受人迫逼而來。」

高萬成道：「什麼人？」

玉娘子搖搖頭，道：「不知道！」

高萬成臉色一變，道：「玉娘子，我已經說過了，你別耍花招。」

玉娘子接道：「小妹說的是真實之言。」

高萬成沉吟了一陣，道：「除非你玉娘子有一個使人相信的解釋，否則，很難使人相信你的話了。」

玉娘子道：「小妹被人在身上下了毒手，迫我出面，和你們金劍門談判。」

嚴照堂道：「有這等事！玉姑娘如何會被人下了毒手？」

玉娘子苦笑一下，道：「不知道被一種什麼毒物咬了一口，一條左腿片刻間腫脹了數倍，傷處鮮紅，疼癢交作，小妹運功抗拒，仍是無法忍受，就這樣糊糊塗塗的被人制服了。」

嚴照堂道：「玉姑娘連被何物咬中了也不知嗎？」

玉娘子道：「當時，我住在一座客棧之中，門戶未動，故而小妹推斷那毒物不會太大。」

高萬成道：「姑娘又怎會奉人之命，來和我們談判呢？」

玉娘子道：「我中毒之後，運氣和痛苦抗拒，但那痛癢交作之苦，實叫人無法忍耐，終於失聲呼叫。」

她長長吁一口氣，接道：「就在我失聲呼叫之後，窗外突然響起了一個冰冷的聲音告訴我，他有解毒之物，小妹當時在病急亂投醫情況下，開門放他入室！」

高萬成道：「那人是誰？」

玉娘子道：「他臉上戴著一條黑巾，掩住了真正面目。」

高萬成接道：「他療治好了你的傷勢？」

玉娘子道：「他給我一粒藥丸，又在我傷處塗了一點藥水，痛癢立止，紅腫即消，但他告訴我，餘毒未除，十二個時辰之後，還會發作，要我在店中等上十二個時辰。」

嚴照堂接道：「姑娘相信這句話嗎？」

玉娘子道：「小妹姑妄聽之，但也是幸好聽了，還不足十二個時辰，傷勢又開始紅腫痛癢起來，但那人及時而至，賜丹塗藥，又治好我的傷勢。告訴我，餘毒還未淨盡，十二個時辰之後，仍然發作，然後，提出條件，要我來和諸位談幾件事，諸位是否答允，我都得趕去給他們回信。」

嚴照堂道：「那人現在何處？」

玉娘子搖搖頭，道：「恕難奉告。」

高萬成道：「那人要你和我們談什麼條件，你提出來吧！」

玉娘子道，「高兄，他們要我轉告諸位請立刻回程……」

嚴照堂冷冷接道：「如是我們不回去呢？」

玉娘子道：「唉！小妹受命來此，要講的話，已經說完了，你們給我一個答覆，我還要趕回去，給他們回信，順便取回解藥。」

高萬成道：「玉娘子，你是久走江湖的人了，當知江湖上的風險，你能相信他們真會給你解藥？」

玉娘子道：「我也有些懷疑，但這是我唯一的機會，我不能不試一下。」

高萬成目光轉到玉娘子的身上，道：「玉姑娘的處境，我們十分同情，金劍門願盡力給你幫忙，不過，敝門門主的母親，落入別人手中，不但對金劍門的聲名大有影響，對敝門主也構成了莫大的威脅，這一點，玉姑娘想過沒有？」

玉娘子歎息一聲，道：「想過了，所以，小妹也覺著十分為難。」

高萬成道：「那很好，玉姑娘是通情達理的人，你覺著此事應該如何？」

玉娘子道：「反正，他們只叫我傳話，你們告訴我，我就原話轉告。」

高萬成微微一笑，道：「如是他們還不給玉姑娘解藥呢？」

玉娘子道：「所以，我要爭取一點時間，他們如是騙了我，我要在毒性未發之前，和他們動手一搏，撈得一個夠本，殺他們兩個就賺一個。」

高萬成沉吟了一陣，道：「玉姑娘，你一個人實力單薄一些。」

玉娘子道：「你要派人助我？」

高萬成道：「如若玉姑娘同意，金劍門願遣高手助姑娘一臂之力。」

玉娘子道：「這個，這個……」

高萬成接道：「他們既然在姑娘身上動了手，已算結了樑子，絕不會輕易地放過姑娘這

等高手，能要役用你一次，就準備役用你十次，姑娘三思！」

玉娘子皺皺眉頭，道：「聽你說的話，倒也是十分有理。」

高萬成道：「在下所說，都是肺腑之言，姑娘聰慧絕世，閱歷豐富，當知在下之言並非是臆測之詞了。」

沉吟了一陣，接道：「姑娘人單勢孤，對付強敵，自難免有實力單薄之感，如若敝門遣人相助，和姑娘聯手制敵，那情形就有些不一樣了。」

玉娘子道：「你必須有很好的謀略，能夠使我取得解藥，至少要使我感覺到取得解藥的機會很大，咱們才能談到合作。」

高萬成道：「那等候和姑娘會面之人，可能仍然是那位蒙面人吧！」

玉娘子道：「他蒙著臉，就算是換了人我也不認識，照推想，大概仍然是他了。」

高萬成道：「那咱們只能照推想算計了，不論那人是誰，但有一點可以確定，就是他們和你會晤之時，離你的毒發之期十分接近，那解藥自然在他的身上了。」

玉娘子沉吟了一陣，道：「如是要我帶你們去，只怕見不到那人之面了？」

高萬成道：「自然，咱們要有一個精密的設計，在下之意是，姑娘還是獨自回去，設法騙取解藥，如是解藥不能到手……」

玉娘子接道：「不給我解藥，我自然不會饒了他。」

高萬成道：「對！姑娘和他翻臉時，我們再出手相助。」

玉娘子道：「你們怎知我去何處？」

高萬成道：「所以，請姑娘把約定蒙面人會晤之地，說了出來，然後，我們自行前去。」

玉娘子沉吟一陣，點點頭，道：「好吧！但你要告訴我派什麼人去？」

高萬成微微一笑，道：「我們只有五個人，可能是一起過去。」

玉娘子略一沉吟，道：「你們去得機密一些，別要人發現。」

高萬成道：「就算我們趕到，但如姑娘未和人鬧翻，我們也不會出手，我們將盡量克制，不礙姑娘的事。」

玉娘子道：「你如不守信約，我玉娘子只要有一口氣，就和你們金劍門沒有完的。」

高萬成道：「姑娘放心，在下答應的話，決不會有錯。」

玉娘子蹲下身子，在地上畫出一個形勢圖來，一面解說道：「這是一座很小的農莊，總共不過三、四戶人家，東面一座較大的茅舍，就是我和他們約會之處，你要小心行事，別出了事情。」

高萬成仔細看過了玉娘子畫的形勢圖，道：「姑娘請吧！在下自會安排，保證不讓他們發覺。」

玉娘子點頭轉身，人如脫弦之箭般奔出兩、三丈遠。

出山虎林宗輕輕咳了一聲，道：「這女子野性依然。」

高萬成笑道：「玉娘子不算好，但也並不太壞，只是任性了一些。」

王宜中輕輕歎息一聲，道：「高先生，咱們應該如何？」

高萬成道：「咱們要立刻動身。」

回目望了常順一眼，道：「你走在最後，帶著馬匹同行，如是情勢不對，你就自作處置，除了門主那匹馬，非要帶走不可，其餘的馬匹或是暫時寄存別處，或者把牠們放逐山野，一旦和敵人動上手，馬匹對咱們也沒有什麼用處了？」

常順道：「高兄放心。」

高萬成目注王宜中一欠身，道：「請門主改裝？」

王宜中怔了一怔，道：「如何改裝？」

高萬成道：「如若咱們就這樣行去，只怕還不到那座農莊，就被人家發覺了！」

王宜中道：「這裡沒有衣服、藥物，如何一個裝扮之法？」

高萬成笑一笑，道：「屬下帶的有！」

伸手從懷中摸出了幾套人皮面具來，說道：「你是一門之主，按理說，不應該讓你改裝易容，任何場合，都應該讓你堂堂正正地出現。不過，此刻的情形不同，只有委屈門主一下了？」

王宜中道：「好吧！一切聽從高先生的安排就是。」
高萬成微微一笑，把手中的人皮面具，分給嚴照堂等幾人。
經過了一番改扮，王宜中、嚴照堂等全變了樣子。
高萬成說明了會合之地，幾人離開荒廟，直向那農舍奔去。

十七 故弄玄虛

且說玉娘子，一口氣奔回到和那蒙面人約晤的農舍，那人早已在廳中等候。

玉娘子還未來得及開口，那蒙面人已搶先說道：「你會到高萬成了嗎？」

玉娘子道：「會到了。」

那蒙面人道：「他怎麼說？」

玉娘子緩緩伸出手，道：「拿來解藥，我再奉告。」

蒙面人淡淡一笑，道：「玉娘子，解藥未到你手中之前，你的生死仍然在我等的控制之下。」

玉娘子笑一笑，道：「像我玉娘子，在江湖上行走十餘年，從來未曾受人這等愚弄，我已忍氣吞聲，替你們辦了不少的事。這對我來說，實有著威名大損、生不如死之感，你如不先行交出解藥，以此做爲對我的要脅，那是逼我反擊了？」

蒙面人似乎是未料到玉娘子會說出這番話來，呆了一呆道：「玉娘子，此刻離你毒發時

刻，已極接近，大約不足一個時辰了。」

玉娘子道：「我知道，但這中間的時間，已夠我收拾你了。」

蒙面人道：「那等萬蟲鑽心、癢痛交作的痛苦，已超越了一個人所能忍受的能力！」

玉娘子道：「但我不會讓它發作。」

蒙面人接道：「沒有解藥，毒傷非發不可，你已試過一次，難道還要再試？」

玉娘子道：「正因我試過一次，所以，我知道你身上帶有解藥，我如能殺了你，就可能從你身上取得。」

蒙面人道：「在下早已防到此著。」

玉娘子道：「那也好，我殺你一人夠本，殺你們兩人我就賺一個，然後，在毒傷發作之時，我會自作了斷。」

蒙面人霍然站起身子，道：「玉娘子，你可是和金劍門中人勾通了？」

玉娘子平靜地說道：「沒有。我只是不願再受你們奴役，給了我解藥，我就遠離此地，不再捲入你們和金劍門的恩怨之中。」

蒙面人道：「你答應為我們做一件事，還未有結果，就想先要解藥。」

玉娘子厲聲接道：「我說了，你給不給解藥？」

蒙面人道：「給！」

玉娘子道：「好！他們不受威脅，也不肯退步，不過……」
蒙面人接道：「不過什麼？」
玉娘子道：「解藥交給我，我再告訴你不過什麼？」
蒙面人道：「人說玉娘子難纏得很，看起來果然不錯。」
探手入懷，摸出一個玉瓶，一抖手，投了過去，道：「接著。」
玉娘子接過玉瓶托在掌心，道：「很大方！」
蒙面人道：「瓶裡有三粒解藥，服完斷根，快些說，不過什麼？」
玉娘子答非所問，道：「如何一個服用之法，每隔幾個時辰一粒？」
蒙面人道：「一次服下也好，每隔上一個時辰服下一粒也好，一樣可以斷根。」
玉娘子道：「希望你說的是實話。」
打開瓶塞，一口氣吞下了三粒解藥。
蒙面人道：「我們言而有信，答應只要你辦這一件事情，決不會要你多做一件事，解藥你已服用，說實話，你就可以走了。」
玉娘子笑一笑，道：「我要等一等。」
蒙面人道：「等什麼？」
玉娘子道：「等到毒性發作時刻，如是毒性確然不再發作，我再走不遲。」

蒙面人道：「你玉娘子有時間，可惜在下沒有時間多等。」

玉娘子道：「事已至此，你朋友也只有委屈一下了。」

蒙面人怒道：「玉娘子，只餘下最後一句話了，你爲何不肯說出來？」

玉娘子笑一笑，道：「因爲，這句話很重要，你非要聽不可。」

蒙面人道：「姑娘可是覺著你已服用了解藥，須知在下等如若不放過你，今宵之中，你們難逃過那毒蟲之口。」

玉娘子臉色一變，雙目盯注在那蒙面人的身上，道：「取下你臉上蒙的黑布，我要瞧瞧你的真面目。」

突然飛身而起，右手疾如閃電，抓向那蒙面人。

那蒙面人左手一揮，拍出一掌，擋開玉娘子的右手，人卻快速地閃退五尺。

玉娘子堵在大廳門口格格一笑，道：「做賊心虛，你如是不認識我，爲什麼不敢揭開面紗，讓我瞧個明白？」

那蒙面人冷冷說道：「姑娘如再糾纏，休怪我手下無情。」

玉娘子笑道：「很好，你就施展出來，給我瞧瞧吧！」

口中說話，人卻欺身而上，雙掌齊出抓向那蒙面黑紗。

蒙面人左手橫起，一招「拒虎門外」，右手扣向玉娘子的右腕脈門。

玉娘子嬌笑一聲，道：「這是武當門中拿脈手法，閣下是武當門中弟子了。」

喝聲一縮腕出掌，避開了對方攻勢，反擊一掌。

但聞啪啪兩聲，四掌接實。

玉娘子右手疾起，纖纖玉指，抓向那大漢蒙面黑紗。

蒙面大漢右手一招「飛瀑流泉」，推出一股潛力，逼開了玉娘子的掌勢，飛起一腳，踢向玉娘子的小腹。

玉娘子左手一沉，封住門戶，嬌軀半轉，右手一引穿雲掌，由背後攻了出去。

她身隨掌轉，手臂也逐漸延長。

這一招攻勢極是意外，那大漢驟不及防，左肩中了一掌。

但覺中掌處一陣劇疼，身不由己地一連向後退了五步。

玉娘子格格一笑，道：「你朋友取下面紗，讓小妹瞧一眼，我就放你離開。」

蒙面大漢一提氣穩住身子，道：「玉娘子，你不要欺人過甚。」

突然大喝一聲，一招「五丁劈山」，連人帶掌直衝過來。

玉娘子雖然無法瞧到他臉上的神情，但感覺之中，他這一聲，正是全力施爲，倒也不敢硬擋他的攻勢，閃身避開。

那蒙面人雙腳突然用力一點，疾如鷹隼一般直向室外衝去。

玉娘子心中大急，嬌聲叱道：「哪裡走！」縱身追撲過去。

只聽一個威重的沉喝道：「他走不了。」

砰然一聲大震，那蒙面人向外奔衝的身子，竟生生被擋了回來。

廳門口處，出現了長衫飄飄的嚴照堂。

那蒙面人先中了玉娘子一掌，再和嚴照堂硬拚一招，震得內腑氣血浮動，一時間不能再發動攻勢，靜站廳中。

玉娘子疾掠而至，右手一抬，揭下了那蒙面人臉上黑紗。

只聽那蒙面人尖叫一聲，舉起雙手，蒙在臉上。

玉娘子啊了一聲，訝然說道：「果然是你。」

嚴照堂沉聲說道：「黃木道長，咱們久違了，還記得我嚴照堂嗎？」

黃木道長放下蒙面雙手，突然一翻手，自向天靈穴上擊去。

嚴照堂右手疾出，擋住了黃木道長的掌勢，緩緩說道：「道兄，什麼事嚴重到非要道兄尋死不可？」

黃木道長道：「貧道羞對江湖同道，更愧對本門中掌門長老。」

談話之間，瞥見一個布衣老農，緩緩行了進來。

那老農淡淡一笑，道：「黃木道兄，在下高萬成。」

黃木道人怔了一怔，道：「你是高兄？」

高萬成道：「不錯，但不知黃木道兄是否願意見告內情？」

黃木道人點點頭，道：「貧道知無不言，不過，要請高兄答允貧道一事。」

高萬成聽黃木道人說要他答應一事，忙說道：「道兄請說。」

黃木道長道：「貧道說明內情之後，讓貧道自絕而死。」

高萬成道：「什麼事這樣嚴重，非要自絕不可？」

黃木道人道：「高兄，不用追問詳細內情，你如肯答允貧道，貧道就說明內情，如是不肯答允，只有任憑各位處置了。」

高萬成皺皺眉頭，道：「好吧！道兄如此堅持，兄弟恭敬不如從命了。」

黃木道長道：「好！你高兄乃武林中大大有名的人物，一諾九鼎，貧道相信得過，如此，高兄請問吧！」

玉娘子突然插口說道：「慢著！」

目光轉到黃木道人臉上，接道：「黃木道人，你害我吃了無比的痛苦，我可不可以先問？」

黃木道長道：「可以，貧道既然決定說了，自然是知無不言，不過，我知道的不多，諸位不要期望太高。」

高萬成回顧了玉娘子一眼，道：「玉姑娘想知道什麼，可以問了。」

玉娘子笑一笑，道：「那麼小妹僭越了。」目光轉到黃木道長的臉上，接道：「小妹先請問道兄一句，那解藥是真的、假的？」

黃木道長道：「貧道亦是聽命於另一個神秘人物，爲姑娘送上解藥，是真是假，就非貧道所能斷言了。」

玉娘子道：「這麼說來，你也是受人脅迫而來的了？」

黃木道人苦笑一下，道：「姑娘初陷漩渦，即刻覺醒，叫貧道好生羨慕。」

玉娘子歎息一聲，道：「小妹如不是遇上了高兄，被他說服，只怕也將長陷於這個漩渦之中了。」

高萬成道：「黃木道兄陷入這漩渦之中，有多少時間了？」

黃木道人道：「三個月了吧！」言下不勝黯然。

高萬成道：「道兄奉何人之命行事？」

黃木道長道：「一個蒙面人，我不知他的身分，也未見他的面貌。在下唯一能夠認出來的，就是他的聲音。」

高萬成道：「道兄受害甚深，難道就不想報此仇嗎？」

黃木道長道：「唉！貧道被他們在身上刺了七處毒傷，每月替我醫好一個，要我替他們

效命七月，醫好七處毒傷，就放我而去。貧道想到只七月時間，限期一完，就可以擺脫這些控制，人說慷慨赴死易，從容就義難，如是他們一刀把我殺死，也不會做出這等背棄師門戒律的事了。」

高萬成道：「人非聖賢，誰能無過，過而能改，仍是完人，黃木道兄，也不用太過自責了。」

黃木道人神情肅然地說道：「武當派門規森嚴，貧道實已犯了極大的不赦之罪。」

高萬成道：「道兄如若覺著幫助對方，是一種罪惡，此刻反抗對方，自然是一種報復力量了，功可贖罪，心中自得平安。」

黃木道人眼睛一亮，道：「高兄說得有理。」

玉娘子微微一笑，道：「牛鼻子老道，你只管放心，我玉娘子答允你一句話，決不會把今日所見之事說出去。」

黃木道人臉上泛起了一片輕微的笑意，道：「高兄，貧道此刻應該如何？」

高萬成道：「道兄可以幫我一個大忙，也是對武林正義大有助益的事。日後，貴掌門人問起來，道兄也可有一番義正詞嚴的回答之言。」

黃木道人啊了一聲，道：「請教高見。」

高萬成道：「這中間有一個先決條件，那就是道兄如若決心留名千古，不再為身上的毒傷憂慮了。」

黃木道人道：「唉！貧道一時的畏懼，鑄成大錯，已然後悔不及，從此之後，再不會為生死所迫了。」

高萬成道：「道兄可以告訴我們，他約你會面之地，我們先行設下埋伏，生擒於他。」

黃木道人沉吟了一陣，道：「那地方很遼闊，設伏不易。」

高萬成道：「道兄說說看，也許在下能想一個辦法出來。」

黃木道人道：「距此十里，有一條河流，河不大，但河床極闊，一片白沙，更妙的是，兩面都有河水，到那沙灘之前，必需經過一座木橋，木橋狹窄，只容一人行走，那河灘寬有十五丈，灘上寸草不生，如何一個埋伏之法？」

高萬成道：「道兄幾時和他見面？」

黃木道人道：「太陽下山，晚霞未盡的時分。」

高萬成道：「道兄可否畫出你們會晤附近的形勢？」

黃木道長道：「可以。」

蹲在地上，以指做筆，畫出那地方的形勢。一面畫，一面解說。

高萬成聽完之後，微微一皺眉，道：「這確是一個很難設伏的地方，不過，事在人為，在下盡力試試就是。」

黃木道長站起身子，道：「貧道已經盡吐胸中所知，此後演變如何，貧道實無法控制。」

高萬成道：「你已盡了心力，以後的事，自有在下設計。」

黃木道人淒涼一笑，悲壯地說道：「貧道盡力和他周旋，希望諸位能及時趕到，如是情不得已，貧道已決心以身殉道了。」

高萬成道：「道長盡量忍耐，在下等先行告辭了。」抱拳一禮，幾人轉身而去。

黃木道長伸出右手，道：「玉姑娘，還給我蒙面黑紗。」

玉娘子笑一笑，舉過蒙面黑紗，道：「道兄，我服的如不是真的解藥，再有半個時辰，毒性就要發了。」

黃木道人道：「玉姑娘，貧道據實奉告，你服用的什麼，貧道實不知曉，不過，照他們平日的作爲上看，大概是真的對症之藥，但是否能根治，貧道就很難預料了。」

玉娘子笑一笑，道：「道兄和我同病相憐，小妹想助你一臂之力。」

黃木道人道：「你如何助我？」

玉娘子道：「我跟你一起去。」

黃木道人道：「不行，他和我相約有言，每次和他會面之時，只能限我一人。」

玉娘子笑道：「有辦法，可以使他減少疑心。」

黃木道人道：「請教高見。」

玉娘子道：「你把我捆起來，留有一個活結，只要一拉繩索就可打開，這等瞞天過海之計，或可收效。」

黃木道人沉吟了一陣，道：「這辦法，也許可以收效。」

玉娘子道：「萬一高萬成無法埋伏，其人精細無比，決不會冒險設伏，小妹和你同行，合咱們兩人之力，也許不要金劍門中助手，就可以對付他了。」

黃木道人道：「那豈不太過委屈你嗎？」

玉娘子道：「我玉娘子一向被武林同道目爲正邪之間的人物，其實我並未做過多少壞事，只是我獨來獨往，沒有門規約束，有時做事難免毒辣一些。」

黃木道人長長吁一口氣，道：「好吧！就依姑娘之意。」

玉娘子解下腰帶，道：「這個給你，把我捆起來。」

黃木道人接過繩索，打了幾個活結，綁在玉娘子雙臂之下。表面上看去，捆得縱橫交錯，其實，只要用力一拉，繩索即開。

黃木道人捆好之後，道：「姑娘似是對貧道十分相信。」

玉娘子道：「你出身正大門派，自然是可以信得過了。」

黃木道人道：「現在還早，咱們坐息一陣再去。」

看看天色，接道：「去早了對咱們有害無益。」

玉娘子道：「好吧！一切聽道兄之命。」

兩人坐息了一陣，直到太陽將要下山的時分，黃木道人才挺身而起，道：「玉姑娘，咱們走吧！」

玉娘子淡淡一笑，道：「你牽著索繩一端，免得讓他瞧出破綻。」

黃木道人點點頭，道：「姑娘很細心。」牽著索繩一端，離開了農舍。

兩人一齊施展開提縱身法，聯袂奔馳。

一路上，低聲交談，研究好了應付那神秘人的說詞。

奔行之間，黃木道人突然放緩了腳步，耳際間水聲潺潺，已到了一河畔木橋前面，說它是一座橋，其實是木樁支撐著一塊兩尺寬窄的木板，一塊接一塊連成了七、八丈長一座木橋。

走完木橋，是一座很廣寬的沙灘。

這時，正是夕陽無限好的時刻，晚露幻起了半天雲彩。

一個身著青衫的人，面對著夕陽而立，晚風吹得他衣袂飄飄。

玉娘子流目四顧，發覺除了那青衫人之外，四下再無人蹤，心中暗道：「這地方如此開闊，方圓百丈之內，無處可供人藏身，高萬成雖然是智計多端，只怕也無法在這百丈以內設

伏。」

黃木道人牽著索繩，放緩腳步，緩緩向青衣人行去。

青衣人似乎是不知道有人行近，連頭也未回一次。

黃木道人雖然是有備而來，但對那青衣人似是仍然有些畏懼，距那青衣人七、八尺處，停了下來，道：「金劍門不理勸告之言。」

青衣人仍未轉過頭來，但卻打斷了黃木道人的話，接道：「你帶的什麼人？」

黃木道人道：「玉娘子，她不能勸服金劍門，貧道無法處置，特地帶她來此。」

青衣人道：「你捆了她？」

黃木道人道：「不錯，我捆了她的雙臂，因為要帶她趕路，所以，未點她的穴道。」

青衣人道：「你不是玉娘子的敵手，如何能夠把她擒住？」

黃木道人道：「她心中畏懼毒發之苦，所以，甘願束手就縛。」

青衣人忽然轉過臉來，蒙面黑紗，不停地在夜色中飄動，打量了玉娘子一眼，道：「你甘心束手就縛，實在叫人難信。」

玉娘子道：「我已經繩索加身了，還要如何，你才相信？」

蒙面人目光凝注在玉娘子的臉上，冷冷說道：「你雖然已經是繩索加身，但我仍然不相信你是束手就縛。」

玉娘子道：「你親眼看到的還要懷疑，當真是奸詐多疑的人。」

蒙面人哦了一聲，突然出手一掌，閃電一般拍向玉娘子。

玉娘子仰身倒臥，就地滾出三尺，避開了一掌。

黃木道人心中暗道：「高萬成大約是無法在這等遼闊的沙灘之上設伏，所以知難而退，已非可仗的後援了。」

心中念轉，主意暗定，大喝一聲，撲向玉娘子，道：「你膽子不小。」右手疾快地抓住了繩索活結，用力一拉，一陣輕微的沙沙之聲，環繞在玉娘子身上的繩索，立時散解開去。

玉娘子一躍而起，順勢由足登的鹿皮小蠻靴中，摸出了一把匕首，嬌聲笑道：「你朋友怎麼不敢見人啊？」

黃木道長伸手拉下蒙面黑紗，道：「姑娘說得不錯，咱們被黑布蒙了眼睛，看不見外面事物，才甘心爲人役用，做那些有害武林正義的事。」

玉娘子目光轉到那青衫人的身上，道：「聽你適才的口氣，似乎是對我玉娘子很熟識，但不知你可否取下面紗來，讓我見識一下，也許我們是早已相識的熟人。」

那蒙面人冷笑一聲，道：「果然，被我料中了。」

語聲突轉嚴厲，道：「黃木道人，你身上毒傷，大都未好，膽敢反抗本座，難道不畏那

毒傷發作之苦嗎？」

黃木道人道：「貧道如若不畏懼那毒傷發作之苦，怎會聽你們之命，被你們奴役數月之久？」

蒙面人接道：「既然畏懼毒傷發作之苦，那就懸崖勒馬，聽從在下之命。」

黃木道人哈哈一笑，道：「朋友，我已經聽你數月之命，行動時要黑紗蒙面，做的是見不得天日的事，貧道心中這一股憤怒、窩囊，都早已無法忍耐，今日貧道拚著一死，也要與你一決勝負。」

青衣人突然一撩長衫，取出一對金環，道：「兩位一起上吧！」

玉娘子一見那對金環，不禁臉色一變，道：「原來是八臂哪吒金小方。」

青衣人哈哈一笑，道：「姑娘能認出在下手中金環，當真是可惜得很。」

玉娘子道：「可惜什麼？」

青衣人道：「你如認不出這對金環，還有一線生機，可惜你認了出來。」

玉娘子道：「久聞你飛環能在百步內取人首級，小妹今日要見識一下，不過，小妹也替你可惜。」

金小方道：「你替我可惜什麼？」

玉娘子道：「你金小方也是武林中響噹噹的人物，卻不料竟也甘心為人鷹犬。」

金小方冷笑一聲，道：「金某人的事，用不著別人操心。」雙環一分，突然向玉娘子欺了過去。

玉娘子瞭然對方的身分之後，知他金環招數精妙無比，不能絲毫大意，匕首揮處，刺了過去。以攻迎攻，不讓那金小方搶去先機。

黃木道人撩起黑袍，取出一把折了一半的斷劍，大喝一聲，揮劍攻去。

金小方冷冷說道：「牛鼻子老道，原來早存叛離之心，竟然敢私藏兵刃。」

原來，黃木道人受傷之後，被收去了兵刃，金小方規定不准攜帶長劍，如與人動手的遺差，才可帶劍。武當門下弟子，都以劍法見稱，如若不准帶劍，威力就減去了一大半。

但黃木道人自知造詣最深的就是劍上功力，爲了自保，把一柄利劍由中間截斷，藏於身上，因爲劍身短了一半，他又穿的長袍，很不容易瞧得出來。

黃木道人一面揮劍搶攻，一面說道：「貧道也聽過八臂哪吒之名，在江湖上十分響亮，爲什麼竟甘心爲人奴役，陰謀暗算武林同道，做這些見不得天日的事！」

金小方雙環一緊，逼開黃木道人手中之劍，逼他退了兩步。

玉娘子匕首疾攻，迫得金小方舉環封擋，解了黃木道人之危。

黃木道人施展開武當劍法，劍光撒出一片冷芒，重又攻上來，一面接道：「貧道和玉娘子都不願爲人奴役，才倒戈相向，出出胸中一口怨氣。金施主何不仿照我等，找那害你之人算

帳，出一口怨氣。」

他口中說話，手中斷劍卻是攻勢綿密，著著進逼。武當劍法本以陰柔綿密見長，適宜久戰，極具彈性，但因黃木道人手中之劍尺寸不夠，同樣的一套劍法，施展出來，威力就大爲減弱。

但玉娘子的匕首，卻凶狠毒辣，全是搏命的招術。

金小方雙環飛舞，有如輪轉，力鬥兩人，仍然是攻守有致，瀟灑自如。

三個人在暮靄夜色中，兔起鶻落，交相搏擊，打得十分激烈。

突然間，響起了一聲大喝，道：「黃木兄，玉姑娘，請退下休息，這人交給我們了。」

玉娘子、黃木道人同時急攻一招，抽身而出，躍退五尺。

黯淡的夜色中，只見龍、虎、獅、豹，四大護法，分站四個方位，緩步向中合攏過來。

玉娘子微微一笑，道：「劉兄也趕來了。」

金錢豹劉坤嗯了一聲，道：「兄弟晚到了一步，等收拾了八臂哪吒金小方之後，兄弟還要向姑娘領教兩招。」

原來兩人早有心病，劉坤知道她有意譏笑，發作了出來。

玉娘子道：「武林之中，有誰不知金劍門中四大護法的威名，龍、虎、獅、豹合力，天下有幾人能夠擋得。」

劉坤還待反唇相譏，卻聞嚴照堂沉聲喝道：「老四小心。」

就在那警言出口之際，八臂哪吒金小方突然飛躍而起，直向正西方撲擊過來。那正是劉坤守護的方位。

敢情金小方準備在劉坤和玉娘子鬥口時，精神分散，能一舉破圍而出。

劉坤一揮手中鐵佛手，撤出一片烏光。但聞噹噹兩聲，鐵佛手和雙環擊撞，擋住了金小方外衝之勢。

金小方本還有搶先機攻向劉坤之能，但，東、南、北三方壓力，同時湧至，迫得他不得不運氣、凝神，改採守勢。

須知金劍門四大護法的威名，武林中早已是人人皆知，金小方自知難是四人之敵，只希望能夠找出一個空隙，破圍逃命。

四大護法，似是並無傷害金小方的用心，三方壓力，同時撤走，仍然把金小方圍在中間。

夜色中，只見王宜中和高萬成緩步行了過來。

高萬成一揮手，道：「金兄久違了。」

金小方冷笑一聲，道：「金劍門準備是以多取勝？」

高萬成淡淡一笑，道：「那要看你金兄怎麼想了。」

金小方道：「單打、合擊，許可權操之在你，我金某人又能如何？」
高萬成道：「我們決定在取你性命之前，先得知曉一件事情。」
金小方道：「什麼事？」
高萬成道：「閣下是那神秘組織中的重要人物呢，還是和黃木道兄、玉姑娘一般的被害人？」
金小方接道：「我如是不說呢？」
高萬成道：「那要看你能硬到什麼程度了，如是金兄真如鐵打銅鑄，你就一句別答，但我們不會姑息，必將把你刑逼至死。」
金小方道：「好惡毒的手段！」
高萬成笑一笑，道：「金兄客氣了，我們用刑只求自保，比起你金兄的作爲，那是小巫見大巫了。」
語聲一頓，接道：「你如是像黃木道兄、玉娘子一般的受人利用，此刻，已該是你覺醒之時，就算你身上有著很惡毒的禁制，但發作是以後的事，現在，你應該明白，自己沒有逃走的機會。」
金小方搖搖頭，道：「我和他們不同，高兄不用白費唇舌了。」
嚴照堂道：「他既執迷不悟，不用和他多說了，收拾了他就是。」

高萬成道：「咱們金劍門行道江湖以來，講的是非分明，不管人家是否願意，但咱們得把話說明。」

對著金小方揮揮手，接道：「兄弟已經說得很明白了，但憑你金兄一句話了？」

金小方四顧了一眼，道：「兄弟是不到黃河不死心。」突然飛躍而起，直向正南方位衝去。

守在正南方的正是出山虎林宗，虎吼一聲，劈出一掌。他蓄勢而發，這一掌威勢非同小可，一股強大的暗勁，直湧過來。

金小方右手金環，一式「畫龍點睛」，迎向林宗右掌擊去。

心中暗道：「想你血肉之掌，怎敢和我金環硬碰，只要閃身一讓，我就可破圍而出。」

忽見劉坤一個懸空翻身，鐵佛手有如金豹露爪一般，抓向金小方的腦後。這一招惡毒至極，金小方理應閃身避開才是。哪知金小方竟然早已準備，左手蓄勢的金環突然翻空迎去，擋住劉坤的鐵佛手。

只見出山虎林宗右手一縮，手背迎向金環。一聲金鐵交鳴，金環竟被震開。

金小方微微一怔，暗道：「難怪他如此沉著，手腕上戴有護鐵？」

心念轉動之間，劉坤卻一個筋斗從頭頂掠過，鐵佛手也硬和金環對了一招。

這時，金小方的雙環，都已被封到門外，林宗右手收回，左拳一伸，當胸擊來。這雖是

很平常的招數、變化，但卻深得快、準二訣。

金小方被形勢所迫，不自主地向後退了兩步。

但覺雙臂、雙肩、肩窩全都被人拿住，頓覺雙臂乏力，無能反擊。

耳際間，響起了獅王常順的聲音，道：「金小方，你不該如此大意，需知常某的『鎖骨手』，在武林中人人知曉。」

金劍門的四大護法，實有著人所難解的佳妙配合，虎、獅、豹合手一招制服了金小方，龍還未及出手。

高萬成沉聲喝道：「防他咬舌自絕。」

林宗拳到金小方的胸前，適時收回，伸出食、中二指，點了金小方的，「迎香」「兌端」兩穴。

玉娘子緩步行了過來，舉手一把，取下了金小方的蒙面黑紗。

夜色不濃，玉娘子又目力過人，一眼間看清了金小方的面目，不禁失聲大叫。

高萬成快步行了過來，望了一眼，亦不禁黯然長歎。

林宗目光一轉，只見金小方下顎啓動，似要說話，但因兩處穴道被點，兩顎無法配合，唔唔呀呀，說不清楚。當下右手疾出，拍活他兩個穴道。

王宜中大步行了過來，凝目望去，只見金小方臉上血痕縱橫，都是傷口。

想到那下手人的惡毒，不禁咬牙切齒，道：「好惡毒手法。」

金小方苦笑一下，道：「你們都瞧到了。」

高萬成道：「瞧到了，敝門主對此，亦深痛惡絕，氣憤不已。」

金小方道：「這就是我爲他們效命的原因。」

玉娘子道：「金兄，對不住啦，小妹想不到他們會在你臉上下手。」一面把黑紗向金小方臉上蒙去。

金小方搖搖頭，道：「你們既然都瞧到了，不用再遮起來啦。」

玉娘子道：「不知是什麼人領導的這個神秘組織，其手法之毒，實在叫人爲之髮指。」

金小方苦笑一下，道：「你們要問什麼，在下知無不言。但諸位，要答允我一件事。」

高萬成道：「什麼事？」

金小方道：「我知道的有限，但我會盡吐所知，然後，諸位給我一個自作了斷的機會。」

黃木道人道：「金兄何苦尋死？」

金小方接道：「我這副樣子，要我如何見人？」

長長吁一口氣，接道：「我雖然是被他們役用，但我內心中對他的怨恨，實是超過你們千百萬倍。」

嚴照堂接道：「你既然恨他們，爲什麼還甘心受他們所役？」

金小方道：「他們能治好我臉上的創傷，諸位請仔細地瞧瞧，我臉上還有幾道傷痕？」

玉娘子數一數，道：「五條。」

金小方道：「不錯，他們在我臉上劃了十二條傷痕，每月替我治好一條，要我聽他們役用一年，一年之後，可治好我全部傷痕。」

高萬成道：「金兄，相信他們的話嗎？」

金小方道：「他們藥到傷好，我已被他治好了七條傷痕，不信也得信了。」

高萬成道：「在下之意是，一年之後，他們也不會放你。」

金小方道：「那時，我傷痕痊癒，他們不放我，也不成了！」

高萬成搖搖頭，道：「他們不會療好你全部傷痕，再設法去控制你？」

金小方怔了一怔，道：「這個，兄弟倒未想到。」

高萬成道：「大丈夫生於天地之間，容貌的美醜，算得了什麼，只要能仰不愧天、俯不怍地，足可自慰了。」

金小方道：「高兄的意思是……」

高萬成接道：「歡迎金兄和我等攜手合作，共同找出這一個神秘組織的首腦人物，爲武林除去大害。金兄已深知受害之苦，但除了金兄之外，武林同道人人自危，此害不除，還不知

有多少人，要害在他們的手中。」

金小方道：「兄弟慚愧，我雖爲他們奴役了七月之久，但並不知道首腦是誰。」

黃木道人道：「怎麼，金兄和貧道一樣，被他們當做牛馬來用嗎？」

金小方苦笑一下，道：「我手下有三個人聽我之命行事，你黃木道兄，只是其中之一。」

高萬成道：「那兩位又是何人呢？」

金小方道：「一個是少林弟子，一個是北派太極門下的弟子。」

高萬成道：「金兄手下之人聽命，上面和何人聯絡呢？」

金小方道：「說出來很難叫人相信。」

高萬成啊了一聲，道：「我們已經領教了這個神秘組織的厲害，以你金兄來說，雖是受害人，但到現在爲止，你金兄只怕還不知道仇人是誰？」

金小方歎息一聲，道：「說起來慚愧得很。」

高萬成道：「也因如此，不妨請金兄說明內情，縱然是荒誕不經之言，咱們也不會譏笑金兄。」

金小方道：「唉！當真是叫人難以相信的事，高兄如若不如此解說，兄弟實在是很難說得出口。」

高萬成道：「那必然是十分奇怪的事了。」

金小方道：「不錯，京城西北四十五里，有一座玄天仙女廟，高兄是否知曉？」

高萬成道：「那玄天仙女廟和你金兄有些什麼關係？」

金小方道：「那是在下受命之處，我每隔半個月，要到玄天仙女廟中，領受令諭。」

高萬成接道：「金兄既然有受命之處，定然有下令之人了？」

金小方道：「說起來慚愧得很，兄弟受命之處，就是那玄天仙女兩側的金童、玉女。」

玉娘子道：「怎麼，玄天仙女兩側的金童、玉女是活人扮的嗎？」

金小方搖搖頭，道：「如是活人扮的，在下受命行事，也不足爲奇了。但它們不是人，是泥塑的，不過，它們能下令、賜藥。」

玉娘子接道：「當真是越說越玄了，泥塑的金童、玉女，難道也會說話不成？」

金小方道：「他們不用說話。」

玉娘子道：「不說話，如何會傳達令諭？」

金小方道：「他們手中握有一張函箋，箋上寫有令諭，我照吩咐行事。」

久未開口的高萬成歎息一聲，道：「果然是好辦法，線索至此，完全中斷，他們利用兩個泥塑的神像，使線索中斷，當真是高明得很啊！」

王宜中突然接道：「有一點，我想不明白。」

金小方道：「什麼事？」

王宜中道：「他們可以把寫好的指示，放在那金童、玉女手中交給你，但那金童、玉女，如何替你醫病呢？」

金小方道：「閣下是……」

他見王宜中年紀輕輕，不知是何身分，故而問了一聲。

高萬成接道：「這一位是敝門門主。」

金小方啊了一聲，道：「失敬，失敬。」

輕輕咳了一聲，接道：「說起來，這也是一件令人難信的事，他們把一張便箋放在玉女手中，我從玉女手中，取過便箋，他在便箋中說明療傷的地方。那是一間空著的房子，裡面空無一人。」

玉娘子道：「玄得很啊！裡面空無一人，如何為你療傷？」

金小方道：「也許有人，不過，我瞧不到罷了。那房中放了一杯藥茶，我喝下之後，就失去神智，然後，他們把我傷勢治好，再把我送往別處。」

玉娘子點點頭，道：「原來是這麼回事？」

高萬成道：「金兄是否還要和他們見面？」

金小方道：「還有三日，三天之後，才該我到玄天仙女廟去，接受指示。」

高萬成道：「金兄，現在準備如何？」
金小方道：「我茫然不知該如何才好。」
高萬成道：「金兄被人毀容，難道不準備報仇嗎？」
金小方道：「我很想報仇，但我不知道找什麼人報仇。」
高萬成道：「金兄如若想要報仇，在下倒可代為籌謀一、二策略。」
玉娘子接道：「而且，我們可助你一臂之力。」
金小方道：「你們要幫助我？」
黃木道人道：「不錯，我們都已和金劍門中人聯手，準備復仇。」
金小方戴好面紗，道：「這個仇自然要報，但不知在下應該如何著手？」
高萬成道：「帶我們到玄天仙女廟去，見見那能傳令諭的金童、玉女。」
金小方道：「那只是兩個泥塑的神像。」
高萬成道：「咱們到仙女廟中瞧瞧，在下相信一定能找出一點原因出來。」
金小方道：「我已經瞧過了，那裡面沒有可疑之處。」
高萬成道：「當時也許看得不夠細心。」
金小方點點頭，道：「對！三天後我帶你們去瞧瞧。」
高萬成道：「我們要你今日前去。」

金小方道：「今日不該我去！」

高萬成道：「正因爲如此，你可能發現了別的秘密。」

高萬成沉吟了一陣，道：「現在，天已入夜，金兄願否冒險到仙女廟中瞧瞧？」

金小方道：「在下一個人嗎？」

玉娘子道：「我陪你去。」

高萬成道：「咱們一起去，借夜色掩護，分由四方進入。」

金小方道：「就這麼辦！兄弟先進去，你們後面來。」

高萬成道：「金兄放心，我們不會距離太遠，萬一你進大殿之後，發生了什麼變化，你就設法拖延時間，一盞熱茶工夫之內，我們定可趕到，但金兄如能設法畫出那仙女廟中的形勢，我們就可以方便不少。」

金小方望望天色，道：「天色已經暗了，諸位要仔細些的瞧。」

蹲下身子，用手指很仔細地畫出了那仙女廟的形勢。他心中對那仙女廟記憶得十分詳盡，所以畫得十分清楚。

玉娘子微微一笑，道：「這地方很好混入，咱們動身吧！」

金小方站起身子，拍拍手上的沙土，道：「我想到了一件事，不知是否可行？」

高萬成道：「什麼事？」

金小方道：「在下之意，與其明目張膽地混進去，不如在下也設法偷著進去。」

高萬成道：「最好的辦法，你還是按照你和他們會見的約定之法進去。」

語聲微微一頓，接著又道：「金兄放心，在下自然會安排好，以最快速的方法，遣人接應金兄。」

金小方沉吟了一陣，道：「好吧！希望兄弟在未死之前，高兄的接應能夠適時而至。」言下之意，似乎是對那神秘組織，仍有著無限的恐懼。

高萬成道：「金兄放心，如是因我高某人派遣的人手過晚，而使金兄受到損傷時，兄弟願擔負一切責任，如是金兄挨了一刀，兄弟就也在身上殺它一刀，如是金兄被人殺害了，兄弟替金兄償命。」

金小方笑一笑，道：「如是我這樣活下去，那還不如死了的好。」轉身一躍，疾奔而去。

高萬成回顧了王宜中一眼，低聲說道：「咱們也得早些趕路。」

王宜中點點頭，道：「高先生，咱們這一次能不能找到他們的首腦人物？」

高萬成道：「這個屬下無法確定，不過屬下相信，此番前去仙女廟，定然可以找到一點眉目出來。」

王宜中道：「好，咱們快些去吧！」

高萬成道：「屬下帶路。」

幾人聯袂直向仙女廟中奔去。

且說那金小方一口氣，奔到仙女廟外，才停下了腳步，暗中換一口氣，緩步向廟中行去。

這時，天色已暗，廟中未點燈火，更是黑的伸手不見五指。

金小方進入廟中，停下腳步，高聲說道：「屬下金小方，有要事特來晉見。」

廟中一片黑暗，不聞一點聲息。

金小方遲疑了一陣，又緩緩向前行去兩步，道：「屬下有事，特來請命。」

廟中仍無回應之聲。

金小方又向前行了兩步，伸手從懷中摸出一個火摺子，迎風一晃，亮起了一片火光。

火光照耀之下，只見那玄天仙女神像，全面生光，兩側的金童、玉女，手中卻空無一物。

金小方又向前行了一步，目光投注在左側的金童身上，緩緩說道：「老兄，兄弟這一次……」

只聽一個冷冷的聲音，接道：「熄去手中的火摺。」

聲音陰森，聽入耳中，不覺間泛起來一股寒意。

金小方怔了一怔，應手熄去手中的火摺子。陡然間，廟中又恢復了黑暗。

金小方熄去了手中的火摺子之後，迅速地向前旁側移開五尺。

金小方輕輕咳了一聲，道：「屬下金小方，晉見仙童。」

那冷冷的聲音，又傳入耳際，道：「金小方，你好大膽子！」

金小方暗中運氣戒備，口中卻說道：「屬下有要事，不得不趕來請命。」

那冷冷的聲音，道：「說，什麼事？」

金小方道：「黃木道人和玉娘子，都背叛了屬下，因此……」

一聲陰森森的冷笑，傳了過來，打斷了金小方未完之言，接道：「你為什麼不把他們就地處死？」

金小方暗作戒備，緩緩說道：「玉娘子和黃木道人聯手合作，在下一人，不是他們的敵手。」

那陰冷的聲音道：「你無能處死背叛的屬下，還有何顏到此？」

金小方道，「在下覺著此事十分重大，故而特來稟告。」

那陰冷的聲音道：「我知道了，你可以去了。」

金小方道：「閣下可是指揮我金某人的上司？」

那陰冷的聲音，道：「是又怎樣？」

金小方道：「在下受命七月，時間不算太短，閣下對我金某人，總該有幾分信任吧！」

那陰森的聲音微帶怒意道：「你說話要留心一些，別忘了身分。」

經過這一陣思索之後，金小方膽子壯了許多，冷冷說道，「咱們素不相識，我說得已經夠客氣了。」

那陰冷聲音似乎是突然消失，不再回答金小方的問話。

金小方凝神傾聽良久，不聞一點聲音，心中突然生出了畏懼之感，緩緩移動身軀，向外退去。

退到廟門口處，瞥見一條人影，矗立在夜色之中，攔住了去路。

金小方心頭一跳，還未及開口，對方已搶先說道：「是金兄麼？」

金小方聽聲辨音，認出是高萬成的聲音，接道：「正是兄弟。」

高萬成低聲說道：「我們都已趕到，金兄但管放心。」

金小方道：「我已和他們對上了話，這仙女廟中藏的有人。」

高萬成道：「是人就無可畏懼了，金兄放手施爲吧！」

金小方點點頭，身軀一閃又衝入了廟中。右手一晃，又燃起了火摺子。後援趕至，膽氣大壯，金小方高舉火摺子，直行到供台前面，點起了供臺上的長明燈，燈火明亮，照徹了大

殿。

只見九天玄女神像，端坐正中，左側的金童手中，赫然掛著一張白箋。

金小方伸手取下白箋，並未瞧看，人卻疾快地向後退了三步，冷冷說道：「朋友，你既然隱身在大殿之內，何以不肯現身相見，卻借這泥塑的神像傳達箋諭，豈不是故弄玄虛嗎？」

他一連喝叫了數聲，不聞有回答之言。

估算適才那人說話之處，就在玄天仙女神像之後，但金小方就是不敢繞過那金童、玉女，行到仙女神像之後，瞧個明白。

展開手中白箋，只見上面歪歪斜斜地寫了四個字，道：「背叛者死」。

金小方撕去了手中的白箋，高聲說道：「只怕未必，你朋友是漢子，就該出來相見。」

果然，那陰冷的聲音，從仙女神像之後，傳了出來，道：「金小方，你的死期已到，明年今宵，就是你的周年忌辰。」

金小方怒聲喝道：「你胡說八道。」

儘管他口中十分激怒，但內心之中，卻有著很深的畏懼。

那陰冷的聲音，不徐不疾地說道：「我說過的話，從來沒有折扣，而且，我還可以告訴你如何一個死法。」

他的聲音陰森、冷漠中，另含有一種特殊的魅力，蘊藏著強烈的征服力量。

金小方不自覺地隨口問道：「怎麼一個死法？」說來意態消沉，似是心理已爲人征服。

那陰冷的聲音道：「我要放出成千成萬的毒蚊，只要你被牠們叮上一口，立時毒性發作，消失了抗拒的力道，那無數的毒蚊，都將乘機而上，吸乾你身上的血液，全身枯乾而死。」

金小方心中很相信他確然具有此等能力，再加上那陰森的語氣，頓覺心中泛起一股寒意，呆在當地，不知如何回答。

這時，大殿西側的角門，突然閃進兩條人影。

兩人步履極快，片刻之間，人已到了大殿中間，分別站在金小方的兩側。

金小方看出來人，正是高萬成和嚴照堂，不禁膽氣一壯，道：「閣下的口氣，不覺著太大嗎？」

嚴照堂接道：「在下金劍門中嚴照堂，你朋友處處遣人和我們金劍門中爲難，不知是何道理。山不轉路轉，今晚上在此碰面，希望你朋友能給我一個公道。」

高萬成接道：「鬼鬼祟祟，豈是大丈夫的行徑，既然彼此已經照了面，閣下也用不著再故弄玄虛了。」

三人問了半晌，竟然不聞對方的回答之言。

嚴照堂冷哼一聲，道：「閣下既然不願露面，那就別怪嚴某失禮了。」

身子一側，陡然間欺向那仙女像後。右手同時拍出一拳，一股強大的勁力，直湧過去，掌力到處，塵土橫飛。

金小方高聲說道：「嚴兄小心，他們要施放毒蚊。」

嚴照堂道：「我不信那區區小蚊，真的能傷害到人。」口中答話，人已欺到那仙女神像之後。但見神像之後，擺著一張木椅，哪裡還有人蹤。

高萬成道：「嚴護法，不用找了，他已經走了。」

嚴照堂道：「不錯，這神像之下，有一個地道。」

金小方、高萬成都疾快地繞到神像之後。

凝目望去，只見那仙女神像之後，有一個洞口，那洞口之上，原本有一個木做的蓋子，但那人走的大約十分慌張，蓋子沒有關好，被嚴照堂一把提了起來。

那木蓋上面，漆的顏色，和神像一般模樣，如是那人走時能把木蓋關好，倒還不易在片刻之間找出來。

高萬成打量了那木蓋一眼，緩緩說道：「很好的設計，他們利用這座玄天仙女廟，不知迷惑了多少人的眼目。」

嚴照堂道：「高兄，咱們此刻應該如何？」

高萬成道：「這地洞之中，如是設有埋伏，人進裡面，就極不易閃避了，不可涉險追

人。」

嚴照堂道：「照高兄的說法，他們是有意地把這座地洞的木門打開了。」

高萬成道：「不論他們是否有意，咱們不能不如是推想。」

這時，王宜中帶著出山虎林宗、獅王常順，金錢豹劉坤與黃木道人、玉娘子，齊齊行入殿中。

高萬成輕輕咳了一聲，道：「諸位在廟外可看到什麼動靜？」

玉娘子道：「沒有，你們在殿中瞧到了什麼？」

高萬成道：「一切都在咱們預料之內，暗中有人隱藏在神像之後，不過，咱們未想到他們竟然闢了一條進出的地道。」

玉娘子瞧了那洞口一眼，道：「當年修建仙女廟時，決不會留下這麼一條地道，定然是他們自己挖的，照小妹的看法，這地道不會通達很遠。」

高萬成道：「玉姑娘之言，十分有理。」

玉娘子道：「那爲何不追下去？」

高萬成道：「在下思索之後，覺著不值得冒險。」

玉娘子道：「高兄可是覺著他們會在地道中設伏嗎？」

高萬成笑一笑，道：「萬一他們在地道中埋伏，在地道內閃轉不易，極難躲過暗算。」

玉娘子笑一笑，道：「小妹不怕，我進去瞧瞧看。」一側身子就要下洞。

高萬成伸手一攔，道：「姑娘，咱們不過剛剛和他們接觸，在下不希望咱們第一次就有損傷。」

玉娘子道：「金劍門在武林中盛譽卓著，如你高兄這般膽小，如何成得大事。小妹不是你們金劍門中人，用不著聽你高兄之命，我非要下去瞧瞧不可。」

金錢豹劉坤接道：「玉娘子，金劍門四大護法在此，如是非要下去瞧瞧不可，也用不著你玉娘子涉險。」

玉娘子道：「劉兄如是豪氣，就請和小妹一起下去如何？」

劉坤道：「好！哪個還怕了不成。」

高萬成哈哈一笑，道：「就算這地道之中，沒有埋伏，你們也來不及了。」

玉娘子道：「爲什麼？」

高萬成道：「咱們耽誤了這麼久的工夫，人家早已跑得沒了影兒。」

玉娘子望了王宜中一眼，道：「如若小妹是金劍門的門主，就要先辦你高萬成一個涉嫌縱敵之罪。」

高萬成笑道：「玉姑娘稍安勿躁，有一句俗話說，欲擒故縱，姑娘定然明白了。」

玉娘子道：「怎麼，難道你放了他，是一個計謀？」

高萬成道：「不錯。故意放了他，讓他去搬請援手，咱們才能和他們更高一級人物接觸。」

玉娘子沉吟了一陣，道：「此言聽來似是有些道理，不過，小妹還是有些懷疑。」

高萬成道：「你懷疑什麼？」

玉娘子道：「他可能約請援手趕來，但他也可以不來啊！」

高萬成道：「確然如此，但他不來的成份極小。」

玉娘子道：「爲什麼？」

高萬成道，「玄天仙女廟，是他們一個下達令諭之處，像金兄這等接受令諭之人，只怕爲數甚多，所以每人都有一定的時限，在下料想，他們在一時之間，決無法通知所有受命之人，所以，他們非來不可。」

玉娘子道：「我明白了，如是他們不來，那些受命之人，他們來一個，咱們就生擒一個。」

高萬成道：「所以，他們非來不可。」

語聲一頓，接道：「不過，咱們也要有一些設計、準備的工夫。」

玉娘子道：「看起來，你高兄果然是比我們強一些，要如何準備，只管吩咐下來，不過，小妹希望能先打頭陣。」

高萬成沉吟了一陣，道：「那就請你玉娘子留在這大殿之中。」目光轉到嚴照堂的臉上，接道：「嚴兄請率領四大護法，在廟外巡視，如有人進入仙女廟時，不用攔阻。」

嚴照堂點點頭，帶著林宗等三人向殿外行去。

嚴照堂回頭一笑，道：「我知道。」

高萬成道：「四位不可離開太遠，以便隨時援助大殿中人。」

四條人影閃動，四大護法齊齊消失於殿外夜暗之中。

高萬成道：「黃木道兄和金兄，請守護兩側殿門。」兩人齊齊頷首。

高萬成道：「門主請移駕左側小室中休息。」

玉娘子道：「你呢？」

高萬成道：「在下和門主在小室之中，三位先行選好藏身之處，熄去燭火，如是我料斷不錯，今夜就有人來。」

金小方、黃木道長打量了一下大殿形勢，同時飛身而起，隱身在大殿兩側門後的屋椽上面。

原來，這座仙女廟已經久無香火，大殿的正門，一直都關閉著，出入都走的兩面側門。

玉娘子忽地一提真氣，抓住了一根橫樑，翻身一躍，隱於樑後。

高萬成目睹三人隱好身子之後，才引導王宜中行入神像左側的一座小室之中。

室中有一張木榻，上面雖無鋪設，只是光禿禿的木板，但卻不見積塵，想是常常有人宿坐之故。

高萬成低聲說道：「門主請在室中坐息一下，屬下去安排一些事情。」

行出小室，熄去火燭，才從懷中摸出一個玉瓶，倒出了不少黑色粉末，灑在仙女神像四周，才重回入小室之中。

十八　神出鬼沒

夜色幽暗，大殿中更是漆黑一片。

約莫三更過後，大殿外突然響一個沉重的聲音，道：「歐陽文泉告進。」

「歐陽文泉」四字，有如鐵錘下擊一般，敲打在玉娘子、金小方和黃木道人的心上，使幾人心中都感受到劇烈的震動。就是小室坐息的高萬成，也聽得心頭震顫不已。

誰也想不到，武林中人人敬畏的太平堡主，竟然也會遭人控制，受人脅迫，聽人之命。

金小方一陣驚駭過後，心中突然多了一份平靜之感，暗道：「如是太平堡主歐陽文泉做了那神秘團的使者，我金小方受了脅迫一事，確然算不得什麼了。」

只聽一陣步履之聲，行入大殿之中，緊接著亮起了一面火摺子。

火光耀照之下，只見一個身著青袍，頭戴方巾，胸前長鬚飄拂，臉色有如童子的修軀中年人，緩步向神像行去。

以歐陽文泉在江湖上的盛譽，使得金小方、玉娘子等，一個個都凝神閉住了呼吸，生恐

那呼吸的聲息，驚動到這位太平堡主。

一代武林名人的氣度，果然非凡，雖然身受控制，但仍步履從容，緩緩行近到神案前，一伸火摺子，點亮了神案前的燈光，雙目在仙女兩側的金童、玉女身上瞧了一陣，道：「歐陽文泉受命而來，還望仙童賜諭。」

兩個泥塑的金童、玉女，仍然是呆呆地站著。

歐陽文泉皺皺眉頭，道：「可是在下來得早了一些嗎？」

他自言自語了一陣，轉過身子，向外行去。

行進大殿正中，突然停了下來，抬頭往玉娘子藏身的樑上瞧了一陣，疾步行出大殿。

這時，神像一側的小室木門呀然而開，高萬成緩步行了出來。

玉娘子第一個忍耐不住，飄身而下，道：「高兄，想不到歐陽文泉也會受到這個神秘組織控制。」

高萬成道：「看起來，事態確然是有些嚴重。」

玉娘子道：「高兄，你是金劍門中的智多星，想想看，咱們此刻應該如何？」

高萬成沉吟了一陣，道：「咱們不要惹他。」

玉娘子道：「他似乎是已經發現了我躲在橫樑之上。」

高萬成道：「以那歐陽文泉之能，大殿中藏的有人，自然是無法騙得過他了。」

玉娘子道：「如是那歐陽文泉硬要找咱們麻煩，咱們又該如何？」

高萬成道：「我想以那歐陽文泉的身分，不會如此。」

玉娘子道：「他已經說過了，立時再來，如是那神秘組織無法傳下諭旨，他已發覺了我存身之處，難免他會叫我下來，那時，我應該如何？」

高萬成道：「他如招你下來，姑娘就只好下來了。」

玉娘子道：「他如是要問我什麼呢？」

高萬成道：「姑娘不惹他，但也不用太過怪他了，如是真的鬧到不歡局面，自會由我們金劍門出面，接下這件事情。」

語聲微微一頓，接道：「玉姑娘，你一向天不怕、地不怕，但似乎對那歐陽文泉卻有著很深的畏懼。」

玉娘子道：「他對我有過一次相救之恩。」

高萬成啊了一聲，道：「姑娘請躲上去吧！他可能很快就來了。」

這句話，果然收到了很大的效果，玉娘子縱身而起，又跳上了大樑背後。

高萬成又舉手對黃木道長和金小方藏身處招呼了一下，重又行回小室。

又過約片刻工夫，歐陽文泉果然又行入大殿中來。

他大步直行到供案前面，瞧瞧金童、玉女不見有任何令諭，不禁一皺眉頭，陡然轉身目注橫樑，道：「下來！」

他的聲音不大，但卻自有一股威嚴之勢，玉娘子應聲由橫樑上飄身而下。

歐陽文泉略一抬頭，望了玉娘子一眼，道：「原來是你。」

玉娘子卻躬身一禮，道：「見過歐陽堡主。」

歐陽文泉啊了一聲，道：「你在此地作甚？」

玉娘子不敢欺騙對方，但也不能全說實話，只好說道：「我們找一個人。」

歐陽文泉道：「找到沒有？」

玉娘子道：「找到了。」

歐陽文泉接道：「是一個什麼樣子的人物？」

玉娘子道：「大殿中黑暗，我們還未瞧清楚他的面貌，他已經溜了出去。」

歐陽文泉忽然改變話題，道：「不是你一個人來的吧！」

玉娘子道：「不是。」

歐陽文泉道：「姑娘倒是坦白得很。」

玉娘子道：「在堡主面前，小妹怎敢說出一句謊言。」

歐陽文泉突然舉手一招，道：「兩位隱在側門後面的人，可以出來了。」

黃木道長、金小方應聲而下，飄落實地。

金小方抱拳，黃木道長合掌，齊聲說道：「見過堡主。」
歐陽文泉望了黃木道長一眼，道：「你是武當門下？」
黃木道長道：「貧道正是武當門下。」
歐陽文泉不待黃木道長把話說完，目光轉到金小方的臉上，道：「你是什麼人？」
金小方道：「在下金小方。」
歐陽文泉道：「見了我，爲什麼還不取下面紗。」
金小方道：「在下的臉上有傷，難看得很。」
歐陽文泉道：「取下來。」
金小方無可奈何，後退了一步，取下面紗。
歐陽文泉望了一眼，道：「你怎麼成了這個樣子？」
金小方道：「被人傷的。」
歐陽文泉道：「走近一些，給老夫瞧瞧。」
金小方依言行了過去。
歐陽文泉伸手在金小方傷處摸了一下，道：「臉上肌肉並未死亡，並非不治之傷。」
玉娘子道：「堡主慈悲，何不賜藥給金兄治好臉上之傷？」
歐陽文泉道：「只吃藥物不行，得老夫親動手術。」

長長吁一口氣，接道：「可惜老夫沒有時間。」

語氣突然一變，接道：「你們三人，天各一方，怎會走在一起？」

玉娘子望了金小方一眼，道：「這要問金小方了。」

金小方無可奈何地說道：「在下也和歐陽堡主一樣。」

歐陽文泉臉泛怒意，冷冷說道：「和老夫一樣？」

金小方道：「是的，在下也是受那泥塑的金童、玉女之命，黃木道兄，也是在中毒之後，被人控制了他的行動。」

歐陽文泉只覺臉上一熱，怒意頓消，輕輕歎息一聲，道：「你們在此作甚？」

金小方道：「討債。向加害兄弟之人討債。」

玉娘子道：「這泥塑的金童、玉女，只不過被他們借作利用之物，其實，還不都是人在背後搗鬼。」

黃木道人道：「在那仙女神像之後，有一個地道，不知通向何處，他們就利用那地道行動。」

歐陽文泉啊了一聲，道：「你們聊聊吧！老夫有事，先走一步了。」

也不待玉娘子等答話，舉步向外行去，眨眼間消失在殿外夜暗之中。

小室木門，呀然而啓，高萬成緩步行了出來。

玉娘子道：「高兄，你如是早出來片刻，就可以留下歐陽堡主了。」

高萬成搖搖頭，道：「我聽到了你們的談話，他似乎是有難以言喻的苦衷，只怕是很難留得住他。」

玉娘子道：「想不到太平堡主歐陽文泉，竟也會受命仙女廟中的金童、玉女。」

高萬成道：「那神秘組織中，有不少雄才大略人物，不知他們用什麼手段，竟能使一代怪傑歐陽文泉甘心聽命。」

玉娘子輕輕歎息一聲，道：「高兄，咱們現在應該如何？」

高萬成道：「目下為止，咱們還沒有接觸過那神秘組織中的人物，但他們能夠控制了歐陽文泉，情勢就又當別論了。」

玉娘子道：「高兄的意思是……」

高萬成道：「咱們把敵人估計的太低了。」

金小方啊了一聲，道：「高兄可是又有了別的打算？」

高萬成道：「在下已稟報了敝門門主，準備即刻傳令，調集敝門中的劍士、高手趕來此地。」

玉娘子道：「目下咱們還不知道敵人是誰，縱然盡出你們金劍門中的精銳，看來也是無補於事啊！」

高萬成道：「話雖不錯，但有備無患，如是咱們人手不足，隨時可能被他們設計困住，而且，咱們既不知對方是誰，我們也不用篤守信義，敵暗我明，看來只有以眾多的人手對付他們了。」

他說話的聲音很大，整個大殿四周，如是有人，都可以聽得清清楚楚。

突然間，一個冷冷的聲音，傳了出來：「人多勢眾，未必就有著必勝之能，本門中人，素以智謀取勝。」

聲音迴蕩在大殿之中，引得玉娘子等，個個流目四顧，找尋那發話之人。

高萬成雖然是早已有備，心中也明白那發話人憑仗深厚的內功，把聲音送到遠處，重又折了回來。

所以，聽起來，才有著滿殿迴蕩的餘音，叫人聽不出那發話人何在。

但他心中早已有備，事情發展既然在預料之中，自然是沉得住氣，當下冷笑一聲，道：「在下不願毀去這廟中之物，你朋友可以現身了。」

只聽那冰冷的聲音，應道：「你如說出我藏身何處，我就立刻現身和爾等相見。」

這一次高萬成十分留心，順著那聲音傳來之處，回目一顧，立時說道：「朋友你躲在仙女神像之內。」

此言一出，玉娘子等所有的目光，都轉注在那仙女神像之上。

但聞一陣呵呵大笑之聲，傳入耳際，仙女神像之後，緩步行出一個身著青衫，面色枯黃的人來。

一現身，立時說道：「金劍門中的智多星，果然是名不虛傳。」

高萬成打量了那人一眼，道：「你朋友誇獎了。」

語聲一頓，接道：「閣下戴了人皮面具。」

青衫人笑一笑，道：「不錯，本門中人，有一個很特殊的規定，那就是除了和上司會晤之外，不以真面目和人相見。」

高萬成道：「閣下既然是戴著面具，終有取下的方法。」

青衫人道：「不錯，但那要費很大的手腳。而且，你一旦取下區區面具時，你們看到的，只是一具屍體而已，他已不會回答你任何問題了。」

高萬成道：「這麼說來，我們如是想保留活口時，只有任你戴著面具了。」

青衫人道：「似乎也只有如此了。」

語聲一頓，接道：「其實我是何許人，什麼身分，似乎是都無關緊要，這對咱們要談的事，並無幫助。」

高萬成道：「和貴門中人接觸，有如霧中看花，叫人難辨真假。」

青衫人道：「真假之辨，並非太難，以你高萬成的智慧，應該是很容易從談話、舉動之中，分辨那人是否能作得主。」

高萬成目光盯注在那青衫人的身上，道：「就依閣下來說吧，高某就無法分辨你是個什麼樣的身分，又能作得幾分主意。」

青衫人冷冷說道：「如是在下作不得主，也不會出面和你談判了。」

高萬成道：「貴門中人，神秘莫測，真真假假，外人如何能弄得清楚真正面目，今天談好了，明天你又可以變卦，我們連一個對證之人也是無法找到。」

這當兒，那小室木門突然大開，王宜中緩步行了出來。

青衫人望了王宜中一眼，道：「這一位，就是貴門新任門主了。」

高萬成道：「不錯，你們擄掠去的，就是敝門主的令堂。」

王宜中打量那青衫人一眼，道：「我母親現在何處？」

青衫人道：「她很好，也很安全，這一點閣下可以放心。」

王宜中道：「我要如何才能見到我母親？」

青衫人道：「有兩個辦法。」

王宜中道：「請教第一個辦法。」

青衫人道：「貴門中如若能答允，接受我們的令諭，那是最好不過了。」

王宜中道：「這辦法不行，請教第二個辦法。」

青衫人道：「王門主和在下同去見令堂。」

王宜中接道：「這個可以，咱們幾時動身？」

青衫人道：「在下的話還沒有說完，王門主只能遠遠地看看。」

王宜中接道：「說幾句話也不成嗎？」

青衫人道：「說幾句話，大概可以，不過你不能接近令堂，這只是證明一下令堂無恙，然後，你再仔細地想想我們提出的條件，三日後給我們答覆。」

王宜中沉吟不語，良久之後，高萬成卻接口說道：「可以，我們去瞧瞧之後，再作商議。」

青衫人淡淡一笑，道：「在下先要對閣下提出一點警告。」

王宜中道：「什麼警告？」

青衫人道：「看到令堂之後，你最好別妄圖出手搶救，那很可能招致令堂的生命之危。」

王宜中道：「在下記得了。」

青衫人道：「好，咱們可以動身了，在下替門主帶路。」舉步向外行去。

高萬成道：「慢一點！」

青衫人停下腳步冷笑一聲，道：「怎麼，諸位可是想衡量一下在下的身手嗎？」

高萬成搖搖頭，道：「朋友不用誤會，在下只是想請教朋友幾件事情。」
青衫人道：「好！你說吧。」
高萬成道：「貴門中人，近月以來，似乎是專門和我們金劍門作對，是嗎？」
青衫人道：「貴門是武林中第一強大門戶，盛名所至，實已掩過了少林武當。」
高萬成道：「但我們金劍門已近二十年未在江湖上活動了。」
青衫人道：「不幸的是，本門正準備崛起江湖之時，貴門卻亦有重振雄風之心，這就造成了貴、我兩門中極大的衝突。」
高萬成道：「所以，貴門準備先把我們金劍門壓制下去。」
青衫人道：「好說，好說，金劍門如若能和本門合作，定可在江湖上開創一個前所未有的新局面。」
高萬成道：「這件事似乎還言之過早，以後咱們再談不遲。」
青衫人道：「不錯，咱們應該先去看看王夫人。」
玉娘子突然格格大笑起來，她笑得十分淒厲，聽得全場中人，都不禁爲之一呆。
青衫人一皺眉頭，道：「你笑什麼？」
玉娘子道：「你們自誇對人性有著很深的認識，但小妹覺著，你們忽略了一件事。」
青衫人道：「什麼事？」

玉娘子道：「人是活的，他們隨時可以變。」

青衫人道：「不論他們變化多大，都無法逃出我們的掌握。」

玉娘子笑一笑，道：「我現在就想證明給你瞧了。」

青衫人道：「你如何證明？」

玉娘子抬手拔出肩上長劍，道：「你亮兵刃，咱們動手先打一架。」

青衫人似是大感意外，道：「你要和我動手？」

玉娘子道：「不錯，我倒要瞧瞧，武功和人性，在生死交關時哪個重要？」

青衫人冷笑一聲，道：「你當真是要和我動手嗎？」

玉娘子道：「難道我給你閣下說著玩嗎？我已經叫了陣，亮不亮兵刃，那是你的事了。」

王宜中突然踏前一步，擋住了玉娘子，道：「玉姑娘。」

玉娘子皺皺眉頭，道：「王門主有什麼事？」

王宜中道：「此時此刻，兩位最好不要動手。」

玉娘子道：「為什麼？」

王宜中道：「不能耽誤時間，在下要勞煩這位朋友，帶我去見母親。」

玉娘子道：「等他殺了我之後，再帶你去如何？」

歸。」

玉娘子道：「我要讓他知道，人性之中，有著光明的一面，那就是大義之所在，視死如

王宜中道：「那你爲什麼還要和他動手？」

玉娘子笑一笑，道：「現在還不知道。不過我覺著他的武功可能會強過我。」

王宜中道：「姑娘沒有把握勝他嗎？」

青衫人道：「也許咱們動手之時，姑娘會把我殺死。」

王宜中聽得一呆，道：「是啊！如是你們在動手之時，你殺死了這位朋友，在下豈不是無法見到母親了嗎？」

玉娘子道：「王門主之意呢？」

王宜中道：「請姑娘暫時退避一下，來日方長，你們以後，還有動手的機會，但我只有一次見母親的機會。」

玉娘子目光轉到高萬成的臉上，道：「高兄，你有何高見？」

高萬成道：「在下自然是遵奉我們門主之見。」

玉娘子道：「你們都很自私。」

青衫人道：「這就是人性中一部分，充滿著自私、貪欲。」

王宜中冷冷說道：「在下去見母親一面，那是爲人子的孝道。」

青衫人道：「不錯，這就是善的一面，因爲我們擄了王夫人，整個金劍門就如同被捆了手足的人，無法施爲。」

高萬成淡淡一笑，道：「閣下很得意啊？」

青衫人道：「諸位都是江湖上出類拔萃的人物，本門中苦研數十年的人性學，施到諸位身上，求得了不少證明，一切發展，都在我們預料之中。」

王宜中劍眉聳揚，俊目放光，一向說話和緩的口氣，突然間變得十分嚴肅，道：「閣下且慢得意，目下你們只不過小有成就，金劍門還未開始有還擊舉動。」

這幾句話，說得豪氣干雲，一反他平時柔和性格。

高萬成道：「貴門自鳴得意，大約認爲已經對人性瞭解的十分深刻，但你們卻無法瞭解善良人含有著莫可預測的突變。」

突然間，響起了一個清冷的聲音，道：「老朽的小女如何了？不知老朽是否也能見她一面？」

眾人轉頭望去，只見那說話人，正是歐陽文泉，大殿中這麼多高手，竟然無人知曉他何時進入了殿中。

歐陽文泉兩道目光盯注在那青衫人的身上，似是在等待著回答。

青衫人輕輕咳了一聲，道，「歐陽堡主，令嫒安全得很。」

歐陽文泉道：「老夫相信你說得不錯，不過，在下在未見到小女之前，老夫心中，總難免有些不安。」

青衫人笑一笑，道：「父女天性，歐陽堡主對令嫒的關心，在下自然明白，不過，此刻，在下要伴王門主去見他的母親，老堡主求見愛女的事，只好暫時緩一緩了。」

歐陽文泉冷冷說道：「金劍門王門主能見他的母親，老朽就不能去見小女，這未免有些厚此薄彼吧！」

青衫人道：「世上事，總該有一個先來後到，金劍門比你歐陽堡主早來了許久，而且在下已然答允了王門主。」

歐陽文泉道：「貴門中人，一向不講信義之道，答應了也可以重新改變啊！」

王宜中正想出言抗辯，卻被高萬成示意阻止。

青衫人冷冷說道：「歐陽堡主，金劍門比你們太平堡的實力如何？」

歐陽文泉道：「很難說啊，金劍門中人，都是江湖上衛道之士，高手眾多，我太平堡卻是閉關自守，人數雖不及金劍門，但天下任何人也不能輕犯敝堡。」

青衫人道：「歐陽堡主，暫請退下，在下已決定了先帶王門主去見他母親，不過……」

歐陽文泉接道：「不過什麼？」

青衫人道：「不過，在下可以答允歐陽堡主，明晚時分，帶堡主去見令嫒。」

歐陽文泉道：「如是老夫不肯答允呢？」

青衫人道：「不答允，也得答允。」

歐陽文泉臉色一變，道：「老夫想出一個很公平的辦法，來決定閣下先帶老朽去探望小女，還是先帶王門主去見他母親？」

青衫人道：「什麼辦法？」

歐陽文泉道：「由金劍門王門主和老朽同時出手，對付閣下，哪一位先擒住閣下，閣下就先帶哪一個去。」

青衫人道：「歐陽堡主，你敢拿我做為賭注，不覺得太大膽一些嗎？」

歐陽文泉道：「老夫思女心切，顧不得這許多事了。」

青衫人道：「如果我是你歐陽堡主，我會想到愛女的生死，不會出此下策。」

歐陽文泉道：「我已替貴門中做了不少的事，但卻一直未見過小女一面，她是生是死，老朽完全不知，如是她被你們害死，老朽不但不會再替貴門效力，而且我要替小女報仇。」

青衫人道：「令嬡很好。」

歐陽文泉道：「這話我聽過很多次了，但耳聞為虛，眼見是實，老朽非得親眼瞧瞧小女才能相信。」

玉娘子突然接口說道：「你們自詡對人性瞭解甚深，不知是否算入了父慈、子孝的天

性？」

青衫人冷然一笑，道：「歐陽堡主，你可以退出去了。」

歐陽文泉道：「老朽還未見小女。」

青衫人道：「明天來此，區區帶你去見令嬡，如是你執迷不悟，在此纏鬧不休，那是給令嬡找苦吃了。」

歐陽文泉臉上泛現出激憤之色，胸前長鬚，無風自動，顯然，他內心之中，正有著無比的痛苦。

但慈愛的父女天性，使得歐陽文泉總算忍隱下心中怒火，黯然歎息一聲，道：「希望你說話算話，明晚上我再來請命。」言罷轉身而去。

歐陽文泉武功、醫道，雙絕武林，江湖上人物，對他是又敬又怕，玉娘子等看到他含悲忍怒而去，無人敢開口說話。

青衫人目睹歐陽文泉離去之後，才冷然一聲，道：「歐陽堡主在武林的聲譽如何？」

高萬成道：「望重一時，武林中人，都對他另眼看待。」

青衫人道：「不錯，他武功之高，當世之中，無幾人能夠與他抗爭，但他卻對在下之命，全然不敢反抗。」

玉娘子道：「他只是爲女兒，忍下一口氣罷了。但他心中對你的恨、怒，實已到了極

點。」

青衫人笑一笑，道：「我們會善待歐陽姑娘，也會要他繼續爲我們效命。」

語聲一頓，目光轉到王宜中的身上，接道：「你是門主之尊，想來，必然要帶幾個屬下同行了。」

王宜中道：「不知我能帶幾人同行？」

青衫人道：「王門主準備帶幾個人？」

王宜中略一沉吟，道：「五個人行嗎？」

青衫人搖搖頭，道：「太多了。」

王宜中道：「三個呢？」

青衫人道：「念你是一門之主的身分，准許你帶兩人隨行，連你一共三個。」

王宜中回顧了高萬成一眼，道：「高先生，我帶什麼人去？」

高萬成道：「屬下隨行，另一個請嚴護法同去。」

玉娘子笑一笑，道：「高兄，貴門中四大護法既然不能同去，又何必硬把他們拆散，如若你們能夠相信小妹，小妹願意同往。」

高萬成笑一笑，道：「此去不是和人動手，誰去都是一樣，但不知門主之意如何？」

玉娘子目光轉到王宜中的身上，道：「王門主是否相信賤妾？」

王宜中道：「在下自然相信姑娘。」

玉娘子道：「好！那就成了，咱們動身吧！」

高萬成淡淡一笑，道：「姑娘不用急，敝門主既然答應了，那就一言如山，請諸位在此稍候，在下去去就來。」

青衫人道：「貴門中高手如雲，想必在仙女廟外，另有埋伏了。」

高萬成不理那青衫人，卻回顧了王宜中一眼，說道：「稟告門主，敵人太惡毒，如是咱們還心存仁慈，那就要步步爲人所制了。」

王宜中似是還未瞭然高萬成言中之意，問道：「我們應該如何？」

高萬成道：「如若這位朋友，有什麼輕舉妄動，門主立刻出手搏殺。」

王宜中點點頭，道：「我明白。」

高萬成縱身一躍，飛出大殿。

金小方道：「你朋友原來是人，既然是人，在下就不怕了。我們雖非金劍門中人，但對你朋友，卻有著很深的記恨，但貴門中的實力強大，我們不得不借重金劍門的力量對付閣下了。」

玉娘子道：「這等同仇敵愾的人性，不知是否也在你們計算之中？」

青衫人淡淡一笑，道：「大約諸位覺著敝門在這仙女廟中，只有區區一個人。」

玉娘子道：「難道你們還有埋伏？」

青衫人笑一笑，道：「讓你們見識一下。」

語聲微微一頓，高聲喝道：「金童、玉女何在？」

但聞砰砰兩聲，仙女兩側的金童、玉女突然暴開，塵土飛揚中，走出一對十二、三歲的男、女出來。

男著紅色勁裝，女著綠色緊身衣服，兩個人都揹著一把寶劍。玉娘子細看兩人背上之劍，比一般的劍短了一尺，大約是配合他們年齡和矮小的身材之故。

這變化，使得全場中人，都爲之震駭不已，不知道這大殿中是否還有埋伏。

只見那紅男、綠女，齊齊行到青衫人的身側，欠身一禮，說道：「金童、玉女恭候吩咐。」

王宜中仔細瞧去，發覺這一男一女，都長得十分俊俏，男的唇紅齒白，女的俏麗嬌豔，竟然都未戴人皮面具。

青衫人笑一笑，道：「這些人，只見識了本門中的心計、智略，還未見識過咱們的武功，你們給他們見識一下。」

左側金童、右面玉女，齊齊欠身答應，霍然回過身子。

金童右手一抬，拔出寶劍，道：「哪一位願意賜教？」

黃木道長一側身，道：「我來。」大步欺了上來。

那紅衣童子臉上仍然帶著微微的笑容，道：「你亮兵刃吧。」

手中短劍一揮，攻了過去。

黃木道長斷劍一揚，暗運內力，硬向短劍之上封去。

那紅衣童子油滑得很，而且變招詭異，忽然一沉腕，短劍由直攻變成斜劈，順著黃木道長的斷劍削了下去。

這一招，奇特突出，迫得黃木道長疾快地向後退了一步。

那紅衣童子一劍迫退了黃木道長，搶得先機，立時欺身攻了上去，劍招連綿不絕，有如長江大河一般，連連攻出。

黃木道長被勢所迫，只好完全改採守勢，希望能找得一個機會，爭回主動，展開反擊。

玉娘子眼看那紅衣童子劍招，凌厲絕倫，心中大是震駭，忖道：「如是黃木道長敗在紅衣童子之手，那可是一樁大大的丟人事情。」

心中念轉，高聲喝道：「住手。」

那紅衣童子唰唰疾劈三劍，把黃木道長迫退了兩步，停手不攻，道：「什麼事？」

玉娘子道：「黃木道長手中長劍只餘下半截，動手不便。」

紅衣童子道：「那又怎麼辦呢？」

玉娘子道：「把我的兵刃借給他，不知你意下如何？」

這紅衣童子，劍招雖然淩厲，但爲人卻是和氣得很，微微一笑，道：「好！」

玉娘子緩步行了過去，道：「道兄武當劍法，向以綿密見長，你手中斷劍尺寸不足，發揮不出威力，小妹的長劍借給你。」

黃木道長接過寶劍，道：「多謝姑娘。」

青衫人和那綠衣女童，都靜靜地站在一側望著幾人，未再接口。似乎是他對那紅衣童子，有著很大的信心。

只聽那紅衣童子喝道：「怎麼樣?準備好了沒有?」

紅衣童子道：「那你小心了。」右手一揮，長劍橫斬過去。

這一次，黃木道長十分小心，不願讓他再占去先機，閃身避開，長劍一招「天外來雲」，直點前胸。

紅衣童子微微一笑，一伏身，竟從長劍下面鑽了過來，手中劍橫斬雙腿。

這一招，突如其來，迫得黃木道長又向後退了兩步。

紅衣童子微微一笑，短劍揮動，展開了淩厲的攻勢。

黃木道長手中雖有了完好的長劍，但那紅衣童子短劍精妙的攻勢，每有制敵先機的變化。

兩人交手了二十餘招，黃木道長竟然未能攻出一招，連氣帶急之下，竟然滿頭大汗，滾滾而下。

玉娘子一皺眉頭，忖道：「這童子劍招奇妙無比，再打下去，不用施下毒手，氣也要把黃木道長氣死了。」

她一向自作主張慣了，心中想到，立刻就付諸行動，當下高聲說道：「住手。」

那紅衣童子停下短劍，道：「你又有什麼事了？」

玉娘子道：「你的劍法，十分精奇，大姐姐我麼，想領教你幾招。」

紅衣童子笑一笑，道：「你心中有些不服氣，是嗎？」

玉娘子道：「不錯，我是有些不服。」

紅衣童子道：「這麼吧！你們兩個人一起上吧！」

玉娘子一皺眉頭，道：「小兄弟，你口氣不覺著太大一些嗎？」

紅衣童子笑一笑，道：「你們上來試試看吧！」

玉娘子伸手撿起那黃木道長半截斷劍，道：「道兄，咱們聯手上吧？」

紅衣童子笑一笑，道：「小心了。」一劍刺向玉娘子前胸。

玉娘子斷劍一揚，橫向劍上封去。

黃木道長想到自己兩人聯手，對付一個年輕的童子，心中大是不安，遲遲不肯出手。

紅衣童子淡淡一笑，道：「你怎麼不上呢？」短劍一探，刺向黃木道長。

形勢所迫，黃木道長不得不揮劍還擊過去。三個人立時打在一起。

那紅衣童子短劍揮展，分別攻向兩人。

這紅衣童子的劍招十分奇厲，對付黃木道長一個人時占盡了優勢，加上了一個武功高強的玉娘子，仍然是占盡優勢。

只見他劍光縱橫，左刺右點，仍然是攻多守少。

王宜中看得大是奇怪，暗道：「這紅衣童子劍招似乎是十分怪異，含蘊著十分強大的暗勁。」

原來，兩人聯手打了十幾招後，竟然是攻勢愈來愈少。

金小方看得心中又氣又怕，忖道：「這年輕娃兒，看來不過十幾歲，如何能練成這等劍法？」

那紅衣童子，劍招怪異，奇而不辣，雖然把玉娘子和黃木道長逼得團團亂轉，但卻一直未傷到兩人。

他小小年紀，獨鬥兩個武林高手，仍然綽有餘裕，回顧了金小方一眼，道：「他們倆已呈不支之狀，閣下如是有興，何不加入戰圈，和他們聯手合力。」

金小方怔了一怔，道：「要我也出手嗎？」

紅衣童子道：「不錯，要你也加入這場搏鬥之中。」

金小方道：「閣下要獨鬥三人，未免口氣太大了一些吧？」

紅衣童子道：「我如沒有把握，也不會向你挑戰了。」

金小方亮出雙環，欺身而上。

紅衣童子劍勢擴展，一眨眼間，把金小方也圈入了一片劍光之中。

三個人兩支劍，一對金環，左衝右突，始終無法衝出那紅衣童子的劍光。

王宜中也看得大爲震駭，心中暗暗忖道：「這紅衣童子的武功，有如浩瀚大海，增加上一、兩個人，似乎是全然不放在心上。」

這時，高萬成緩步行了進來，抬眼一顧場中形勢，不禁一呆。

王宜中緩步行了過去，低聲說道：「高先生，瞧得出這是什麼劍法嗎？」

高萬成道：「瞧不出來。」

王宜中道：「很奇怪。一個人和他動手時，他劍法具有無上的威力，三個人合力對付他，他亦是這等威勢，似乎如浩瀚大海一般，全然不放在心上。」

高萬成低聲說道：「屬下瞧不出來這是一套什麼劍法。」

王宜中道：「那紅衣童子自負得很，自動向人挑戰，我擔心他等一下會向我挑戰。」

高萬成道：「這個，這個……」

他還未說完話，那紅衣童子已然開了口，道：「哪一位是金劍門主？」

王宜中暗道：「找上來了。」

口中卻說道：「在下便是。」

紅衣童子道：「我很想領教一下金劍門主的劍法，不知你願否賜教？」

王宜中呆了一呆，不知如何回答。

高萬成高聲說道：「本門中門主之尊，如何能和你動手。」

那站在旁側的綠衣女童，突然格格一笑，道：「我呢？」

王宜中道：「你要怎樣？」

綠衣玉女道：「想和你打一架，怎麼樣？」

王宜中搖搖頭，道：「你也不成，我更不能和一個女孩子動手。」

綠衣女童笑一笑，道：「你既是不願動手，只好由我動手了。」

右手一抬，長劍出鞘，直向王宜中刺了過去。

王宜中本來不會武功，但他眼看那綠衣女童一劍刺來，本能地向旁側一閃。

綠衣女童劍勢未老，劍招已變，短劍閃起了兩朵劍花，王宜中但見劍光耀目，寒芒閃了兩閃，一點寒鐵，直通在咽喉之上。原來，綠衣女童的短劍已然逼上了王宜中的咽喉。

高萬成心中大爲震駭，暗暗忖道：「這小丫頭好快的劍法。」

但他乃是久走江湖，經歷過大風大浪的人物，心知此刻，如若不能鎮靜應付，對門主的安危大有影響。所以，他的手觸到文昌筆時，又放開了去。

那綠衣女童劍尖微微轉動，在王宜中的臉上輕輕掠了一轉，又指在了王宜中咽喉之上。

王宜中倒是神色鎮靜，冷冷說道：「你要殺了我嗎？」

綠衣玉女道：「你可是覺著我不敢？」

王宜中道：「你敢殺我，可是我不怕死。」

綠衣女童淡淡一笑，道：「想不到金劍門主，竟然是這樣一位不堪一擊的人。」

王宜中一時間倒不知如何回答，呆在當地，想不出話說。

高萬成緩緩向前兩步，笑道：「小姑娘，收了寶劍，在下要告訴你兩句話。」

綠衣玉女聞言收了寶劍，道：「什麼事？」

高萬成道：「敝門主領導金劍門二百位以上高手，自是身負絕技的人物，不過，他不願意出手傷你罷了。」

綠衣玉女笑道：「你說他能傷我？」

高萬成道：「不錯，他可以傷你，而且只不過舉手之勞。」

綠衣玉女道：「我不信。」

高萬成一皺眉頭，道：「要如何你才能相信呢？」

綠衣玉女道：「要他出手試試。」

高萬成回顧了王宜中一眼，道：「稟告門主，今日之局，已成騎虎之勢，門主如不露兩手絕技瞧瞧，只怕是無法震服這一對金童、玉女了。」

王宜中心頭茫然不知如何表現出武功，才能震服兩人。

高萬成目光一掠大殿四周，道：「門主就在這木柱上，露一手給他們瞧瞧吧！」

王宜中緩步行近木柱，心中卻暗暗忖道：「我要如何出手，方能表現呢？」

他希望能從高萬成的口中，得到一點指示，但那高萬成竟然不再說話。

王宜中心中忖思，人已行到木柱旁邊，回頭望去，只見高萬成一臉肅然之色，默然不語。

王宜中無可奈何，緩緩舉起右手，暗運功力，全力拍出一掌。所謂全力拍出一掌，不但是擊在木柱上的力量很大，而且掌內蘊含的內勁，是他所有的功力所聚。

他無法預想到，這一掌擊在木柱上狀況如何，是以，掌力擊中木柱之後，仍然肅立在原地未動。

只聽一陣索索輕響，殿上的積塵紛紛落下，那巨大的木柱，仍然屹立無恙。

綠衣玉女望了那木柱一眼，笑道：「就是這樣嗎？」

高萬成道：「姑娘行近那木柱瞧瞧吧！」

綠衣玉女道：「我看沒有什麼損傷，不過，這人倒有一把氣力，這等巨柱，能震得塵土紛紛落下。」

心中轉念，右手短劍突然伸了出去，點在木柱之上，說也奇怪，短劍一和那木柱接觸，那木柱中掌之外，突然化成粉屑，落了下來。

這等外不見傷痕的絕世功力，不但那綠衣女童大爲震駭，就是那青衫人也看得爲之愕然不已。

高萬成緩緩說道：「姑娘覺著如何？」

綠衣玉女撇了撇小嘴巴，道：「的確是很驚人，不過他如若和我比劍法，不一定就能勝得過我。」

高萬成道：「他不用和你比劍，只要出手一掌，就可以取你之命。」

綠衣玉女道：「他根本就沒有碰觸我的機會。」

那青衫人突然大聲喝道：「住手。」

那紅衣童子正自殺得起勁，聽得大喝之聲，短劍左震右蕩，逼開了三人兵刃，躍出圈外，道：「什麼事？」

一眼瞧到那巨大木柱，木屑脫落的情形，不禁一呆。

那青衫人目光轉到王宜中的臉上，緩緩說道：「金劍門的門主，果然非同凡響，在下今

日算開了一次眼界。」

王宜中道：「閣下幾時帶我去見我母親？」

青衫人道：「立刻動身。」

轉眼望了那紅男、綠女兩位童子一眼，道：「兩位回去通報一聲，就說在下立刻帶王門主會晤王夫人，叫他們安排一下。」

金童、玉女齊齊應了一聲，還劍入鞘，縱身一躍，飛出大殿而去。

玉娘子望著兩人的背影，長長歎息一聲，道：「那娃兒不知用的什麼劍法，含蘊著極強的陰柔之力，使我們攻出的劍勢，常常失去準頭。」

她似是自言自語，又似是問高萬成，但高萬成亦不知那劍法出處，只好裝著聽不見了。

這時，那根粗大的木柱，雖然已停下滾落木屑，但已脫落大半。

沒有人知曉，那一段木柱，是否已整個的毀去，無人再敢去觸摸。

王宜中表演這一手後，也使那青衫人對他增加了不少敬畏之心，流現於神情之間。

只見他輕輕抱拳一禮，道：「王門主！咱們可以動身了嗎？」

王宜中回顧了高萬成一眼，道：「高先生，咱們幾時去？」

高萬成道：「回門主的話，咱們立時可以動身了。」

高萬成低聲對黃木道長和金小方道：「兩位請留此片刻，自會有人過來招呼。」

此情此景之下，黃木道長和金小方，都已是別無選擇，似乎是只有聽從那高萬成的指示一途，留在這裡等候，當即點點頭，應道：「我們等候高兄歸來。」

高萬成道：「不用等我，我已經替諸位安排好行止。」

金小方一抱拳，道：「多謝高兄。」

十九　潛龍在淵

就這講兩句話的工夫，玉娘子、青衫人、王宜中，已然行出了大殿。

高萬成急急地追了出去，加快腳步，追出了十餘丈才追上幾人，只見那青衣人的腳步，愈來愈快，但卻又不是放腿奔行。

這就是，你如施展輕功，向前狂奔，必將超越那青衫人，那又無法知曉行向何處，如是行的稍慢一些，就無法追得上那青衫人，如要保持著適當的距離，那就要憑藉腿上功夫，不停地向前快走。這等走法，雖有一身輕功，也無法施用得上，所以，人人都必全力施爲，以保持著行進之間的相互距離。

那青衫人一直快走不停，足足走出了十餘里路，到了一座竹籬環繞的茅舍前面，才停了下來。

這是一座四不接村的獨立茅舍，圍著竹籬，栽植了不少的山花。看上去，有一種雅潔清幽、避世獨居的清高味道。

高萬成快行兩步，道：「就是這裡嗎？」
青衫人還未來得及答話，木門已呀然而開。
只見一個身著青衣少女，當門而立，緩緩說道：「諸位找什麼人？」
顯然，這青衣少女和青衫人也並非相識之人。
青衫人迅快地行前兩步，用身體攔住了群豪的視線，不知做了一個什麼手勢。
青衣少女立時微微頷首，欠身應道：「婢子恭候吩咐。」
青衫人道：「王門主特來探視王夫人，兩個隨員同行而來。」
青衣少女道：「夫人很好。」
青衫人回顧了王宜中一眼，道：「諸位可以請入室內去了。」
王宜中心中最急，當先舉步，行入茅舍之中。
高萬成、玉娘子緊隨著行入室中。
抬頭看去，只見那雅致的客室之中，端坐著一位布衣荊釵，態度安詳的中年婦人。
王宜中幾乎失聲叫出了母親，但話將出口之時，才瞧出那人不是母親，不禁一呆。
那中年婦人緩緩站起身子，道：「閣下是王門主？」
王宜中道：「不錯，在下正是王宜中。」
那中年婦人淡淡一笑，道：「閣下要找王夫人嗎？」

王宜中道：「正是求見家母。」

中年婦人道：「令堂正在休息，閣下只好等一下了。」

這時，玉娘子、高萬成也行入室中，那青衫人和青衣少女，隨在兩人後行入室中。

王宜中回顧了那青衫人一眼，道：「這位兄台在咱們來此之時，似乎是說家母正在等候，是嗎？」

青衫人道：「不錯啊！」

王宜中道：「但這位夫人說家母正在休息，要在下坐此等候。」

青衫人道：「你要見令堂，等上一刻又有什麼關係？」

高萬成神情一變，四下打量了一眼，道：「希望諸位不是誘我們三人到此入伏。」

中年女人冷冷說道：「閣下是高萬成吧！高兄只要瞧瞧這等地方，就應該知道這不是動手所在，但這地方也不允許別人在此撒野。」

高萬成淡淡一笑，道：「人在屋簷下，不能不低頭，但殺人也不過頭落地，夫人得理可以不讓人，但也不能把人逼入絕境中去，我們現在要見王夫人，這是我們來此的用心。」

中年婦人道：「王夫人現在此地，可惜的是你高萬成不能去見。」

高萬成道：「我們事先早已談好。」

青衫人道：「談好的是只要你們隨同來此，但幾個人去見王夫人，那就非在下能夠作主了。」

王宜中道：「那是說只有我一個人可以見我母親了。」

中年婦人道：「正是如此。」

王宜中道：「現在可以去麼？」

中年婦人道：「你如是不怕吵醒令堂，現在咱們就去。」

王宜中道：「那就有勞帶路。」

中年婦人回顧了那青衫人和青衣女子一眼，道：「你們守在這裡，好好地陪陪金劍門的高先生，無我之命，不許擅自離開大廳。」

青衫人和那青衣少女齊齊欠身應是。

中年婦人帶著王宜中向後院行去。

青衫人微微一笑，道：「高兄說得不錯，形勢比人強，不能不忍了，高兄果然是識時務的人傑。」

高萬成道：「但在下等既然來了，早已把生死事不放在心上，這一點，希望貴門應該先想清楚。」

青衫人道：「對。如是我們沒有充分的準備，也不會請三位來了。」

高萬成還待接口，瞥見那中年婦人帶著王宜中緩步行了回來。

高萬成道：「見過太夫人了？」

王宜中道：「見過了，不過我母親正在睡覺，在下不想打擾母親，故而沒有叫醒她老人家。」

高萬成道：「那也算見過了你母親嗎？」

王宜中道：「自然不算。明日午時之前，他們再帶我去見母親一面，可以和母親談一會兒話。」

高萬成道：「那是說，咱們還得留在這裡住一夜了？」

王宜中道：「看情形也只好如此了。」

高萬成把目光轉到那中年婦人的臉上，緩緩接道：「婦人想要我等留此一宵，不知用心何在？」

他問得單刀直入，反使那中年婦人有些茫然不知所措，但她亦是久歷風浪的人物，略一沉吟，緩緩說道：「我們並無留諸位在此住下的用心，諸位如是不願留此，盡可請便。」

高萬成道：「若如你夫人是言出衷誠，那就該叫醒王夫人。」

中年婦人淡淡一笑，道：「王夫人睡得很安詳，王門主不願意叫醒她，那也是他身爲子女的一片孝心！」

高萬成道：「果真如此嗎？」

中年婦人道：「人在這裡，熟睡正酣，難道還會是假的不成？」

高萬成道：「很難說，貴門向以詭詐之術爲能，王夫人沉睡不醒，極可能有詐。」

王宜中只覺心頭一震，道：「不錯，我應該叫醒母親才是。」

中年婦人冷冷說道：「難道你連自己的母親也認不出嗎？」

王宜中道：「夫人可否再帶我去一趟？」

中年婦人對那王宜中似乎是有著很好的耐心，淡淡一笑，道：「王門主，小不忍則亂大謀，你已經見過了令堂，爲什麼還要再見一次呢？」

王宜中道：「真金不怕火，如果那位熟睡之人，是我的母親，你們爲什麼怕我見她？」

高萬成道：「如若那位王夫人是真的，何不請出來一見？」

那中年婦人冷笑一聲，道：「高萬成，你太放肆了。」

高萬成淡淡一笑，道：「這話怎麼說？」

中年婦人道：「本來是一樁和和氣氣的事情，但被你這麼疑神疑鬼地一攪，只怕要把一樁好事，攪得天翻地覆了。」

高萬成道：「夫人言重了。在下只不過向敝門主提供了一、二拙見，似乎是夫人已經無法忍耐下去了。」

中年婦人道：「老身爲人，一向清清楚楚，你們這番到此，不知以何人爲首，是貴門主

王門主呢？還是你高萬成？」

高萬成道：「自然是敝門主了。」

中年婦人道：「如若是以貴門主作主，那麼你高兄就少作主意，一切事，都由老身和王門主商量。不過，照老身的看法，貴門主似乎只是一個木偶，一切都由你高萬成在暗中操縱。」

高萬成神色肅然地說道：「好惡毒的挑撥之言，不過，敝門主是一位十分聖明的人物，只怕你夫人這挑撥之言，很難收到預期效果。」

王宜中突然輕輕歎息一聲，道：「高先生，這位夫人既然要和在下談判，高先生就不用插口了。」

高萬成一欠身，道：「屬下遵命。」緩步向後退了兩步。

王宜中目光轉到那中年婦人的臉上，緩緩說道：「夫人如何答覆在下？」

中年婦人對那高萬成神色冷肅，不假詞色，但對王宜中卻是和藹異常，微微一笑，道：「王門主要老身答覆什麼？」

王宜中道：「我希望能立刻再見母親一面，不知是否可以？」

中年婦人道：「此地雖然是荒野茅舍，但我們準備了美酒佳餚，雖非廣廈高樓，但雅室潔淨，足可留君一宵，令堂好夢正酣，閣下又何必定要把她叫起來呢？」

王宜中道：「家母被困於此，心中念子甚切，如若知曉我來，急欲一見，再說敝門中事物繁雜，只怕也不便在此多留。」

中年婦人搖搖頭，笑道：「這一點，只怕要讓你失望了。」

王宜中道：「爲什麼？」

中年婦人道：「老身不希望驚動到王夫人。」

王宜中道：「這些事似乎應該由在下顧慮，夫人未免想得太多了。」

中年婦人長吁一口氣，道：「老身爲人，一向不喜和人討價還價，如是王門主堅持此刻非見令堂不可，咱們就很難談下去了。」

王宜中道：「如是在下一定要見呢？」

中年婦人微微一怔，道：「怎麼，閣下可是準備動手？」

王宜中接道：「如是別無良策，那也是只有如此了。」

中年婦人冷冷說道：「王門主，有一件事，老身想先說明白。」

王宜中道：「在下洗耳恭聽。」

中年婦人道：「相打無好手，相罵無好口，一旦打起來，只怕會傷到令堂。」

一直很少開口的玉娘子，突然插口說道：「這不是會談，簡直是威脅嘛！」

中年婦人冷笑一聲，道：「多口的丫頭，給我拿下。」

那站在旁側的青衣少女應聲出手，一把抓了過去，她動作奇快，玉娘子幾乎被她一手扣住了腕穴。

玉娘子疾退了兩步，才避開一擊，一翻腕，長劍出鞘，冷冷說道：「姑娘我不願束手被擒，要動手，咱們就拚個死活出來。」

那中年婦人淡淡一笑，道：「好！一定想打麼，就打一個生死出來，不過……」

玉娘子道：「不過什麼？」

中年婦人道：「最好是不要別人相助，你們拚個死活。」

如若以玉娘子的生性而言，立刻會應允此事，但她自在大殿中和紅衣金童動手一戰之後，心中有了很大的警惕，一時間，沉吟不語。

高萬成道：「官有官法，行有行規，咱們用不著再標新立異地訂出很多規矩來。」

中年婦人道：「閣下既然能說，最好能打才是。」

高萬成笑一笑，道：「夫人可是又改變了心意，想要和在下較一長短嗎？」

中年婦人一揮手，接道：「如香，你能否抵拒他們兩個人？」

如香道：「這個人深藏不露，小婢不知他武功如何？」

中年婦人道：「你敢試試嗎？」

如香道：「小婢萬死不辭。」

中年婦人道：「好，那你就出手。」

如香應了一聲，一個快速翻身，已然抖出一把軟劍，一揚腕，軟劍直刺高萬成的咽喉。

高萬成右手一揮，文昌筆閃起一片寒芒，擋開軟劍，目光轉注到那中年婦人的身上，道：「這等放手一戰，大家拚個血染茅舍，固非我們來此的用心，只怕也非你夫人本意。說得更明白一些，你夫人所受之命，也不是要這樣一個結果，敝門主大氣磅礴，就算他顧忌到母親的安危，不肯輕易出手，也不致限制到我們金劍門中人，束手就戮，在下一向不喜作僞矯情，力爭一時之氣，做出事與願違的事，還請夫人三思。」

這番話直陳利害，簡直說穿那中年婦人心中之秘。

果然，那中年婦人沉吟了一陣之後，揮手說道：「如香，你退下去。」

青衣女婢應聲收了軟劍，退在那中年婦人身後。

中年婦人目光轉到高萬成身上，道：「如若我不完成上命，那只有玉碎一途可循。」

高萬成道：「夫人上命如何吩咐？」

中年婦人道：「留諸位在此一宵。」

高萬成道：「用心何在？」

中年婦人道：「明日午時之前，敝上有專使到此和貴門主作一詳談。」

王宜中突然插口說道：「談些什麼？」

中年婦人道：「那是整個武林大計，所以，希望諸位能夠留此一宵。」

王宜中點點頭，道：「我明白了，你們誘我來此，只是一個圈套。」

中年婦人接道：「門主言重了，這談不上什麼圈套，這是對雙方都有益的事情。」

王宜中道：「不論咱要談什麼，我都想要證明一件事。」

中年婦人道：「什麼事？」

王宜中道：「剛才我會到之人，是不是我的母親？」

高萬成搶先接道：「不是。」

目光轉到那中年婦人的臉上，接道：「貴門中的易容術，大約是江湖中最高明的易容術了，而且，不是一、二人的，而是一個很龐大的組織。」

中年婦人雙目一亮，道：「對！告訴你也不妨事，如是敝門一旦在江湖有所行動，一日之間，能使整個武林爲之混亂。」

高萬成道：「但貴門又何以遲遲不動呢？」

中年婦人道：「敝門不到有十分的把握時，不會輕舉妄動。」

王宜中冷冷說道：「貴門中人太詭詐了，全然不可相信。」

目光一掠高萬成道：「先生，咱們不能再受他們的愚弄了。」

高萬成道：「門主的意思是……」

其實，王宜中心中毫無主意，但高萬成一副恭謹請示的模樣，反而使得王宜中無法不拿個主意出來，只好隨口說道：「咱們走吧。」

高萬成應了一聲，對中年婦人說道：「敝門主，乃光明正大之人，貴門中故弄玄虛，已使敝門主難再忍耐了，咱們先行告辭了。」

中年婦人冷笑一聲，接道：「既來之，則安之，不過一宵之延，那也不算太久，如是諸位一定要走，老身只好下令攔截了。」

高萬成道：「敝門主素來不喜傷人，但如夫人逼他過甚，激起他的殺機，那就難說了。」

中年婦人道：「老身不相信諸位能夠平安離此。」

王宜中突然舉起右掌，道：「哪一位要出手攔阻，先請接我一掌。」

中年婦人道：「老身試試。」

這時，那青衫中年人突然橫身而出，攔住了中年婦人，道：「且慢動手。」

王宜中冷笑一聲，道：「你明白就好。」大步向外行去。

那中年婦人還想攔阻，卻被青衫人攔住，暗施傳音之術，道：「他掌勢奇異、強猛，你接不下來，不可出手。」

任那王宜中等離開茅舍。

中年婦人目睹王宜中等去遠，不禁一皺眉頭，道：「他那一點年紀，能有多大成就，你全力攔阻，用心何在？」

青衫中年人道：「救你的性命。」接著詳細把仙女廟中之事，說了一遍。

中年婦人怔了一怔，道：「金劍門主，真有這等功力嗎？」

青衫人道：「區區親身所歷，親目所見，自是千真萬確的事。」

中年婦人沉吟了一陣，道：「這麼說來，倒多虧你的攔阻了。」

青衫人笑一笑，道：「不過，他顯然沒有江湖閱歷，也不知道自己的武功有多麼高強，所以，他處處都表現出極大的忍耐。」

中年婦人微微一笑，道：「照老身的看法，他可能顧慮到母親的安危，所以，不敢輕舉妄動。」

青衫人道：「夫人的推斷不錯。不過，目下的事情已經鬧到了這樣一個結局，夫人準備如何安排善後？」

中年婦人神情肅然，緩緩說道：「老身奉命來此之時，並未低估金劍門中的才能，不過，高萬成智謀之高，似乎是超過了我們的預料。好在我們已經有了幾個不同的應變計畫，雖然這是最壞的一種演變，但也不致於使我手忙腳亂。」

青衫人笑道：「在下事已辦妥，也該回去覆命。」

中年婦人道：「我們各有要事在身，恕老身不留你了。」

青衫人一抱拳，轉身而去。

且說王宜中和高萬成、玉娘子等三人，出了茅舍，一路行去，一口氣走出了四、五里路，到了一處三岔路口，王宜中才停下了腳步，回顧了高萬成一眼，道：「高先生。」

高萬成一欠身，接道：「門主有什麼吩咐？」

王宜中道：「咱們要到哪裡去？」

高萬成微微一笑，道：「門主的意思呢？」

王宜中歎息一聲，搖搖頭，道：「我不知道咱們應該到哪裡去。」

高萬成道：「這些事，似是都無關緊要，重要的是，門主應該早些學武功了。」

王宜中道：「學武功？」

高萬成道：「不錯。目下情形已然無法使門主安下心來學習武功，只有利用時間學武功了。」

王宜中道：「武功一道十分深遠，如何能夠隨便學成呢？」

高萬成道：「對其他之人而言，確然如此，但對門主，卻是大爲不同了。」

王宜中道：「哪裡不同呢？」

高萬成道：「門主早已身具了很深的內功基礎，目下只是招式上的變化而已，所以，門主學起來，事半功倍。」

王宜中啊了一聲，道：「高先生的意思是立時開始學習？」

高萬成道：「不錯，立時開始，屬下有一套拳法，希望先行傳給門主。」

王宜中道：「你習了數十年的武功，我要多少時間才能學成？」

玉娘子聽他們對答之言，似極認真，心中大是奇怪，暗道：「這位王門主分明是一位身負絕技的高人，但聽起來，卻又似全然不會武功，不知是怎麼回事。」

但聞高萬成道：「以門主目下的成就而言，放眼江湖，能與頡頏的高手，實是屈指可數，屬下能夠奉獻於門主的，也不過是三招、兩式而已，多則兩天，少則一日，就可學得屬下壓箱底的本領了。」

王宜中皺皺眉頭，道：「這個，我就聽不懂了。」

高萬成道：「個中的道理，十分簡單，門主已練成了武林中從未有人練成的絕世內功，身手內外，都已具有了上乘武功的靈動性，不論何等奇奧的招術，何等精妙的變化，對門主而言，有如一紙之隔，一點即透。」

王宜中道：「很難叫我相信。」

高萬成道：「也許屬下無法說得十分清楚，但屬下決不敢欺騙門主。」

王宜中道：「好吧！江湖上處處凶險，我如不學習一些武功，無能自保，處處要讓你們爲我擔心。」

高萬成笑道：「門主說得是，如是你不練成一身精奇的武功，如何能對付那和咱們爲敵作對的神秘門戶。」

王宜中道：「現在咱們到哪裡去？」

高萬成道：「找一個地方學習武功。」

王宜中道：「一切都聽先生的安排吧！」

高萬成道：「屬下帶路。」

三人在夜色中疾行數里，到了一座小小的寺院之前。

玉娘子正待伸手叩門，卻爲高萬成伸手攔住，道：「這座小寺院中住持，乃在下一位方外至交，咱們越牆而入吧！」

玉娘子應了一聲，一提氣飛過圍牆。

王宜中抬頭望望那高過頂門的圍牆搖搖頭，道：「太高了，我跳不過去。」

高萬成道：「門主何不試試呢？」

王宜中道：「我不知如何著手。」

高萬成道：「提氣往上一躍。」

王宜中點點頭，一提丹田真氣，只覺一股強勁，直向上沖去，雙足已離地而起。

高萬成一躍而入，無限喜悅，道：「賀喜門主。」

王宜中由空中直落下來，驚魂甫定，道：「什麼事？」

高萬成道：「門主不但已具有雄厚無巨的內功基礎，而且心靈之中，也有著發揮內功的實用法門，只不過門主自己不知道罷了。招術施展出手克敵，都不出門主意識之內。」

王宜中道：「高先生，我實在一點也不瞭解。」

高萬成微微一笑，道：「門主很快就會瞭解，如是屬下的推斷不錯，門主修習的內功中，實已具有了克敵招術的變化，但卻有如潛龍在淵，深藏不露，存在於意識之中，一旦啓開了意識之門，必將是石破天驚，極短的時刻中，即進入無上妙境。」

王宜中似懂非懂，道：「但願先生的推論有據。」

高萬成道：「屬下怎敢信口開河，門主意識中早具有克敵之能，只不過外無引導，門主無法駕馭施用罷了。」

語聲微微一頓，接道：「就如門主剛才那飛騰之勢，正因門主動了飛越那圍牆之念，意識中潛藏之能，發揮了作用，那一躍之勢，正暗合武功飛騰縱躍的竅訣。」

王宜中啊了一聲，道：「先生之言，倒也有理，我作夢也想不到，能輕輕地飛躍過這麼高的圍牆。」

高萬成道：「但屬下瞧得十分仔細，門主身子騰空之後，卻又無法控制行向、速度，那

證明了門主還無法駕馭。」

沉吟了一陣，接道：「但這些都無關緊要了。」

談話之間，突聞一聲清亮的佛號傳來，道：「來者可是高施主嗎？」

高萬成道：「正是區區在下，夤夜驚擾，兄弟深感不安。」

夜暗中傳來那清亮聲音，道：「出家人不願再參與江湖中事，西廂之內，已為施主備好宿住之物和暖茶一壺，恕我不出迎了。」

高萬成道：「大師請便。」

王宜中道：「說話的是什麼人？」

高萬成道：「此寺中的住持，乃屬下昔年一位老友，厭倦了江湖生涯，削髮為僧，他已不願再招惹江湖是非，所以，未出迎門主。」

王宜中道：「咱們深夜打擾，已屬不該，怎的還敢勞動人家。」

忽見火光一閃，西廂房內，亮起一盞燈光。

高萬成道：「咱們到房裡坐吧！」

行入廂房，一切都如那人所言，床被俱全，且有一壺暖茶。

高萬成回顧了玉娘子一眼，道：「小小禪院，房舍不多，要委屈姑娘一下了。」

玉娘子道：「我走南行北，早已習慣於隨遇而安。」

王宜中四顧了一眼，道：「這個，不太好吧。」

玉娘子道：「不要緊，我也有幾招自鳴得意的劍法，準備奉獻給門主。」

高萬成道：「這個，這個……」

玉娘子笑一笑，接道：「高兄，小妹覺著，我要傳授王門主的劍法，高兄先在旁邊瞧瞧如何？」

高萬成道：「好吧，玉姑娘有此一片用心，以後我們金劍門定有報答。」

玉娘子笑一笑，伸手拿起長劍，道：「小妹在江湖走動的時間久了，見過不少高人，窮學到幾招劍法，我先練一遍給門主瞧瞧。」

王宜中道：「有勞姑娘了。」

玉娘子舉起長劍，當下演出三記劍招，王宜中用心看著。

高萬成也看得十分用心，只見那三招劍法變異奇幻，甚具威力，不禁一呆，道：「玉娘子，這是哪一門的劍法？」

玉娘子道：「小妹說過，我是偷學來的，高兄你就不要多問了。」

高萬成道：「在下的看法，這劍招不似正大門派的劍法。」

玉娘子道：「高兄好眼光，這是東海青衫客的劍招。小妹曾和他同行三月，全心全意地偷得三招劍法，高兄一定要問，小妹只好直說了。」

高萬成道：「無怪劍上有著很濃重的殺氣。」

王宜中道：「高先生，可以學嗎？」

高萬成道：「要學，而且要很用心地學，你要成百家拳、劍的高手，才能應付大局，不但要正，而且要邪。」

王宜中道：「好！我就用心學了。」

站起身子，接過玉娘子手中長劍，開始練習起來。

初看玉娘子施展三招劍法時，王宜中覺得十分困難，但自己學習起來，卻又並非太難。

只花了一頓飯的時光，王宜中竟然把三招劍法練熟。

玉娘子大感驚奇地說道：「王門主好高的才慧啊！」

王宜中道：「爲什麼？」

玉娘子道：「這三招劍法，我全神貫注學了三個月，才能應用，你好像很快地學熟了。」

王宜中有些茫然地說道：「很快嗎？」

玉娘子道：「是的，快得有些出人意料之外，不管一個人具有如何過人的才慧，也無法在這短短的時刻中，學會了這繁雜的劍招，但王門主卻學會了。」

王宜中道：「照著姑娘的劍招學下去，在下不過很用心罷了。」

高萬成道：「玉姑娘，敝門主具有無與倫比的才慧，但姑娘說得也不錯，就算敝門主才

智再高一些，也無法在這樣短促的時間中學會三招劍法。」

語聲一頓，接道：「但這中間道理，目前已敝明了。他像一塊渾金璞玉，未經雕琢，但他卻能在極快速的時間裡，智慧和武功並進，達到爐火純青之境。」

玉娘子道：「高兄語含玄機，連小妹也是不太明白。」

高萬成笑一笑，道：「玉姑娘雖非本門中人，但經此一陣相處，和本門亦算有極深的淵源，說出來也不要緊。」

玉娘子道：「如若此事是貴門中的高度機密，那就不說也罷。」

高萬成道：「算不得什麼機密，但如能不讓別人知道，自然最好。」

略一沉吟，道：「敝門主修練過一種內功，那是一極為高深的內功，非要十年、二十年以上的時間，無法練成。而且，習練之人，要心地瑩潔，一塵不染，更不能具有別的內功底子，這就是為什麼敝門主在天牢中住了二十七年的原因。」

玉娘子啊了一聲，似是已經瞭解，但又緊緊地一皺眉頭，道：「高兄，還有一點不解，不知可否問問？」

高萬成道：「玉姑娘只管問，在下知無不言。」

玉娘子道：「一個人不論他的內功如何精深，但和智慧應該是兩件事情，貴門主學的速度，實有些駭人聽聞。照小妹所見，普天之下，沒有一個人能夠傳授他三月武功。」

高萬成道：「這話不錯，普天下沒有一個人，配做敝門主的師長，因為世間無人能傳授他一個月以上的武功。」

他淡淡一笑，接道：「至於敝門主習練的武功，是一種廣博深奧，包羅萬象，習練的過程中，實已涉獵了學習武功的過程，儘管武林中門派紛紜，但武功一道，實有著基本的綱領可循。」

玉娘子道：「高兄這麼一解說，小妹有些明白了。」

高萬成道：「簡明些說，敝門主意識之中，已有了天下武功的總綱，所以不論如何繁雜、奇異的武功，敝門主學習起來，都不過是輕而易舉、一學就會。」

玉娘子道：「這當真是聞所未聞的事，高兄的宏論，使小妹茅塞大開。」

高萬成淡淡一笑，道：「但第一個傳授敝門主劍招的，竟然是你玉姑娘。日後敝門主揚名天下，你玉姑娘這份榮耀，足以使人羨慕了。」

玉娘子道：「小妹也這樣想。」

高萬成目光轉到了王宜中的臉上，道：「門主是否記熟了玉姑娘的三招劍法？」

王宜中道：「好像記熟了。」

高萬成道：「門主是否覺著有些困乏呢？」

王宜中道：「好像有些累。」

高萬成道：「門主請坐息一下，再練不遲。」

王宜中點點頭，閉目而坐。

高萬成舉手一招，玉娘子緩步行了過來，道：「高兄有什麼吩咐？」

高萬成低聲說道：「從此刻起，姑娘要和在下合作了。」

玉娘子道：「行！高兄只管吩咐，要小妹做什麼事？」

高萬成道：「姑娘要和在下合作，保護我們門主的安全。」

呼的一聲，吹熄燈光，西廂中，突然間黑暗起來。

玉娘子道：「發生了什麼事？」

高萬成低聲說道：「現在，咱們時時小心，智者千慮，必有一失，在下算計的敝門中四大護法，應該及時到此，但看來，他們一定遇上了什麼麻煩，所以不能如期趕來。」

玉娘子道：「怎麼，會有人找上嗎？」

高萬成道：「很難說，他們在二更時分，應該趕到，現在，已經三更過後了，他們還未能趕來，所以，在下想他們可能出了事情。」

玉娘子道：「你是說，有人會追來此地。」

高萬成道：「也許不會，但咱們不能不小心一些。」

玉娘子道：「好吧，小妹全力以赴，高兄有什麼事吩咐一聲，水裡水中去，火裡火中行。」

高萬成道：「在下也無法預料到會有些什麼變化，但咱們不能不小心應付。」

話未說完，突然住口不言。

玉娘子正待回話，高萬成搖手阻止，低聲道：「有動靜。」

玉娘子凝神聽去，不聞任何聲息，不禁心中一動，暗道：「看來這高萬成的武功，比我深厚多了。」

心中念轉，耳際間忽聽得一陣輕微的衣袂飄風之聲。

玉娘子悄然站起身子，行到門口，探首向外望去。

只見兩個身著黑衣的大漢，一個背插鬼頭刀，一個雙手分執著一對伏虎輪。

玉娘子心中暗忖道：「這兩人連袂而至，停身處相距不過三丈，我竟然未聽到兩人來此的聲息，單憑這份輕功，就足以當第一流高手之稱。」

兩個黑衣人站了一陣，突然轉向西廂。

玉娘子吃了一驚，急急縮回頭來。

這當兒，突聞一聲佛號，傳了過來。

兩個黑衣人轉對西廂的身子，突然又轉了回來，面對大殿。

二十　端倪漸露

佛號過後，大殿內傳出一聲歎息，道：「佛門中清淨之地，兩位施主到此何爲？」

兩個黑衣人中那手執伏虎雙輪的，似是首腦，冷笑一聲，道：「咱們無事不登三寶殿，大師久息隱於此，已和武林絕緣，希望你能真的四大皆空，不再捲入江湖是非之中。」

佛殿中響起回應之聲，道：「貧僧已二十年未離此小小禪院一步，兩位施主想必早已知曉了。」

執輪大漢道：「希望大師之言，句句真實。」

殿中人道：「兩位施主如肯相信貧僧，可以離開此地了。」

執輪大漢道：「可惜咱們奉有嚴命而來，必得檢查一下才行。」

殿中人冷冷說道：「兩位當真要搜查嗎？」

執輪大漢道：「事非得已，只好請大師原諒了。」

那執輪大漢未立即回答，卻低聲和身佩鬼頭刀的大漢交談起來。

玉娘子心中暗暗忖道：「聽這兩人的口氣，似乎對這寺院方丈的來歷，十分瞭解。」

但聞那執輪大漢冷冷說道：「大師最好是答允的好。」

殿中人應道：「這個貧僧很難答允。如是此例一開，別人援例而來，要貧僧如何對付？」

執輪大漢冷笑一聲，道：「大師數十年的清修，如是毀於一旦，豈不是太過可惜嗎？」

殿中人應道：「貧僧看破紅塵，放下屠刀，遁入空門，但昔年一點固執的脾氣，仍未改掉，希望兩位施主能給貧僧一點面子。」

執輪大漢道：「咱們已然對大師說明了，動手搜查時，希望你不要攔阻。」轉身向西面廂房行去。

但見人影一閃，一個身著袈裟、項間掛著一串佛珠的老僧，陡然間出現在大殿外臺階之上，高聲說道：「兩位施主留步。」

執輪大漢忽地轉過身子，冷冷說道：「一步走錯，悔恨無及，大師三思。」

那身著灰色袈裟的老僧，雙掌合十，高宣了一聲佛號，道：「貧僧已經三思過了。」

那執輪大漢，冷冷說道：「看來，大師是準備蹚這次渾水了。」

灰衣老僧淡淡一笑，道：「施主錯了，老僧不懂施主的意思，這座小小禪院，很多年來，一直平靜無波，貧僧也從未離過寺院一步，希望二位施主看在我佛的面上，能夠放過貧僧，不要使這座小小禪院，爲武林中的恩怨所毀。」

那執輪大漢冷冷說道：「大師，咱們只是要搜查你這座禪院，但決不會傷到貴寺中的僧侶，但如大師硬要把今日之事，大包大攬硬接下來，那就很難說了。」

灰衣老僧長長歎息一聲，道：「劫數、劫數。」

執輪大漢冷冷說道：「什麼劫數不劫數，你如是放手不理此事，那就不是什麼劫數；你如是硬想把此事攬了下來，對貴寺而言，那確然是一場大大的劫難了。」

灰衣老僧黯然一歎，道：「在劫難逃，貧僧今宵拚惹一身麻煩，也不能讓你們搜查禪院。」

口中說話，人卻大步向兩人行了過去，他赤手空拳，手捏著項間的佛珠，袈裟在夜風中飄蕩。

大步行來，頗有勇者無懼之概。

執輪大漢，一揚手中的伏虎輪，全神戒備。

那灰衣僧侶，神色間一片平靜，手中仍然捏著佛珠，直遇到兩人身前四、五尺處，才停了下來。

執輪大漢一揚手中伏虎輪，道：「大師請亮兵刃吧！」

灰衣老僧冷笑一聲，道：「貧僧並未有心和兩位動手。」

執輪大漢奇道：「你不準備和我們動手，如何能阻止我們？」

灰衣老僧道：「你手中拿的什麼？」

執輪大漢道：「閣下不用反穿皮襖裝羊了，難道你不認識這是伏虎雙輪嗎？」

灰衣老僧道：「伏虎雙輪，可以殺死人嗎？」

執輪大漢道：「不錯，大師可要試試？」

灰衣僧人道：「貧僧正是此意，二位如一定要搜這座禪院，那就請先把貧僧殺了。」

執輪大漢道：「殺了你？」

灰衣僧人低呼一聲阿彌陀佛，閉上雙目，道：「兩位出手吧！」

執輪大漢呆了一陣，道：「你一定要死麼，須知我等殺一個人，全不放在心上。」

灰衣僧人道：「只有殺死貧僧，你們才有搜索這小小禪院的機會。」

執輪大漢道：「在下的雙輪之下，已死過數十人，再增加大師一個，並不算多。」

口中說話，右手鋼輪疾快地遞了出去，直擊向那灰衣僧人要害。

玉娘子只看得大為惱火，一提氣，直向外面衝去。

哪知高萬成似乎是早已瞧出了玉娘子的心意，右手一伸，擋住了玉娘子去路，施用極為低微的聲音，道：「忍住別動。」

只見灰衣和尚一低頭，似乎是忽然間動了求生之念，避開了輪勢。

但聞那執輪大漢厲喝一聲：「好禿驢！」

棄去手中伏虎雙輪，蒙著臉疾快地向後退去。

那身揹鬼頭刀的大漢，大喝一聲，右腕一抬，鬼頭刀一閃出鞘，直向那灰衣僧人劈了過去。

灰衣僧人一低頭，那手執鬼頭刀的大漢也突然棄去手中之刀，雙手蒙面，尖叫一聲，轉身飛躍而去。

執輪大漢緊隨身後，奔了出去。

玉娘子瞧得一臉茫然，低聲問道：「高兄，這是怎麼回事？」

高萬成道：「很簡單，兩個人都受了傷，而且傷在臉上。」

玉娘子還待再問，忽見那灰衣僧人轉望著西廂，道：「高兄弟，清淨禪院，因爲你沾惹上一片血腥，世外人也爲你開了殺戒。雖然故友情深，但貧僧實不願再沾染江湖恩怨，希望諸位在天亮之前離開此地，別再爲貧僧招惹麻煩了。」

高萬成道：「你已經惹火上身，悔恨已遲，縱然我們立時離此，你也無法擺脫結下的樑子。」

灰衣僧人冷冷說道：「那是貧僧的事，不勞你費心！」言罷，轉身向大殿行去。

高萬成道：「大師，如是在下推斷的不錯，天亮之前，他們必然會率領援手趕來，事爲兄弟而起，我不能坐視不管，金劍門將出面爲你架下這次樑子。」

灰衣僧人頭也不回地說道：「不敢有勞。」口中說著，人卻行入大雄寶殿。

玉娘子道：「這老和尙，脾氣壞得很。」

高萬成笑道：「玉姑娘可知道他是什麼人？」

玉娘子搖搖頭，道：「不知道。」

高萬成道：「玉姑娘一定知道，江湖上能一轉頭就傷人的，實在不多。」

玉娘子心中一動，接道：「他可是千手金剛丁傑丁大俠？」

高萬成道：「不錯。不過，他現在變成了光頭羅漢。」

玉娘子笑一笑，道：「小妹出道稍晚，沒有見過千手金剛丁大俠，但我對他的盛名，卻是敬慕已久。」

高萬成道：「想不到啊！他正值盛名高峰，卻突然厭倦了紅塵，懺悔兩手血腥，遁入空門。」

玉娘子道：「就小妹所知，丁大俠在江湖上走動之時，嫉惡如仇，殺了不少綠林道上人物，結下的樑子很多，只怕別人不會讓他在此安度餘年。」

高萬成道：「不錯啊！我也是這樣想法，但他一心向佛，不願再出江湖，我三度馳函相勸，要他重出江湖，至少應該找個隱密的地方隱居，但他不理。」

玉娘子道：「但我看他剛才一出手，就使兩人蒙面而竄，似乎是手段也夠辣啊！」

高萬成道：「緩和多了，昔年他一出手，對方很少能留下性命。」

玉娘子道：「他傷了對方兩人，只怕很難再平平安安地住在這裡了。」

高萬成道：「希望咱們在此之時，情勢逼他出山。」

玉娘子道：「高兄，有一件事，小妹請教一下，不知高兄可否見告？」

高萬成道：「什麼事？」

玉娘子道：「聽說，千手金剛，全身上下，都是暗器，不論武功何等高強的人，一丈之內，都無法逃避得過，不知是真是假？」

高萬成道：「千真萬確，單以暗器而論，他不但在目下江湖上，不作第二人想，就是前推一百年，也無人能和他並駕齊驅。」

玉娘子接道：「他可有弟子？」

高萬成道：「沒有。」

玉娘子道：「那不是可惜得很麼，他一手千奇百怪的暗器手法，如是失傳了，可是武林中一大憾事。」

高萬成低聲說道：「所以希望他被迫出手，只要他再入江湖，以我和他的交情而言，就可以讓他把一身施展暗器的絕技，傳授出來。」

玉娘子道：「小妹擔心，萬一對方大批人手趕來施襲，咱們人手單薄，如何能夠應付？」

高萬成道：「對，未雨綢繆，咱們要先有一番準備。」

回顧了王宜中一眼，接道：「敝門主醒來之後，咱們就先離開。」

玉娘子接道：「丟下那丁傑丁大俠，獨力抗拒來人？」

高萬成微微一笑，道：「如是咱們出面，豈不使丁傑有口難辯。」

玉娘子道：「高兄，這件事，你要仔細地想想，對方不來則已，如是一旦來了，必然會施下毒手，丁大俠孤獨無援，很可能遭人毒手。」

高萬成道：「我已經想過了。丁傑晚年向佛，跡近迷戀，心志十分堅定，除非遇上了重大的挫折，他決不會脫袈裟，重入江湖。」

玉娘子道：「這樣太冒險吧？」

高萬成道：「我最瞭解丁傑，如是真把他逼得無路可走，他自會全力反擊，他一身莫可預測的暗器，已到了出神入化之境，就算來人十分厲害，他也有突圍之能。」

語聲微微一頓，接道：「我擔心的是，他已把一身武功擱下，但剛才看他出手，不但未把武功擱下，而且更爲精進了很多。因此，在下並不爲他的安危擔心。」

玉娘子道：「好吧！你們是金蘭之交，對那丁大俠瞭解自然比小妹多了，咱們幾時動身？」

高萬成道：「敝門主醒來之後，咱們立刻就走。」

談話之間，王宜中已清醒了過來。

高萬成回顧了王宜中一眼，道：「門主，咱們要離開此地。」

王宜中似是對高萬成有著無比的信任，站起身子，道：「幾時動身？」

高萬成道：「立刻走。」

提起油燈，毀去留下的痕蹤，當先向前行去。

王宜中、玉娘子都隨在高萬成的身後，直出了禪院後門。

高萬成找了一個隱秘所在，棄去了手中的油燈，道：「玉姑娘，看到那棵大樹了嗎？」

玉娘子抬頭看去，只見一棵大樹緊旁禪院的圍牆而生，高達四、五丈，有一部分枝葉，伸入廟院之中，當下點頭說道：「我明白了。」

高萬成微微一笑，道：「咱們要躺在樹上。」

玉娘子道：「這棵樹太高了，小妹這點輕功，無法一躍而上。」

高萬成道：「這棵樹實在高，不但你玉姑娘無法，就是區區也無法一下子躍上去。」

玉娘子道：「好！咱們爬上去，小妹先上。」手、足並用爬上大樹。

王宜中道：「這棵樹，我只怕無法上去。」

高萬成道：「我助你一臂之力。」

王宜中向上一躍，騰身而起，高萬成右手托住王宜中的雙足，向上一送，王宜中破空直上，飛起了四丈多高，輕輕抓住枝葉，落在樹幹之上。

高萬成手、足並用，極快地爬上大樹。

玉娘子微微一笑，道：「高兄，你對這地方的形勢，似是很熟悉。」

高萬成道：「丁傑只知道咱們離開了禪院，卻不知咱們藏在此處，他可以和來人理直氣壯地交涉了。」

玉娘子道：「咱門隱在暗中，監視全局，並不出手，咱們有自行決定的自由。」

高萬成打量了一下四周形勢，選擇了停身之位。

三人隱好身子，向寺中看去。

這棵樹高過了禪院中的大雄寶殿，三人選擇的位置，又十分恰當，寺院中每一處都在三人的目視之下。

這時，天上星光閃爍，居高臨下，再加上三人過人的目力，寺院中任何變化，都無法逃過三人目光。

高萬成道：「現在距離他們來人還有一段時間，兩位可以借此機會，休息一會兒了。」

玉娘子、王宜中都依言閉上雙目，依靠在樹上養神。

不知道過去了多少時間，突然一聲厲嘯傳了過來。

高萬成轉身看去，只見四個黑衣人，並肩站在大殿前面。

這時，東方已然泛起了魚肚白色，天已破曉，寺院中的景物，清明可見。

玉娘子望著並肩站在大殿前的四個黑衣人，低聲說道：「高兄，認出那四個黑衣人

嗎？」

高萬成仔細瞧了一陣，道：「他們戴有面具，掩去了本來的面目。」

玉娘子道：「但他們無法掩去身上的兵刃，四人都是用罕見的專門兵刃，所以，我一眼就瞧了出來他們是誰。」

高萬成道：「是什麼人？」

玉娘子道：「四人是橫行川鄂道的四大凶人，江湖上稱他們川東四魔，自號四騎士。」

高萬成道：「聽說過，這四人武功十分高強，武當派曾經派遣七位高手，追剿過他們一次，卻被他們破圍而出。」

玉娘子道：「不錯，那是五年前的事了。」

高萬成道：「玉姑娘認識他們嗎？」

玉娘子道：「在四川唐家一次的宴會之上，和他們見過一次，但他們是否還記得我，小妹就不知道了。」

高萬成道：「玉姑娘既和他們認識，自然知道他們的武功了。」

玉娘子還未來得及答話，站在最左首那黑衣人已高聲說道：「龜兒子，快給我滾出來，等我上了火，就燒光你這座寺院。」

只聽一聲佛號，大雄寶殿內，緩步行出了一個身著淡黃袈裟的僧人，他步履從容，緩緩

走到殿前五尺處，停了下來，合掌問道：「四位施主……」

左手大漢一抬手腕，取出一把鐵傘，撐了起來，道：「你就是這裡的住持？」

黃衣僧人道：「不錯。」

左首黑衣人道：「你使得一手好暗器。」

黃衣僧人道：「鋼刀雖快，不殺無罪之人，貧僧的暗器，從不傷害無辜。」

左首黑衣人道：「好大的口氣，你認得我們兄弟是什麼人？」

黃衣僧人道：「貧僧不識。」

左首黑衣人道：「格老子是專門收拾暗器的人。」

黃衣僧人道：「貧道和四位施主，素昧平生，更無恩怨。」

左首第二個黑衣人接道：「老大，不用和他閒磕牙了，咱們上吧！」

黃衣僧人冷然一笑，道：「出家人不理世俗恩怨，但也不容別人欺侮。」

左首黑衣人揚聲大笑，道：「龜兒子，你是不到黃河不死心，不見棺材不掉淚，你有什麼特殊的手法，施出來給老子見識一下。」

黃衣僧人道：「阿彌陀佛，施主的口角最好乾淨一些。」

左首黑衣人冷笑一聲，道：「你連性命就快要丟了，還在乎別人罵幾句嗎？」

黃衣僧人雙目神光一閃，重又閉上，不再理會四人。

左首黑衣人怒聲喝道：「聽說你一身暗器，獨步天下，怎麼還不出手？」

黃衣僧人閉目而立，恍如未聞。

站在最右邊的黑衣人怒聲喝道：「老大，這龜兒子裝死，我出手把他宰了。」

王宜中等居高臨下，把幾人對答之言，聽得清清楚楚。

玉娘子低聲說道：「高兄，聽說那丁大俠的脾氣暴躁得很，嫉惡如仇，昔年在江湖上走動時，一言不合，出手就要殺人，今日一見，才知傳言不真。」

高萬成搖搖頭，道：「過去他雖然如此，但這二十年向佛的生活，使他有了改變。」

但聞那黑衣人道：「老四，不許出手，這老小子手辣得很，咱們不能大意。」他表面上十分暴躁，但骨子裡，卻是老謀深算。

黃衣僧人突然輕輕歎息一聲，道：「老衲不願輕易和人動手，諸位如是要找什麼，儘管搜查吧！」

左首黑衣人冷笑一聲，道：「你的算盤打錯了，那幾個朋友，離開此地已然兩個時辰，就算你這小寺院裡，有上十個、八個人，也早已走的沒了影兒。」

黃衣僧人道：「這麼說來，諸位施主非要貧僧之命不可了？」

左首黑衣人道：「你如不想死，還有一條路走。」

黃衣僧人道：「請教高明。」

左首黑衣人道：「跟我們一起走。」

黃衣僧人道：「到哪裡去？」

左首黑衣人道：「那你就不用問了，你只有這兩條路，一條是跟我們走，一條是死。」

黃衣僧人道：「貧僧已二十年未離開這座小禪院，而且貧僧在此剃度出家之時，曾在我佛之前許下心願，今生決不離開這寺院一步，諸位強迫貧僧離開，豈不是要我背棄誓言嗎？」

左首黑衣人道：「看來只有如此了。」

鐵傘一抖，道：「你既不願跟我們走，看樣子又不想自絕一死，只有拚命自保了。」

口中說話，右手一按傘柄機簧，寒芒閃動，數縷銀芒，直對那黃衣僧人射了過去。敢情他這把鐵傘，既是用來對付暗器，而且本身又滿是暗器機關。

黃衣僧人施出鐵板橋的功夫，向後一仰，後腦幾乎貼地，才險險把那兩枚銀芒避開，身子一翻，挺身而起，道：「四位施主，不要逼人太甚。」

那排在左首第二名的，早已等得不耐，厲聲喝道：「你龜兒子真能磨蹭。」

右手一探腰間，揮撒出一道冷電般的寒芒。

原來，那川東四魔中的老二，用的是把軟鐵緬刀，鬆開腰間扣把，掃出一刀。

這一刀去勢極快，迫得那黃衣僧人倒退七、八尺外，才算把一刀避開。

川東四魔一向合手拒敵，彼此之間，心意相通，有著很嚴密的默契。老二一刀掃出，老

三、老四立時散佈開去。

黃衣老僧心中已知曉高萬成離開了禪院，所以，涵養也特別好些。

川東四魔兩度出手相迫，但那黃衣僧人，均未發作。

輕輕歎息一聲，道：「諸位施主，希望能給老僧留一步退路。」

四魔之中，以那老二的脾氣最爲暴急，冷冷說道：「你不必哀求了，殺了頭，也不過碗大一個疤痕，這等苦苦求告，和娘兒們一般，也不怕替男子漢丟臉。」

這幾句激起了那黃衣僧人的怒火，道：「諸位一定要老僧出手嗎？」

川東四魔中老四哈哈一笑，道：「老和尙，發瘋不當死，任你舌粲蓮花，也躲不過這次劫數。」

請續看《神州豪俠傳》之三

臥龍生精品集 50

神州豪俠傳（二）

作者：臥龍生
發行人：陳曉林
出版所：風雲時代出版股份有限公司
地址：10576台北市民生東路五段178號7樓之3
電話：(02) 2756-0949
傳真：(02) 2765-3799
執行主編：劉宇青
美術設計：許惠芳
行銷企劃：林安莉
業務總監：張瑋鳳
封面原圖：明人入蹕圖（原圖爲國立故宮博物館典藏）

出版日期：2019年5月
版權授權：春秋出版社呂秦書
ISBN ：978-986-352-698-8
風雲書網：http://www.eastbooks.com.tw
官方部落格：http://eastbooks.pixnet.net/blog
Facebook：http://www.facebook.com/h7560949
E-mail：h7560949@ms15.hinet.net
劃撥帳號：12043291
戶名：風雲時代出版股份有限公司
風雲發行所：33373桃園市龜山區公西村2鄰復興街304巷96號
電話：(03) 318-1378
傳真：(03) 318-1378
法律顧問：永然法律事務所 李永然律師
北辰著作權事務所 蕭雄淋律師

行政院新聞局局版台業字第3595號 營利事業統一編號22759935

定價：240元

國家圖書館出版品預行編目資料

神州豪俠傳（二）／臥龍生著. --初版. 臺北市：
風雲時代，2019.04-　冊；公分

ISBN 978-986-352-698-8 （平裝）

857.9　　108003142